염상섭
소설
다시 읽기

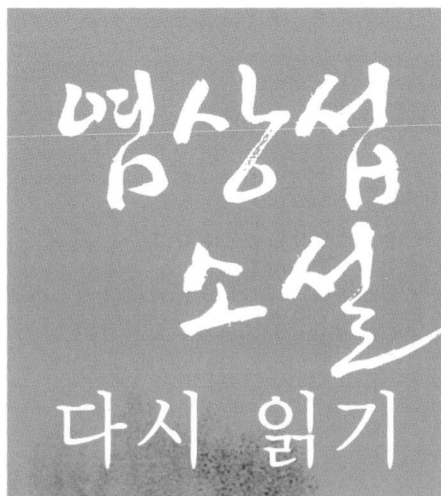

김학균 지음

염상섭 소설
다시 읽기

추리소설적 성격을 중심으로

한국학술정보㈜

염상섭 소설을 다시 읽기 위하여

대중가요의 영역에서 다시 부르기는 많은 공감대를 형성한다. 몇 년 전에는 김광석의 노래를 여러 가수들이 다시 불렀던 앨범이 대중들의 인기를 얻었던 적이 있었다. 그 앨범은 김광석의 것이기도 하면서 동시에 그 노래를 부른 가수들의 것이기도 하다. 이런 경우를 볼 때, 다시 부르기는 좋은 노래의 진가를 다시 확인하게 한다.

그렇다면 좋은 문학의 경우에도 마찬가지의 적용이 가능하겠다. 좋은 노래를 다시 불러서 그 노래의 진가를 깨닫게 되는 것처럼, 좋은 문학은 독자들이 다시 읽어줌으로 말미암아 그 문학의 진가를 다시 드러낼 수 있는 것이다. 아무리 좋은 문학작품이라 할지라도 독자들이 외면하면 그 작품은 더 이상 의미를 지니기가 어렵다. 대중가요는 노래방이나 술자리에서 함께 부르며 그 노래의 진가를 확인할 기회가 자주 있겠으나, 문학은 아무래도 접근이 쉽지는 않은 편이다. 책을 사거나 빌려서 거기에 쓰여 있는 활자를 읽는다는 것 자체가 많은 비용과 노력이 필요한 작업이다. 그러므로 책 자체의 위대함이 완성되기 위해서는 독자들의 적극적인 자세가 필수불가결한 것이다. 그러므로 위대한 문학은 독자들의 독서를 통해 완성된다고 해도 과언이 아니다.

위대한 문학은 항상 다시 읽혀야 한다. 우리가 고전이라고 지칭한 위대한 문학들은 시간이 지난 뒤에도 결코 그 빛이 바래지 않고 여전히 우리가 그 책을 열기만 하면 그 빛을 드러낼 준비를 하고 있다. 톨스토이의 『전쟁과 평화』, 도스토옙스키의 『카라마조프의 형제들』과 같은 소설은 호모의 『일리아드』, 『오디세이』와 함께 시간과 공간을 넘어서는 감동과 재미를 선사한다. 그런 고전문학은 외국에만 있는 것은 아니다. 우리 문학의 전통에서도 『춘향전』, 『흥부전』과 같은 판소리계 소설로부터 시작해서, 개화기를 거쳐 한국근대문학이 성립하는 초창기에도 역시 검증된 문학작품들이 있다.

염상섭은 한국근대소설사에서 빼놓을 수 없는 가장 중요한 작가라고 할 수 있다. 그는 40년간 쉬지 않고 창작을 했고, 작품 수만 하더라도 장편소설 28편, 단편소설 150편 등의 엄청난 문학작품을 남겨주었다. 그래서 염상섭 소설은 산처럼 높아 보인다. 긴 호흡의 문장에다가 세밀한 묘사나 디테일에 신경을 쓰는 문체로 인해 더욱 그의 작품은 읽기가 더욱 쉽지 않다.

그러나 염상섭 작품이 모두 그렇게 지루하고, 재미없는 내용으로 구성된 것은 아니다. 「표본실의 청개구리」에서 『만세전』에 이르는 초기 중·단편소설을 발표한 이래로 염상섭은 꾸준하게 신문연재소설을 창작했다. 그는 신문연재소설의 특성이 무엇인지 누구보다 잘 알고 있는 신문기자였다. 신문기자이면서 소설가이기도 했던 염상섭의 이중적인 신분으로 인해 그는 독자들의 관심과 흥미를 끌지 못하고서는 그의 소설을 신문에 연재하는 것이 쉽지 않다는 것을 누구보다 잘 알고 있었다. 그래서 염상섭은 그의 소설에서 독자들의 흥미와 재미를 끌 수 있는 요소를 배치하기 위해 무진 애를 썼다.

그런 노력 중의 하나로 이 글에서 밝혀낸 것은 염상섭이 그의 소설에 추리소설적인 요소를 사용했다는 점이다. 염상섭은 실제로 외국의 추리소설 작품을 번역한 적도 있었고, 그의 절친한 친구였던 양주동은 추리소설을 번역 소개하는 일을 하기도 했다. 그들은 일본에서 같은 하숙집에서 기거하면서 서로의 글을 읽고 영향을 받았을 가능성이 매우 높다.

또한 염상섭은 누구보다도 시대를 앞서 간 선구자적인 지식인이었다. 그의 미래에 대한 통찰은 그의 소설의 곳곳에서 빛을 발하고 있다. 그는 근대적 개인의 요건을 갖추기 위해서는 개성의 발견과 자아의 각성이 전제되어야 한다는 것을 신여성들의 자유연애를 통해 역설하였고, 자본주의 체제의 모순을 넘어서기 위한 새로운 사회에 대한 전망을 제시하기도 하였다. 해방 후 좌익과 우익이 나뉘어 서로 반목하고 있을 때, 민족의 분단은 곧 전쟁으로 이어질 것이라고 예견하고 이를 저지하기 위해 남한단독정부 수립 반대운동과 아울러 이를 문학적으로 형상화하는 데 최선을 다했다. 작가는 문학 창작의 세계에 갇혀서 자기 세계를 구축하는 것이 아니라 현실과 소통해야 한다는 것을 염상섭은 온몸으로 보여주었다.

이 글은 박사논문 <염상섭 소설의 추리소설적 성격>을 다듬고 고쳐서 쓴 것이다. 처음 쓴 것보다는 문장이나 내용이 다듬어져 있으나 여전히 미흡한 부분이 많이 보인다. 그 미흡한 부분은 앞으로의 연구를 통해 보완될 것으로 기대한다. 『삼대』를 제외한 대부분의 소설작품들은 1987년에 출판된 민음사판을 저본으로 하였다. 그렇지만 인용문은 되도록 현대 문법에 맞게 고쳐서 독자들이 읽기에 불편이 없도록 하였다.

그러므로 이 글의 목표는 이제 매우 뚜렷해졌다. 이 글을 통해 독자들이 염상섭 소설을 다시 읽어보고 싶은 마음이 생긴다면, 이 글의 목표는 충분히 달성된 것이라고 할 수 있다. 염상섭은 40년 동안 쉬지 않고 소설을 창작했고, 나는 이제 겨우 5년 정도 염상섭 소설을 읽었을 뿐이다. 그러므로 염상섭 소설에 대해서 이런저런 평가를 하기가 아직도 부끄러운 상태라고 할 수 있다. 그런 처지임에도 불구하고, 염상섭의 소설적 특성을 일부분이라도 밝혀낸 것이 있다면, 그것은 전적으로 나의 지도교수님이신 조남현 선생님의 공이 될 것이다. 그리고 장사선 선생님, 양승국 선생님, 류보선 선생님, 방민호 선생님의 세심한 지도에도 감사를 드린다. 문학에 대한 열정과 애정을 가르쳐주신 김윤식 선생님, 권영민 선생님, 신범순 선생님, 박성창 선생님께도 감사를 드린다.

항상 격려와 사랑으로 지켜봐 주신 최승호, 금동철 선생님께도 감사를 드린다. 소아암을 앓고 있는 딸을 돌보면서도 나를 격려해 준 노승욱에게도 감사를 전한다. 연구자의 길을 걷도록 이끌어 주신 장인어른과 아이들을 돌보는 일을 비롯해 물심양면으로 지원해 주신 장모님, 항상 아들을 자랑스러워하시고, 지금까지 쉬지 않고 사랑을 보내주시는 시골에 계신 부모님, 그리고 나의 든든한 지지자이자 친구인 아내와 사랑스런 진영·채은에게 이 책이 작은 위로가 되기를 기대한다. 마지막으로 부족한 본서의 출판을 제안해 주신 김은선 씨와 한국학술정보(주) 관계자분들에게도 감사의 말씀을 드린다.

2008년 가을 김학균

|목차|

I. 서 론

1. 연구사 검토와 문제제기

『만세전』(1924), 『삼대』(1931)의 작가로 알려진 염상섭(1897 - 1963)은 한국문학사에서 가장 중요한 작가 중 한 사람이다. 그는 일제와 해방을 거쳐 한국전쟁에 이르는 격동의 40여 년 동안, 미완된 소설을 포함한 28편에 이르는 장편소설, 150편의 단편소설을 남긴 다작의 작가였고, 카프문학자들과 대결한 민족문학 측의 대표적 비평가이기도 했다. 그에 관한 연구는 『삼대』를 중심으로 한 사실주의적 성격을 규명하는 것에 집중되다가 최근 들어 다각적인 방향의 연구가 진행되고 있다. 김종균의 실증적인 연구는 염상섭 연구의 기반을 제공하였고,[1] 조남현 교수를 중심으로 한 서사적 특질에 대한 연구도 상당히 축적된 상태이다.[2] 그중에서도 염상섭 소설의 이념적 경향에 대한

---

1) 김종균, 『염상섭 연구』, 고대출판부, 1974.

논의들이 큰 흐름을 이루고 있다. 이를 대표하는 연구는 크게 두 가지로 나뉘는데 하나는 식민지적 현실을 타개하려는 작가의 현실 대응의식에 초점을 맞춘 이보영과 김경수의 연구이고,[3] 다른 하나는 염상섭의 문학을 중산층 보수주의의 가치중립성으로 본 김윤식의 연구이다.[4] 전자의 연구는 염상섭의 민족주의 이념에 주목하고 있고, 후자의 연구는 작가의 전기적 사실과 문학을 대응시키면서 실증적인 차원에서 큰 성과를 거두고 있다. 권영민은 염상섭 비평을 검토하면서 계급문학의 이념성을 비판한 초기 비평의 특성과 1920년 중반 이후의 비평에서 민족의 현실적 특수성을 문학의 중요한 요건으로 내세우고 있음을 밝혔다.[5] 유병석은 사회현실과 거기에 대응하는 작가의 이념을 고찰하고 있다.[6] 이처럼 염상섭 문학은 당대 현실 또는 작가의식과 관련되어 검토되는 것이 압도적인 비중을 차지하고 있다. 그 밖에도 가족주의,[7] 돈과 성의 문제[8] 등이 염상섭 소설의 특징으로 지적되었고, 문체와 관련된 연구[9]도 상당히 축적되어 있다.

　이와 같은 방대한 연구에도 불구하고, 염상섭 문학의 또 다른 측면인 통속적 성격에 대해서는 상대적으로 연구가 적은 편이다. 염상

---

2) 조남현, 「서술방법의 변모과정」, 『염상섭소설연구』(김종균 편) 국학자료원, 1999, 579 - 590면.
　최시한, 「염상섭 소설의 전개」, 위의 책, 573 - 574면.
3) 이보영, 『난세의 문학』, 예지각, 1991.
　김경수, 『염상섭 장편소설 연구』, 일조각, 1999.
4) 김윤식, 『염상섭 연구』, 서울대출판부, 1989.
5) 권영민, 「염상섭의 민족문학론과 그 성격」, 『염상섭 문학연구』(권영민 편), 민음사, 1987, 27 - 29면.
6) 유병석, 『염상섭 전반기 소설 연구』, 서울대 박사논문, 1985.
7) 김승환, 『염상섭 소설에 나타난 가족중심의 인간상 고』, 서울대 석사, 1983.
8) 강인숙, 「염상섭 소설에 나타난 돈과 성의 양상」, 건국대인문과학논총 22집, 1990. 9.
9) 정한모, 「염상섭의 문체와 어휘구성의 특징」, 문학사상, 1973. 3.

섭은 문단에 데뷔하기 전부터 동아일보 기자생활을 했고, 만주에서 만선일보에 근무하던 8, 9년을 제외하고는 창작과 기자생활을 병행했다. 기자라는 직업으로 인해 그는 누구보다도 신문소설의 성격을 잘 알았고, 독자들을 의식하면서 소설을 창작하였다. 염상섭은 1926년 일본으로 건너가 2년 동안 유학하면서 '배울 것은 기교뿐'이라는 깨달음을 안고 돌아와, 1920년대 후반부터는 신문연재소설을 쉼 없이 창작하는데, 이 작품들은 독자들의 흥미와 재미를 고려한 통속적이고 대중적인 소재를 반복하게 된다. 염상섭은 대중들의 요구와 수준에 맞추어서 소설을 창작하는 것을 적극적으로 주장하였고, 그런 결과로써 신문소설에 흥미롭고, 충격적인 소재를 사용하기를 주저하지 않았다.

염상섭 소설이 당대 독자들에게 큰 인기를 얻지는 못한 것은 사실이다. 이광수의 경우, 1920년대 『무정』을 비롯한 7종의 단행본 가운데 1종을 제외한 모든 소설이 『동아일보』 광고 면에 등장하는 데 반해서 염상섭의 경우에는 총 7종의 소설집 중에 3종만 4회 정도 광고되었고,[10] 그의 소설은 업자들 사이에 '안 팔리기로 이름 높았다.'고 한다. 오늘날의 논자들도 "염상섭의 단편소설은 뛰어난 관찰력을 가지고 있으나, 그 관찰의 범위가 일상의 번잡한 쇄사(鎖事)에 국한되어 있으며",[11] 염상섭을 "한 시대의 사람살이요 그 습속을 그리는 작가"로 평가하면서 대중성이 약한 작가임을 지적하고 있다.[12]

그런데 1920년대 소설가 중에 대중들의 인기를 얻지 못한 경우는

---

10) 천정환, 앞의 책, 299면.
11) 이남호, 「염상섭 단편소설의 특징」, 『염상섭 문학연구』(권영민 편), 민음사, 1987, 234면.
12) 유종호, 「염상섭에 있어서의 삶」, 위의 책, 342면.

염상섭에 국한되는 것은 아니다. 오히려 이광수의 소설이 당대 독자들에게 인기를 얻은 것이 예외적이라고 할 만큼 대중적인 작가는 많지 않았다. 또한 염상섭 소설의 비대중성은 초기 소설의 관념성에 대한 선입견이 작용한 것으로 보인다. 1920년대 염상섭 소설들은 대중들의 수준에 맞춘 것이 아니다. 「표본실의 청개구리」에서 『만세전』에 이르는 초기 문학은 작가의식의 과잉과 국한문 혼용체의 '길고 읽기 거북한 무게 있는 문장'으로 쓰인 것이므로 대중들의 인기를 기대하기가 어려웠을 것이다. 그리고 한 문학가의 장점은 동시에 단점이 될 수 있다는 것이다. 횡보 소설이 성숙한 남성의 세계에 속한다는 평가는,[13] 염상섭의 문학이 그 넓이와 깊이에 있어서 중층적이어서 현실을 살아가는 인간들의 모습을 실감 있게 그리는 데 탁월한 성과를 거두고 있음을 의미하는 동시에, 이를 다른 시각으로 보면, 그의 소설이 소설적 흥미와는 거리가 멀다는 것을 동시에 내포하고 있다.

그러나 『사랑과 죄』(1928)와 이후의 장편소설에서는 독자들의 흥미를 끌기 위해 독자 중심의 플롯 구성이나 모티프, 서술기법을 어렵지 않게 관찰할 수 있다. '자아의 발견'과 '개성의 자각'이라는 초기의 계몽성을 이어받으면서, 1930년대 횡보의 소설은 독자들의 수준을 감안하여, 이들의 흥미와 관심을 끌어내고 이를 기반으로 주제의식을 전달하고 있다는 것이다. 만약 염상섭 소설의 통속성을 이런 시각에서 접근하게 된다면, 그의 중기소설이 초기 소설에서 보여주던 주관적 판단이나 고양된 사적 감정이 억제되고, 사실적인 관찰에 머물고 있다는 주장[14]은 재고되어야 할 것이다. 횡보 소설의 통속성

---

13) 김윤식·정호웅, 『한국소설사』, 예하, 1993, 180면.

은 주관의 배제나 객관을 우위에 두는 일상의 관찰이나 묘사가 아니라 그것 자체가 작가의 이념을 담은 것이기 때문이다.

「소설과 민중」이라는 평론에서 횡보는 오늘날 문예가 유한계급과 무산계급에게 버림을 받았을 뿐 아니라 지식계급에게조차 버림을 받았기 때문에, 소설의 독자를 "중학생 정도를 평균점으로 하여" 소설을 쓴다고 하였다.[15] 신문소설은 독자들의 흥미를 끌어서 신문을 계속 구독하도록 해야 하므로 플롯이나 주제에 있어서도 본격소설이나 순수소설과는 다른 경향을 취하는 것이 일반적이다. 신문소설이 엽기적이고, 자극적인 기담이나, 흥미 위주의 탐정소설, 추리소설, 모험소설 또한 성적이고 에로틱한 소재의 연애소설의 경향을 띠는 것은, 신문소설의 성격상, 전혀 낯선 것이 아니다.[16] 그런 점에서 염상섭 소설의 큰 주제를 문제 삼을 때, '돈'과 '연애'를 논하게 되고, 그의 소설의 창작방법론에 있어서는 혼사 장애 모티프를 논하는 것은 횡보 소설의 대중성을 증명하는 것이다. 특히 이광수의 『무정』에서 시작된 연애의 삼각관계는 염상섭의 전매특허이다시피 되었는데, 그의 초기작 「너희는 무엇을 얻었느냐」에 이르면 등장인물 전체가 삼각관계로 얽혀서 다양한 연애관계가 실험되고 있다. 그리고 삼각관계는 단순히 애정관계나 흥미를 끌기 위한 소재에 그치지 않고, 자본주의 사회의 무한 경쟁을 상징하기도 하고,[17] 해방 후에 발표된 『효풍』(1948)에 이르면 좌익과 우익 사이에서 고민하는 중간파의 정치적 고민을 상징하기도 한다. 이처럼 횡보 소설이 서사의

---

14) 김태현, 「관찰과 인식」, 『염상섭 전집』 4권, 민음사, 1987, 423면.
15) 염상섭, 「소설과 민중」, 『동아일보』, 1928. 5. 27.
16) 통속생, 「신문소설 강좌」, 『조선일보』, 1933. 9. 9.
17) 김학균, 「'가족살해 모티프'와 가족 공동체의 붕괴」, 『인문논총』 56집, 2006. 12. 222면.

육체로 채용하고 있는 혼사 장애 모티프나 연애의 삼각관계에 대한 연구는 그동안 소홀하게 다뤄졌던 염상섭 소설의 대중성에 대한 새로운 관점을 제공한다.[18)]

염상섭 소설의 주된 특징인 대중성에 대한 연구가 미흡한 것은 연구자들이 그의 소설의 이념적인 성격에 초점을 맞추었기 때문일 것이다. 염상섭 문학의 사실주의적 성격에만 초점을 맞춘 기존의 논의를 비판하면서 횡보 소설의 '통속성'을 지적한 최혜실의 연구는 염상섭 문학을 접근하는 다른 경로를 열어놓고 있다. 그녀는 근대적 자본주의의 발달과 신문소설의 등장을 고찰하면서 횡보 소설이 반복해서 사용하고 있는 혼사 장애 모티프나 금반지 모티프 등을 근거로 염상섭을 통속작가로 평가한다.[19)] 그녀는 횡보 소설이 삼각관계에 의한 연애 서사라는 통속적 주제와 상투적인 플롯을 반복하는 것은 산업시대의 대량생산의 문화적 산물로 비판하고, 대량복제의 자본주의 사회에서의 '돈'과 '성'이라는 것은 단순히 소비를 지향하는 욕망의 출구이자, 삶의 수단이며, 이 두 가지의 요소를 주요한 소재로 삼았다는 점에서 염상섭 문학은 자본주의적인 속성에 충실하고 있다고 주장한다.[20)] 이런 주장은 염상섭 소설을 평가하는 잣대로는 적절치 못한, 이율배반적인 논리로 보인다. 염상섭이 신문소설을 창작했다면, 신문소설이 요구하는 형식이나 독자들의 요구에 맞는 소설 형식을 취하는 것이 당연한 일이다. 『삼대』만 보더라도 연

---

18) 서영채, 『사랑의 문법』, 민음사, 2004.
　　김미지, 『1920-30년대 염상섭 소설에 나타난 '연애'의 의미 연구』, 서울대 석사논문, 2001.
19) 최혜실, 「염상섭 장편소설에 나타난 통속성 연구」, 『국어국문학』108, 1992.
20) 위의 글, 12면.

애의 삼각관계와 탐정 모티프를 보여주고 있으므로, 독자중심 대 작가중심이라는 이분법으로는 그의 소설을 제대로 접근할 수 없다. 염상섭 소설의 통속성을 비판하는 관점에 선 최혜실의 작업은 신문소설의 성격에 충실하려는 횡보의 노력을 긍정적으로 볼 수 있는 기회는 잃고 말았다.

염상섭의 통속소설론을 면밀하게 검토한 김경수의 논의는 그런 면에서 주목되어야 하는데, 그는 횡보의 '통속소설'이 당대의 비평가들이 공격하던 '통속성'과는 차이가 있음을 밝혀주었다.[21] 이무영과 같은 동시대의 다른 작가들에게 있어서 '통속소설'은 예술미를 손상시키는 '상투성'으로 가득 찬 소설 정도로 선험적이고 추상적으로 인식된 것에 반해서, 염상섭에게 있어서 '통속소설'이라는 말은 그것이 문학적 대중과의 관계에서 대중소설의 오락일변도의 경향으로부터 본격적인 소설로 나아가는 과정에서 도출되고, 또 그렇게 되어야 하는 어떤 일정한 상태에 대한 자리매김의 용어라는 것이다.[22] 이는 횡보의 신문소설에 대한 최혜실의 논의를 긍정적인 방향으로 돌려놓고 있을 뿐 아니라 횡보 소설의 통속성을 적극적으로 해석할 수 있는 기회를 제공하고 있다. 그는 이어서 염상섭의 '통속소설'을 "과거로 지향하려는 일반인들의 의식의 방향을 적절한 소설적 흥미를 동원하여 현실로 돌려, 궁극적으로는 일반인들이 실생활과 직결된 현실적인 이야기로부터 미감과 교훈을 얻게 만드는 데 기여하는 과도기적인 소설의 한 유형"으로 정의하면서 『이심』을 비롯한 중기의 통속소설에 나타나는 시대비판적인 성격을 분석해 내고 있다. 김경수의 연구는

---

21) 김경수, 앞의 책, 145면.
22) 같은 책, 같은 면.

염상섭의 통속소설을 적극적으로 해석하는 데 기여하고 있으나, 염상섭 소설의 '통속성' 자체에 주목하기보다는 '통속성'을 통해 독자들의 관심을 현실로 돌린다는 공리적인 관점에 치우쳐 있다.

이에 비해 차원현은 염상섭 소설의 통속성을 염상섭의 현실인식의 자연스런 귀결이라고 주장한다.[23] 그에 의하면 염상섭 소설에는 선인과 악인이 등장하는 것이 아니라 바보와 사기꾼만 존재한다는 것이다. 외견상 진정성을 갖춘 선인으로 보이는 인물이라 할지라도 세파에 노출되면 그는 바보로 전락하고, 악인의 경우에도 그가 악한이어서가 아니라 범법자이기 때문에 부정적인 인물로 묘사된다는 것이다. 그의 논의를 따르면, 횡보 소설에 나타나는 통속성은 그것 자체가 작가의 세계관을 반영하고 있다. 그는 염상섭 소설을 접근하는 새로운 통로를 열어놓기는 했으나, 이를 직관의 차원에서 언급한 뒤에 논의를 심화시키지 못하고 있다. 류보선도 이와 같은 맥락에서 인간의 복잡한 내면을 탐색한 횡보 문학의 성과를 지적한 바 있다. 그에 의하면, "현실은 교활하고 인간은 복잡하다는 사실"이 염상섭 문학의 원천이라는 것이다.[24] 이렇게 복잡하고 교활한 현실 속에 놓인 인간에 천착하기 위해서는 통속적인 소재와 일상적인 삶의 묘사가 요구되는 것이다. 이 글은 이러한 논의를 이어받아 염상섭 소설의 통속성이 보여주고 있는 작가의식에 주목하고자 한다.

염상섭 소설의 대중적 성격은 크게 혼사 장애 모티프와 탐정 모티프에 나타나고 있는데, 전자의 연구는 상당히 축적되어 있는 편이

---

23) 차원현, 「유명론적 세계 이해와 개체성의 윤리학」, 『한국 근대소설의 이념과 논리』, 소명, 2007, 256면.
24) 류보선, 「차디찬 시선과 교활한 현실」, 『무화과』, 두산동아, 1997, 853-854면.

지만, 후자는 주목되지 못했거나, 심도 있는 논의가 진행되지 못하였다. 조남현 교수는 김내성의 탐정소설론을 정리하면서 개화기 소설과 염상섭 소설에 추리소설적 기법이 적극적으로 구사되었음을 지적하였고,[25] 차원현도 탐정소설의 형식이 염상섭의 현실인식을 대변한다고 지적한 바 있으나,[26] 구체적이고 본격적인 차원에서 추리소설의 기법이 논의된 것은 아니다. 그것은 일차적으로 염상섭 소설에 나타나는 통속성 자체에 대한 연구자들의 관심이 적었기 때문이고, 탐정 모티프의 경우는 혼사 장애 모티프에 비해 출현 빈도가 적기 때문인 것으로 보인다.

혼사 장애 모티프를 염상섭 소설의 서사문법으로 주목한 김경수의 연구는[27] 횡보 소설을 일관되게 설명할 수 있는 시각을 제공한다. 그렇지만, 앞서 살펴본 대로 그의 연구는 작가가 그리고 있는 당대의 현실에 더 초점을 맞추고 있기 때문에 혼사 장애 모티프 자체에 나타난 작가의식에는 천착하지 못했다. 그러므로 혼사 장애 모티프도 작가의식의 분석 차원에서 새롭게 접근할 필요가 제기된다. 횡보 소설에서 탐정 모티프는 혼사 장애 모티프에 삽입된 형식으로 소설의 말미에 제시되고 있어, 혼사 장애 모티프를 기초텍스트로 탐정 모티프는 삽입 텍스트로 정의할 수 있다.[28] 이 두 개의 모티프 간에 유기적인 관련성이 있기 때문에 이를 따로 떼어내어 설명하기가 쉽지 않을 정도이지만, 이 글에서는 추리소설의 서사 기법을 중심으로 논의하고자 한다.

---

25) 조남현, 『한국현대소설 유형론 연구』, 집문당, 1999, 217면.
26) 차원현, 위의 책, 256면.
27) 김경수, 앞의 책, 260 – 277면.
28) 미케 발, 『서사란 무엇인가』, 한용환 역, 문예출판사, 1999, 261 – 262면.

2. 연구의 시각

1) 염상섭 소설에 미친 추리소설의 영향

한국에서는 서양의 추리소설에 해당하는 송사소설의 전통이 있었고,[29] 중국에서는 포청천으로 대표되는 공안소설의 전통을 보유하고 있었다. 이런 전통과 서양 소설의 영향 아래서 한국의 작가들은 추리소설에 큰 관심을 보였고, 개화기에는 신문과 잡지를 통해 범죄에 관한 담론들이 일상적으로 유통되면서 신소설에는 범죄 모티프가 폭넓게 나타나기 시작한다.[30] 이해조는 소설의 대중화에 일찍부터 관심을 기울이면서,[31] '정탐소설'이라는 제목으로 『쌍옥적』(1911)을 발표한다. 그의 소설은 가독성이 현저히 떨어지는 고대소설에 가깝고, 문학을 통한 계몽과 교육을 통한 구국운동의 연장선상에 서 있다는 한계를 지니지만,[32] 한국의 추리소설이 이성 중심주의와 계몽주의의 자장에서 성장·발전한 중요한 근대적 현상임을 보여준다.[33]

1920년대 초부터 추리소설은 가장 대중적인 소설 장르의 하나였는데, 초기에는 『무쇠탈』 등의 번안소설이 대중의 인기를 모았다.[34] 이 시기 학생들 사이에는 연애소설과 추리소설에 대한 인기가 높았고, 소설의 소재로도 '연애, 모험, 괴기, 활극, 삼각·사각의 갈등'

---

29) 이헌홍, 『한국 송사소설 연구』, 삼지원, 1997.
30) 최현주, 『신소설의 범죄 서사 연구』, 서강대학교 대학원 박사논문, 2004, 18 - 26면.
31) 임성래, 개화기의 추리소설 『쌍옥적』, 『추리소설이란 무엇인가?』(대중문학연구회 편), 국학자료원, 1997, 144면.
32) 조성면, 『대중문학과 정전에 대한 반역』, 소명, 2002, 80면.
33) 위의 책, 77면.
34) 천정환, 『근대의 책읽기』, 푸른역사, 2004. 362면.

'공포, 해석기 어려운 수수께끼' 등이었다.[35] 이런 대중들의 요구에 신문이 민감하게 반응하는 것은 당연한 추세일 것이다. 1930년대에 이르면 여전히 번역물이 압도적인 비중을 차지하지만, 몇몇 문인들을 중심으로 창작물이 등장하기 시작한다.[36] 번역에 참여한 작가로는 양주동, 이하윤, 김환태, 김광섭, 이헌구, 김유정, 이석훈, 안회남, 방인근 등이 대표적이고, 창작은 이해조, 채만식, 김내성을 중심으로 전개되었으며, 비평은 이종명, 김영석, 송인정, 전무길, 김내성, 방인근을 중심으로 전개되었다.

1930년대는 일본에서 순수 문학가들을 중심으로 추리소설을 번역하거나 창작하는 것이 유행하였고, 조선에서도 에드거 앨런 포나 코난 도일의 작품이 번역되어 소개되면서 상당한 관심을 모으고 있었다. 이 시기 채만식은 '서동산'이라는 이름으로 『염마』(1934)를 조선일보에 연재하면서 김내성의 추리소설을 예고하고 있다. 이 작품은 추리소설이 갖추어야 할 형식적 요소는 갖추고 있지만, 서사가 전개되는 과정에서 추리소설의 본질적 요건인 추리의 과정이 약화됨으로써 독자의 흥미가 현저하게 줄어드는 양상을 보이고 있다. 즉 '탐정의 소개', '범죄의 단서들', '조사'는 있으나, '해결의 공표'와 '해결에 대한 설명'이 없이 곧바로 '대단원'으로 이어진다.[37]

그러므로 조선에서 서양의 고전적 추리소설의 기준에 맞는 작품은 1930년대 중반 이후에 김내성에 의해서 창작되었다고 보는 것이 일반적이다.[38] 그는 순수문학과 대중문학을 구분하면서 전자를 추켜

---

35) 위의 책, 361면.
36) 김창식, 「추리소설 형성기의 실상과 김내성의 『마인』」, 『추리소설이란 무엇인가?』(대중문학연구회 편), 국학자료원, 1997, 167 - 171면.
37) 김창식, 앞의 글, 190 - 191면.

세우고 후자를 폄하하는 태도가 독자들을 문학으로부터 멀어지게
하는 원인이라고 보고, 독자들에게 즐거움을 주고 그들과 함께 호흡
하는 대중문학을 옹호하였다. 그가 생각하는 대중문학은 독자 대중
의 문학적 교양 수준을 염두에 두고 제작된 것으로서, 독자들에게
문학적 위안을 제공하는 가운데 대중의 문학적 교양을 한 단계 끌
어올릴 수 있는 문학이었다.[39] 김내성의 이런 주장은 이분법적인 인
물 구도와 단순한 문체, 그리고 수수께끼를 제시하고 풀어냄으로써
현실에서 벗어나 오락과 위안을 얻으려는 고전적 추리소설의 본래
적인 성격에서 벗어난 것처럼 보인다.[40] 그러나 추리소설은 탐정과
범인의 대결이기도 하지만 다른 한편으로 독자와 작가의 지적 게임
이기 때문에 독자들의 요구에 순응하는 여타의 대중문학과는 구별
되는 '중간 문학'의 특성을 가지고 있다.[41] 이는 한국 추리소설의 특
성을 내포하고 있는 것으로서, 염상섭의 '통속소설론'과 같은 맥락
에 놓여 있다.[42]

염상섭은 본격소설의 반대지점에 통속소설을 놓지 않고, 대중소설
과 본격소설의 중간지점에 위치시킴으로써 통속소설을 새롭게 정의
하고 있다. 그는 「通俗·大衆·探偵」에서 '탐정소설'이 대중들의 읽

---

38) 조성면, 앞의 책, 79면. 조성면은 김내성의 소설을 본격적인 추리소설로 정의하는 이유
로 가독성(可讀性)과 대중성을 근거로 들고 있다. 그러나 엄격한 기준으로 보면 김내
성도 추리소설을 통해 근대성을 반성하고 있다는 점에서 고전적 추리소설의 오락성과
대중성을 완전히 구현하지는 못했다. 그것은 한국적 추리소설의 특성이라고 해야 할
것이다.
39) 김내성, 「탐정소설수감」, 『박문』11, 1939, 9월.
40) Dennis Porter, *The Pursuit of Crime – Art and Ideology in Detective Fiction*, Yale
University, 1981. p.3
41) 조현일, 「추리문학과 소설교육」, 『국어교육학연구』 17권, 2003, 389면.
42) 염상섭, 「通俗·大衆·探偵」, 『매일신보』 1934. 8. 17~21.

을거리로 등장한 것을 부인할 수는 없지만, 이것이 취재와 묘사가 어려운 대중소설의 공백을 메우려는 경향을 보이고 있어서 반가운 일은 아니라고 못 박았다.[43] 이런 진술로 미루어 보면, 염상섭 자신은 추리소설의 등장을 부정적으로 본 것인데, 실제 그의 소설에서는 '탐정 모티프'가 자주 등장할 뿐 아니라 추리소설의 기법이 다양하게 실험되고 있다.

> 그러면 이와 같은 요소(要素)와 요건(要件)으로서 된 대중소설(大衆小說)은 문학상(文學上) 어떠한 지위(地位)에 놓여있는 것일까. 나는 위에서 지금의 대중소설(大衆小說)은 일본(日本)의 강담(講談)이 진화(進化)한 것 강담(講談)이 소설(小說)의 체재(體裁)로 현대적(現代的) 요소(要素)를 넣어서 된 것이라는 의미(意味)를
>
> 말하였다. 이 견해(見解)가 틀림없다하면 대중소설(大衆小說)은 강담(講談) - 야담(野談)과 본격적(本格的) 소설(小說)과의 중간적(中間的) 존재(存在)라 할 것이나 또 한가지 대중소설(大衆小說)과 본격적(本格的) 소설(小說)과의 사이에 통속소설(通俗小說)이라는 존재(存在)를 부인(否認)할 수 없을 것이다. 종래(從來) 통속소설(通俗小說)이라는 것은 본격적(本格的)·예술적(藝術的) 소설(小說)의 대척(對蹠)으로서 저급(低級)의 것이라는 의미(意味)이었음으로 금일(今日) 대중소설(大衆小說)과는 구별(區別)될 것이라 생각한다. 그러나 통속소설(通俗小說)일지라도 소위 본격소설(本格的小說)이 아닌 것은 아니다.[44]

'통속소설'을 대중소설과 본격소설의 중간에 위치시킴으로써, 염상섭은 통속소설을 독자들에게 흥미와 재미를 줄 뿐 아니라 현실을 환기하고, 작가의식을 전달할 수 있는 소설 장르로 다시 정의한다. 한국 문학사에서 1930년대는 여러 가지 소설 유형이 팽팽하게 맞서는 가운데 공존한 시기로,[45] 대중소설에 대한 논의도 활발하게 이루

---

43) 위의 글, 『매일신보』 1934. 8. 17.
44) 염상섭, 「通俗·大衆·探偵」, 『매일신보』 1934. 8. 21.

어졌다. 이런 맥락 속에서 '성격과 환경의 일치 여부'로 예술소설과 통속소설을 분류한 임화의 정의에 의하면,[46] 염상섭의 '통속소설'은 형식과 내용이 불일치하고 있다는 점에서 예술소설에 가깝다고 하겠다. 혼사 장애나 탐정 모티프는 독자들의 흥미를 끌기 위한 것이지만, 그것 자체가 작가의 사상을 담고 있다는 점에서 염상섭의 소설은 한국적 대중소설인 예술소설의 시조이다. 그런 점에서 염상섭 소설의 통속성은 통속성 자체에 함몰되지 않고, 현실의 모순과 그에 대한 비판의식을 담고 있고, 이와 동시에 일제의 엄격한 검열제도를 견뎌냈다고 할 수 있다.[47]

횡보의 소설에서 '여마리꾼', '스파이', '정탐'이라는 용어가 등장하기 시작한 것은 『사랑과 죄』(1928)부터이다. 1926년 일본으로 건너가 다시 유학을 하면서 횡보의 소설에 탐정 또는 정탐 모티프가 나타난 것은 그가 당시 일본에서 유행하고 있는 추리소설에 상당한 영향을 받았음을 보여준다. '추리소설'이라는 용어는 일본에 처음으로 고전적 추리소설이 도입되던 메이지 말기에 일본인이 만들어 낸 용어이며, 소화(昭和) 초기에는 '본격'과 '변격'이라는 말로 영국의 'Detective story'와 미국의 'Mystery story'를 구분하였다. '본격'은 포우에서 시작된 고전적 추리소설을 지칭한 것이고, '변격'은 고전 추리소설의 비예술성을 극복하기 위해 일반소설처럼 범죄의 장면이나 연애 서사를 가미한 소설을 일컫는다.[48] 염상섭의 소설은 퍼즐 또는

---

45) 조남현, 『한국현대소설 유형론 연구』, 집문당, 1999, 19면.
46) 같은 책, 141면.
47) 김창식, 「1930년대 한국 신문소설의 존재방식」, 『신문소설이란 무엇인가』(대중문화연구회편), 국학자료원, 1996, 35면.
48) 송덕호, 「추리소설의 유형」, 『추리소설이란 무엇인가』, 대중문학연구회 편, 국학자료원, 1997, 33면.

수수께끼를 푸는 형식의 고전적 추리소설보다는 범죄와 연애 서사를 위주로 한 작품들을 창작하였기 때문에 '변격' 추리소설 쪽에 가깝다.

그는 일 년 정도 양주동과 한 하숙집에서 기거하였는데,[49] 양주동은 르블랑의 추리소설 「813」(1927. 4.)을 번역하여 『新民』에 연재하는 등 추리소설에 상당한 관심을 가지고 있었다. 이들이 동경에서 1년 정도 함께 살면서 서로의 원고를 돌려 읽으며 문학적인 교류를 했을 것으로 추정한다면,[50] 횡보의 소설에 추리소설의 기법이 등장하는 것은 그렇게 신기한 일이 아니다. 염상섭이 추리소설의 영향을 받았다는 결정적인 증거는 그가 『남방의 처녀』라는 외국의 탐정소설을 번역한 것에서 드러난다.[51] 이 작품은 작가미상의 작품이지만 전체적인 내용이 추리소설의 기법에 따라 전개되고 있어서 염상섭의 소설 창작에 상당한 영향을 미쳤을 것으로 보인다.

횡보의 중기소설은 도시를 배경으로 하고, 중산층 가정의 가족 간의 갈등을 소재로 삼으면서 살인 사건이 일어나고, 살인 사건을 수사하는 경찰이나 의사들이 등장하고 있다. 또한 사회주의자들은 도덕적으로 우월한 것으로 그려지면서 이들이 중산층 가족들의 속물적인 욕망을 추리하고, 폭로하는 역할을 맡으면서 '탐정 모티프'가 나타나고 있다. 『사랑과 죄』, 『광분』, 『삼대』가 대표적인 예이다. 또한 사회주의자와 그를 후원하는 동정자의 등장은 이들을 추적하는 형사를 동반하면서, 서사적 긴장을 유발하게 되는데, 『사랑과 죄』, 『

---

49) 김윤식, 앞의 책, 1989, 345면.
50) 위의 책, 347면.
51) 송하춘, 「염상섭 초기 창작 방법론—「남방의 처녀」와 『이심』의 대비 고찰」, 현대소설연구 36, 2007.

광분』, 『이심』, 『삼대』, 『무화과』, 『효풍』이 여기에 속한다.

독자들에게 수수께끼를 제시하고, 주인공이나 서술자가 그 수수께끼를 풀어가는 소설들은 고전적 추리소설의 기법을 보이고 있어서, 횡보의 초기 소설 중에 신여성들을 주인공을 삼은 경우도 연구의 대상에 넣을 수 있게 된다. 초기 삼부작에 하나인 「제야」, 『해바라기』, 『사랑과 죄』, 『이심』이 여기에 해당한다. 또한 염상섭의 소설의 가장 큰 특징으로 꼽히는 혼사 장애 모티프나 연애의 삼각관계 역시 제한된 정보 속에서 상대의 내면을 추리해 가는 과정을 보여주기 때문에 넓은 의미에서는 추리소설의 요소를 내포하고 있다고 볼 수 있다. 이는 염상섭의 중기 소설에서 죽기 전까지 발표한 대부분의 장편소설이 해당된다. 이 글에서 '탐정소설(Detective Novel)'이라는 용어보다 '추리소설(tale of ratiocination)'이라는 용어를 사용하려는 이유가 여기에 있다. 전자가 반드시 살인사건을 중심으로 살인자와 희생자, 그리고 탐정을 출현시킨다는 도식이 있는 반면에 후자는 살인 사건이 없이도 주인공이 어떤 의문을 품게 되고, 이 의문을 풀어가는 모습을 보인다는 점에서 추리소설이 탐정소설보다는 외연이 넓은 용어이기 때문이다.

2) 추리소설의 분류와 독자반응 양식

대중문학에 대한 관심이 증가하면서[52] 추리소설 역시 연구자들의 주목을 받고 있다.[53] 추리소설[54]은 외국의 문학 장르를 번역하는 과

---

52) 이정옥, 『1930년대 한국 대중소설의 이해』, 국학자료원, 2000.
　　에코, 움베르토(조형준 역), 『스누피에게도 철학은 있다』, 새물결, 1994.

정에서 상당한 혼선을 빚고 있는 용어 중 하나이다. 그것은 각 나라마다 또는 연구자마다 최상위 개념으로서의 추리소설을 다르게 사용하기 때문이다. 한국에서는 미국의 '미스터리소설(Mystery story)', 영국의 '탐정소설(Detective story)', 그리고 프랑스의 '경찰소설(Roman policier)'을 모두 추리소설로 번역하고 있기 때문에, 번역자들마다 추리소설을 상위 개념에 놓기도 하고, 하위 개념에 놓기도 하는 혼선을 빚는다. 예를 들어, 토도로프의 『산문의 시학』에서, '탐정소설'의 하위분류가 '추리소설', '스릴러', '서스펜스'인데, 이때 '추리소설'은 '미스터리소설'로 번역하는 것이 더 적절하다. 왜냐하면 한국에서 탐정소설은 고전적 추리소설이라는 좁은 의미로 사용되고, 추리소설은 탐정소설보다 외연이 넓은 개념이기 때문이다. 또한 추리소설과 탐정소설이라는 용어가 아직도 경쟁 중이어서, 일부의 연구자는 탐정소설을 선호한다.[55] '범죄소설crime novel'이라는 용어를 추리소설보다 상위의 개념으로 사용하는 연구자들은 범죄소설이 성공을 거두고 있는 사회적인 현상에 더 많은 관심을 기울이거나,[56] 범죄소설을 '범죄 서사'로 확장하여 "범죄 사건이 핵심을 이루는 서사"로 폭넓게 정의하여 사용하기도 한다.[57] 그러나 범죄소설은 고전적 추리

---

53) 조성면, 『한국 근대 탐정소설 연구 - 김내성을 중심으로』, 인하대 박사논문, 1999.
   최애순, 『이청준 소설의 추리소설적 구조 연구』, 고려대 석사논문, 2001.
   백대윤, 『한국 추리서사의 문화론적 연구』, 한남대 박사논문, 2006.
54) 본래 논리적 추론의 이야기(tale of ratiocination)를 의미하는 '추리소설(推理小說)'이라는 용어는, 1945년 이후 일본에서 실용한자가 정립되는 과정에서 기기 따가따로우(木木高太郎: 1897 - 1969)의 제안으로 사용되기 시작하였다. 이건지, 「일본의 추리소설 - 反문학적 형식」, 『추리소설이란 무엇인가』(대중문학연구회 편), 1997, 국학자료원, 118면. 각주 7번 참조.
55) 조성면, 앞의 책, 78면. "탐정소설은 불가해한 범죄나 미궁에 빠진 사건이 이성적 영웅에 의해 논리적으로 해결되는 과정을 그린 대중소설이다."
56) 만델 에른스트(이동연 역), 『즐거운 살인 - 범죄소설의 사회사』, 이후, 2001, 9면.

소설의 비현실성을 비판하고 등장한 2차 세계대전 이후의 작품들을 지칭하는 경우58)도 있어 혼동될 여지가 많은 용어이다.

이 글에서는 염상섭 소설과 관련된 내용을 따라 추리소설을 정의하고 분류하고자 한다. 추리소설은 각 나라의 법제도 및 국민성과 관련되어 있어서, 미국의 '미스터리소설'은 범행의 주체와 방법의 비밀을 추리하는 데 초점을 두고 있고, 영국의 '탐정소설'은 주인공 탐정에 중점을 두고 있으며, 프랑스의 '경찰소설'은 경찰력에 초점을 맞추고 있다.59) 김영성의 연구에 의하면,60) 한국의 추리소설은 독자들의 호기심을 자극하는 미국식의 미스터리 소설보다는 범죄의 사회적 배경에 대한 관심이 높은 프랑스의 경찰소설에 가깝다.61) 염상섭 소설도 예외는 아니어서 살인사건과 조사의 이야기가 등장하는 중기 소설의 경우에 범인이 누구인가를 찾는 것보다는 범행이 일어나게 된 사회적 배경과 인간의 욕망에 더 많은 관심을 기울이고 있다.

뢰테르는 프랑스적인 전통을 따라서 '경찰소설(Le Roman Policier)'이라는 용어를 상위 개념을 사용하고 있지만, 한국의 추리소설이 범죄의 발생 원인에 관심을 기울이는 프랑스적 전통에 가깝다는 점에서 염상섭 소설을 설명하는 데 적절해 보인다. 이 연구에서는 그의 '경찰소설'을 추리소설로 번역하고, 추리소설을 "법적으로 비난받을 만

---

57) 최현주, 앞의 논문, 24면.

58) Symons, J., pp.182 − 202

59) 이상우, 『이상우의 추리소설 탐험』, 한길사, 1991, 42 − 43면.

60) 김영성, 『한국 현대소설의 추리소설적 서사구조 연구』, 한양대학교 대학원 박사논문, 2003, 73면.

61) 정희모, 「추리기법의 서사화와 그 가능성 − 김성종의 『최후의 증인』에 나타난 추리기법을 중심으로」, 『현대소설연구』 10, 1999, 426면. 이런 경향은 추리소설이 등장하기 시작한 때부터 현재까지 지속되어, 김성종, 이인화, 이문열의 소설에서도 추리소설의 오락적 성격보다는 사회비판적인 성격이 강하게 드러나고 있다.

한 중대한 범죄에 초점을 맞추고 있는 문학"이라고 정의하고자 한다. 추리소설의 하위 장르는 누가 어떻게 범죄를 저질렀는가를 알아내는 '미스터리소설'과 그 범죄에 대해 종말을 가져오거나 범죄자를 물리치는 '범죄소설', 그 범죄 행위로 인한 위험한 상황을 피하는 데 초점을 맞춘 '서스펜스소설'이다.[62] 미스터리소설은 추리소설의 가장 전형적인 형태로 고전적 추리소설 또는 정통 추리소설이라고도 하며, 범인이 누구인지 밝히는 것에 중심을 두고 있다. 범죄, 희생자, 탐정의 세 요소가 존재하며, 마지막에는 탐정의 뛰어난 추리를 통해 불가사의한 범인이 드러나는 것이다. 주인공에게 수수께끼가 주어지고, 그것을 추리해 가는 과정을 주요 서사로 삼는다는 점에서 횡보의 초기 소설과 유사한 면이 많다.

범죄소설은 1920년대 말경에 사실주의와 자연주의라는 사조와 새로운 유형의 추리소설을 원했던 요구와 맞물려 미국에서 등장하였고, 속어와 폭력이 난무하는 범죄세계가 묘사되고 있다 하여 '하드보일드형 소설'이라고 불리기도 한다. 고전적 추리소설의 탐정이 책상 앞에 앉아서 단서들을 검토하여 뛰어난 추리를 이용하여 범인을 잡는다면, 하드보일드형 탐정은 현장에 직접 출동하여, 범인으로부터 공격을 당하기도 하고, 생명의 위협을 받기도 하면서, 범인을 검거한다.[63] 『무화과』의 여기자 박종엽이 적대자들과 신체적인 대결을 벌인다는 점에서 이 유형에 가까워보인다. 또한 염상섭 중기 소설들이 범죄 자체에 대한 관심보다는 범죄의 발생 원인에 초점을 맞춤으로써 묘사와 세부 서술에 중요한 의미를 부여하고, 이를 통해 작

---

62) 뢰테르, 이브(김경현 역), 『추리소설』, 문학과지성사, 2000, 17면.
63) 송덕호, 앞의 책, 38면.

가의 주제의식이 전달되고 있다는 점에서 범죄소설로 분류할 수 있다.[64] 또한 범인이 누구인가를 밝히는 것보다는 범죄를 일으킨 등장인물들의 욕망에 더 많은 관심을 기울이고 있다는 점에서도 이런 분류가 적절해 보인다.

서스펜스 소설은 희생자를 중심으로 전개되면서 원인에서 결과로 사건이 진행되는 유형이다. 작가는 희생자의 감정과 위협 상태를 독자들에게 알게 하고 등장인물에 자신을 동화시켜 희생자의 상황에 몰입하게 한다.[65] 희생자가 직접 탐정이 되기도 하고, 희생자를 보호해 주는 탐정이 나타나서 범인을 쫓기도 한다. 위협, 기다림, 추적이 서스펜스 소설의 세 요소이며, 그 과정에서 '두려움'이 독자들의 주된 정서가 된다. 미케 발이 지적한 대로 독자들은 전지적 서술자를 통해 등장인물들에 대한 정보를 제공받게 되고, 각각의 인물들보다 많은 것을 알고 있다. 이런 정보량의 차이로 인해 독자들에게 '두려움'의 정서가 유발된다. 뢰테르는 서스펜스 소설에 대한 토도로프의 개념이 범죄소설의 변종에 가깝다고 비판하고, 이를 시간의 개념으로 다시 정의한다. 즉 현재 위협을 당하고 있는 사람들이 범죄를 피하기 위해 노력함으로써 장차 닥쳐올 비극적인 미래를 막아내려 하기 때문에, 소설상으로 서술되는 현재는 미래와 과거 사이에 놓인다는 것이다.[66] 염상섭의 후기소설은 해방기와 한국전쟁기, 전후시대에 걸쳐 있기 때문에 전쟁을 예감하고 이것을 저지하고자 하는 작가의식이 가족 갈등을 통해 드러나고 있다. 또한 전쟁이라는

---

64) 뢰테르, 위의 책, 116면.
65) 윤미화, 『추리소설의 현대적 변용 연구』, 건국대학원 박사논문, 2005, 51면.
66) 뢰테르, 앞의 책, 146면.

외적인 위협에 놓인 인물들의 생존을 위한 노력이 서스펜스소설의 효과를 유발하고 있다.

3) 추리소설의 유형과 이데올로기

추리소설에서 주로 사용하는 추론의 방법은 가추법(abduction)이다. 연역법이 규칙과 사례로부터 결과에 도달하고, 귀납법이 사례와 결과를 통해 법칙을 추구하는 논증법이라면, 가추법은 규칙을 알고 있는 상태에서 규칙과 결과로부터 사례를 추측하는 논증법이다. 홈즈는 어느 여자가 입고 있는 옷의 소매가 닳아서 반들반들해진 것을 보고 그 여자가 타이피스트라고 추리해 낸다. 이것을 도식화하면 다음과 같다.

> 규칙: 타자를 많이 치면 소매가 반들반들해진다.
> 결과: 그 여자는 소매가 반들반들해졌다.
> ∴ 사례: 그 여자는 타자를 많이 쳤다.

가추법은 결론의 확실성은 약하지만, 생산성은 다른 논증 방법들보다 뛰어나다.[67] 영화관 앞에 사람들이 많이 모여 있으면, 그 영화가 재미있을 것이라고 생각하고, 땅이 젖은 것을 보면 비가 왔다고 생각하는것은 연역이나 귀납적 논증 방법이 아니라, 대부분 가추법을 적용한 결과이다. 기호학자 퍼스는 일상생활에서 급작스럽고 예기치 않았던 결정을 내리거나 과학적 발견의 새로운 길을 개척하는 데 있어 대담하고, 위험한 가추법이 필요하다고 주장한다.[68] 횡보의

---

67) 움베르토 에코 외(김주환·한은경 역), 『논리와 추리의 기호학』, 인간사랑, 1994. 11면.

소설에서 가추법은 상대방의 마음을 읽어내는 데 효과적으로 사용된다. 상대방이 나를 사랑한다면 나의 비밀을 지켜줄 것이라는 규칙이 전제되고, 상대방이 나의 비밀을 지켜줬다면, 그/그녀는 나를 사랑하는 것이 된다. 가추법은 생산성에 있어서는 연역법과 귀납법보다 우수하지만, 오류의 가능성이 있기 때문에, 그 진실성은 반드시 검증의 단계를 거쳐야 한다.

가추법은 '범죄와 단서'가 드러난 이후에 '해결의 설명'이 제시되는 미스터리소설의 플롯 구성과도 관련되어 있다. 미스터리소설의 화자는 '결과의 확인->법칙의 가정->사례의 구성'이라는 가추법의 순서를 따르지 않고, '결과의 확인(범죄의 단서/조사)->사례의 구성(해결의 공표)->가정한 법칙의 설명(해결의 설명)의 순서를 따르기 때문에, 탐정의 해석이 정당하다는 전제를 독자들에게 확인시키고 그 과정을 설명하게 된다.[69] 이로 인해 탐정의 추론 과정에 내재된 논리적 비약이나 모순이 간과되고, 미스터리소설은 결과적으로 체제를 옹호하는 보수주의적 세계관에 기울게 된다.

또한 일정한 공식에 따라 전개되는 미스터리소설은 모든 인간관계를 수량화할 수 있고, 측정 가능하고, 경험적으로 예측 가능한 것으로 보는 부르주아 사회의 이데올로기를 내포하고 있을 뿐 아니라,[70] 선악의 이분법을 통해 범인들은 항상 체포되고 정의는 항상 실현되며, 범인은 반드시 처벌받는다는 점에서 부르주아 사회의 승리를 주장한다.[71] 이렇게 범죄자들이 처벌되고 타자로 규정됨으로써

---

68) 마씨모 본판티니 외, 「예측할 것인가, 말것인가」, 『논리와 추리의 기호학』, 인간사랑, 1994. 294면.
69) 김영성, 앞의 논문, 33면.
70) 만델, 앞의 책, 41면.

미스터리소설은 사람들을 위로하고 사회를 통합하는 기능을 담당한다. 또한 개인은 "유죄로 예상된 사람들의 결백이 밝혀지고, 혐의가 없었던 것으로 보였던 사람들이 유죄로 드러남으로써" 자신의 무죄를 입증하는 제의적 의식(ritual)으로 미스터리 소설을 읽게 된다.[72] 원시부족들이 자신들의 죄를 다른 사람이나 동물들에게 전가하는 것처럼, 미스터리소설의 독자들은 자신들의 죄를 범죄자들에게 전가하는 것이다.

이에 비해 범죄소설은 법과 질서가 더 이상 절대적인 선이 아닌 시기에 등장하여 범죄와 싸우는 탐정이나 경찰들조차도 부르주아 사회의 관점에서는 '긍정적인' 주인공이 아닌 것으로 묘사된다.[73] 범죄와 기존 질서, 악과 처벌 사이의 경계선이 사라지면서 범죄소설은 독자들에게 더 이상 부르주아 사회의 정당성을 받아들이도록 기능할 수 없게 되고, 이로써 범죄소설은 통합기능보다는 분리적인 기능을 담당하게 된다. 이런 기능 덕분에 사람들은 부르주아적 가치에 의문을 품게 되는데, 이런 의문이 성립되기 위해서는 부르주아적 가치에 대항하는 또 다른 생각과 가치들의 제시가 전제되어야 한다.[74] 염상섭 중기소설에 나타나는 중산층 가정 안에서 벌어지는 갈등과 범죄들은 부르주아적 가치들에 대해 의문을 품고 있으며, 이를 극복할 만한 대안들을 찾고자 노력한 흔적들을 보여준다. 사이먼은 미스터리소설과 범죄소설의 차이를 다음과 같은 표로 일목요연하게 정리해 놓았다.[75]

71) 위의 책, 91면.
72) Symons, op. cit, p.14
73) 만델, 위의 책, 219면.
74) 위의 책, 222면.

	탐정소설(미스터리소설)	범죄소설
플롯	속임수에 기반을 둠. 기계(잠긴 방)나, 말(거짓말), 법의학적 약물(독약, 혈액형, 위조된 발자국) 또는 사건 전개와 관련된 속임수. 이야기는 속임수를 중심으로 역진적으로 진행되어 속임수의 폭로와 관련되어 나머지의 내용을 이끌어감.	인물의 심리에 기반을 둠. A는 무엇 때문에 B를 살해했는가? 또는 폭력으로 끝날 수밖에 없는 참을 수 없는 상황에 관심. 잠긴 방이나 거짓 발자국, 이상한 독약과 같은 속임수는 없음. 대부분의 문제는 'A가 진정으로 B를 살해했나? 만약 그랬다면 그에게 무슨 일이 일어날까? 이야기는 원인으로부터 순차적으로 진행됨.
탐정	전문가일 수도 있고 초보자일 수도 있다. 초보자가 탐정이 되거나 탐정기관을 운영할 경우, 살인 사건에 우연히 연루된다. 항상 이야기 전개의 중심에는 그가 주인공이고, 일반적으로 다른 사람이 간과한 것을 날카롭게 관찰한다.	종종 탐정이 없다. 간간이 탐정이 연속된 이야기에 등장하지만, 눈부신 이성적 추리를 보여주는 경우는 드물다. 대부분 중심인물은 사건이 일어난 당사자이다.
방법	만약 범죄가 살인이라면, (항상 그렇다) 살인 방법이 기상천외하거나 오해하기 쉬운 것이다. 예를 들어 희생자가 총살된 것으로 보였으나 사실은 독살된 것이다. 종종 살인 방법은 잠긴 방의 비밀이나 퍼즐 또는 모든 사람들이 똑같이 먹거나 마신 독살 사건과 같이 매우 독창적이다.	대개 미리 알려져서, 거의 중요하지 않다. 종종 사건 전개에서 중요한 역할을 하지만, 기계적인 장치는 결코 사용하지 않는다.
단서	필수적인 요소. 이야기 내에서 열 개 이상 나타난다. 탐정은 그것의 의미를 적절하게 설명하거나 독자들에게 추리하도록 요구한다.	미스터리소설과 같은 단서는 없다.
등장인물	오직 탐정만이 자세하게 성격화된다. 다른 인물들은 도구적이고, 특별히 범죄 후에 사람들은 완전히 플롯에 종속된다.	이야기의 기초가 된다. 등장인물의 생생함이 범죄 후에 지속되고, 이어지는 행동이 이야기의 효과에서 중요하다.
배경	대부분 범죄 이전에 일어나는 것에 한정된다. 나중에 플롯과 단서 요구가 접수되고, 배경(학교, 사무실 등등)은 사라진다.	종종 이야기의 어조나 문체에 중요하다. 자주 범죄 자체의 완전한 부분이 된다. 예를 들면 특별한 삶의 방식과 관련된 압박감은 특별한 범죄로 이어진다.
사회적인 태도	보수적	다양함. 법과 정의, 사회구조에 대한 태도에 있어서 급진적이기도 하다.
수수께끼의 가치	매우 높다. 탐정과 수수께끼만이 기억에 남는다.	어떤 경우에는 중요하고, 어떤 경우에는 존재하지 않는다. 인물과 상황이 오랫동안 기억된다.

---

75) Symons, op. cit, pp.182 - 184.

이와 같은 이론에 근거하여 염상섭 소설에 나타나는 추리소설의 서사적 특질을 분석하고, 이런 추리소설의 서사 기법에 드러나는 작가의식을 규명하는 것을 이 글의 목표로 삼고자 한다. 2장에서는 남자 주인공에게 수수께끼가 던져진 뒤에 신여성의 비밀을 풀어가는 다양한 탐구 방식을 통해 신여성을 보는 남성적인 시선을 분석하고, 신여성이 추구했던 자유연애의 의미를 밝히고자 시도할 것이고, 3장에서는 중산층 가정의 속물적인 욕망으로 인해 가족 간에 살인이 벌어지고, 이들의 욕망을 사회주의자와 중재자들이 폭로하는 양상을 집중적으로 분석할 것이다. 마지막으로 4장에서는 해방기와 전쟁을 배경으로 한 소설에서 나타나는 서스펜스소설의 특성을 분석하고 여기에 나타나는 작가의 현실인식을 다루고자 한다.

Ⅱ. 신여성의 비밀을 탐구하는
남성의 시선

　염상섭 초기 소설은 도브(Dove)가 정리한 고전적 추리소설의 일곱 단계에 가장 근접하고 있다는 점에서 미스터리소설이라고 하겠다.[1] 주제의 변화에도 불구하고, 미스터리소설은 일정한 형식을 유지하고 있기 때문에, 독자들은 게임을 하듯이 소설을 읽게 된다고 한다.[2] 도브는 미스터리소설을 보통 일곱 단계의 플롯으로 구분하는데, 사건의 발생, 1차 해결, 사건의 복잡화, 미궁, 단초의 발견, 해결, 설명의 단계가 그것이다.[3] 카월티는 탐정의 조사와 범죄의 해결이라는 기본적인 조건을 바탕으로 탐정의 소개, 범죄와 단서, 조사, 해결의 공표, 해결의 설명, 대단원 등의 6단계로 설명한 바 있다.[4] 플롯의

---

1) Dove, George N., *The Reader and the Detective Story*(Ohio: Bowling Green University, 1997), p.41.

2) Ibid, p.35.

3) Ibid, 용어의 이해를 돕기 위해 원문을 제시하면 다음과 같다. "In the case of the detective story, play is transformed into hermeneutic structure, taking the form of the seven-step basic plot of all detective fiction(problem, first solution, complication, period of gloom, dawning light, solution, explanation)"

전개 양상을 설명하기에는 도브의 설명이 카월티의 설명보다 적절해 보인다. 미스터리소설의 일반적인 규칙으로 인해 독자들은 한 권의 소설을 읽고 나면, 다른 소설을 읽을 때 이런 단계를 예측하면서 독서를 진행한다는 것이다.

신여성을 주인공으로 내세운 초기 소설들은 대부분 여성의 비밀이 수수께끼로 제시되고, 그것을 남성들이 풀어가는 방식이어서 미스터리 소설과 유사한 서사구조를 가지고 있다. 이 소설들에서는 정보를 최대한 지연시키기 위해 사건이 복잡해지고, 미궁에 빠져드는 단계가 반드시 나타난다. 만약 여성의 비밀이 초반부에 제시되고 나면 독자들에게 더 이상 호기심을 줄 수 없기 때문에 이 비밀은 소설의 후반부까지 은폐된다. 혼사 장애 모티프도 플롯의 전개상으로 보면, 사랑을 확인한 이후로 다양한 혼사 장애를 만나면서 사건이 복잡하게 전개되다가 마침내 혼사에 이른다는 점에서 미스터리소설의 플롯과 유사하다.

여성을 주인공으로 내세우거나 주요 화자로 내세워서 소설을 씀으로써, 한국문학사에서 독특한 위치를 차지하고 있는 염상섭 소설은 남성 작가가 여성 화자를 내세우는 구도5)를 형성하기 때문에 정보의 전달에 있어서 다중적인 의미를 만들어낸다. 초기작에서 등장하는 신여성은 자유연애를 추구하는 인물들이고, 염상섭도 일본 유

---

4) Cawelti, J., *Adventure, Mystery, and Romance: Formula Stories and Popular Culture*, University of Chicago Press, 1976, pp.81 - 82.

5) 김원우, 「횡보의 눈과 길」, 『염상섭 문학의 재조명』, 문학사와 비평연구회, 새미, 1998, 265면. 요컨대 횡보의 여성 화자들은 제1의 자연 같은 배경으로 만족하지 않는다. 그들은 남성 화자의 수족 같은 도구나 장치가 아니다. 이런 半남성화된 여성 화자가 오늘날의 한국 현대소설에서도 드문 실정을 주목하면 횡보의 상대적 크기는 단연 우뚝해지고 만다.

학생이었기 때문에 자유연애가 '개성의 자각'이나 '자아의 발견'을 의미한다는 것을 잘 알고 있었을 것이다. 그런 점에서 신여성이 추구하고 있는 자유연애의 목표가 구습을 타파하고, 봉건적인 현실을 비판하며, "자율적인 선택과 판단으로 자기 삶을 독립적으로 개척해 가는 근대적 주체"를 추구하려는 것임[6]을 알고 있었을 것이다.

그런데 그의 소설에서 등장하는 신여성들은 이러한 예상을 빗나가고 있는 것처럼 보인다. 그의 소설에 등장하는 여성들은 일본에서 배운 자유연애의 논리를 조선에서 피력하고 있으나, 그녀들의 주장은 당대 현실을 개혁하고, 대중들을 계몽하기에는 역부족이었다. 오히려 이들은 자신의 과거를 고백함으로써 남편에게 용서를 받고자 하거나(「제야」), 일본에서 배운 바대로 자유연애의 삶을 살지만 성공하지 못하거나(「너희는 무엇을 어덧느냐」), 안정된 생활을 위해 총독부 서기의 재취로 결혼을 하거나(『해바라기』), 아니면 극심한 생활난을 견디다 못해 생계를 위해 발버둥을 치다가 남편에게 죽임을 당하기도(『이심』) 한다. 이를 두고 염상섭은 신여성의 자유연애를 논리적으로 긍정하지만 심정적으로는 부정하는 괴리를 보인다는 주장이 있다.[7] 그러나 이는 당대 사회에서 소재를 찾아서 사회생활을 하는 여성을 그리려는 의도의 결과이고, 또한 이들의 비극적인 결말 역시 독자들의 호기심을 자극하고, 조선의 전근대적인 현실을 비판하려는 작가의 의도로 보아야 할 것이다.

신여성은 존재 자체로 당대 사회의 이목을 집중시켰고, 이들은 독

---

6) 김미영, 『1920년대 여성담론 형성에 관한 연구』, 서울대 박사논문, 2003, 104면.
7) 박종홍, 「염상섭 초기소설, 개성의 자각과 생활의 발견」, 『염상섭 문학의 재조명』, 문학사와 비평연구회, 새미, 1998, 166면.

자들의 흥미를 끌기에 적절한 인물들이었다. 또한 이들의 논리와 삶이야말로 소설의 소재로 삼기에 충분한 재미와 흥미를 독자들에게 제공한다. 그러므로 염상섭이 신여성의 삶을 소재로 한 것은 다양한 효과를 기대한 것으로 보인다. 여기서는 염상섭 소설에서 신여성이 등장하는 「제야」와 『이심』에 나타난 추리소설적 서사기법을 분석하고, 이어서 중편 『해바라기』와 『사랑과 죄』(1928)를 분석함으로써 신여성에 대한 작가의 태도와 이들을 통해 드러내려는 작가의식을 추적해 보고자 한다.

1. 역진적 구성과 정보의 지연

1) 남편의 편지와 신여성의 자살: 「除夜」

「除夜」는 초기 삼부작 가운데서 가장 긴 분량일 뿐 아니라 화자와 시점에 있어서도 문제적인 작품이다. 이 작품은 일본 유학을 통해 자유연애를 신봉하게 되고, 정혼한 남자를 두고도 자유연애를 실천하면서 아버지를 알 수 없는 아이를 임신하게 된 신여성이 남편에게 쓴 편지이다. 편지 형식이라는 점은 기존의 연구에서 자주 문제 삼았지만, 이 작품의 문제성은 고백체의 형식보다는 여성을 화자로 내세워서 그녀가 자신의 이야기를 고백하는 방식으로 전개되었다는 점이다. 여기에서 내포작가와 화자 사이에 간극이 발생하고, 이 간극으로 인해 아이러니가 발생되기 때문이다. 아이러니는 소설의 일반적 특성이지만,[8] 이야기를 전달해 주는 화자를 어떻게 설정하느냐는 아이러니의 발생과 밀접한 관련이 있다. 만약 화자와 등장 인물 사이에 거리가 발생하고, 화자와 작가, 화자와 독자 사이에 시 각적 차이가 생긴다면, 아이러니의 효과는 배가된다.

그렇다면 내포작가와 「제야」의 주인공 최정인, 그리고 독자 사이 에 존재하는 거리를 재는 것이 이 작품을 제대로 읽어내는 방법이 될 것이다. 만약 작가가 이 소설에서 신여성을 초점 화자로 내세우 고 그녀를 관찰하는 방식으로 서술했다면, 당대의 신여성에 대한 비 판적 시선을 그대로 투영할 수밖에 없었을 것이다. 그러나 신여성을 화자로 내세움으로써 내포작가의 시선에 중립성이 마련되었다. 작가 는 신여성을 화자이자, 주인공으로 내세움으로써 신여성의 입장에서 당대의 현실을 관찰할 수 있게 되고, 그럼으로써 독자들이 신여성을 다르게 볼 수 있는 시선을 제공한다.

「제야」의 여주인공 최정인이 추구한 자유연애는 '개성의 자각'과 '자아의 발견'이라는 맥락에서 살펴야 할 것이다. 만약 최정인의 고 백이 담긴 편지를 작가 염상섭을 의식한 상태에서 읽게 되면, 여성 혐오증 외에는 건져 올릴 것이 없겠지만, 그것을 염상섭의 '개성론' 의 관점에 읽게 된다면 다른 결론에 이를 수 있을 것이다. 또한 「 암야」의 주인공이 당대의 결혼 풍속도를 일컬어서 '일생의 최후의 간 음적 결단'이라고 정의한 것을 참고한다면, 「제야」의 주인공 정인의 자유연애론이 광인 김창억의 '동서친목회'처럼 허황된 것은 아니다.

여류화가 나혜석과 친밀한 관계를 맺었고, 누구보다도 신여성들의

---

8) 로버트 캘로그 & 로버트 숄즈(임병권 역), 『서사의 본질』, 예림기획, 2001, 312면. 서사 예술에는 대략 세 가지의 시점이 존재한다. 등장인물과 서술자, 그리고 청중의 시점인 데, 이 세 시점의 불일치에서 아이러니가 발생한다.

내면을 잘 알고 있었던 염상섭이 이들을 주인공으로 내세운 작품을 쓴 것은 이중적인 의미가 내포되어 있다. 하나는 당대에 사회활동을 활발하게 전개하는 여성들의 삶은 그것 자체로 독자들의 호기심을 자극하는 이야기이다. 이들의 내면을 속속들이 파헤쳐서 보여주는 것만큼 충격적이고, 엽기적인 이야기는 찾아볼 수 없을 것이다. 이는 독자들의 관심과 흥미를 모으기에 손색이 없는 소재이다. 다른 하나는 이런 소재가 신여성의 개인적인 내면의 폭로일 뿐 아니라 전근대적이고 남성 중심적인 사회를 정면으로 포착한 시선이라는 점이다. 염상섭은 당대 사회의 봉건성이나 전근대성을 신여성의 입을 빌려 폭로하고자 했던 것이다.

염상섭의 초기 삼부작은 일본 고백체 소설의 영향을 받은 작품으로 평가되고 있으나, 「표본실의 청개구리」에서는 주인공의 편지글 외에는 내면의 직접적인 토로가 없고, 「암야」에서도 서술자는 주인공의 말과 행동을 그대로 중개하고 있을 뿐, 그가 왜 일본작가의 소설을 읽고 눈물을 흘리는지에 대해서, 즉 주인공의 내면풍경에 대해서는 알려주지 않는다. 그에 비하면 「제야」는 편지글의 형식을 빌려서 그야말로 내면을 드러내지 않으면 안 되는 소설 구성을 취하고 있다. 즈네뜨에 의하면, 정보자와 정보는 반비례의 관계를 맺고 있어서 장면이 우세한 미메시스에서는 정보는 최대이고, 정보자의 위치는 최소인 경우이고, 말하기가 우세한 디에게시스는 정보는 최소이고, 정보자의 위치는 최대인 경우이다.[9] 고백체 소설에서는 서술자가 자신에 대해 서술함으로써 정보와 정보자가 모두 최대인 경우에 해당한다. 내포작가는 오로지 초점화자의 입을 통해서만 정보를

---

9) 즈네뜨, G(권택영 역), 『서사담론』, 교보문고, 1992, 154면.

제공함으로써 서술에 있어서 자유롭지는 않지만, 독자들의 호기심을 끌어낼 수 있는 가능성은 높아진다. 독자들은 초점화자의 서술을 통해서 정보를 제공받기 때문에 주인공을 이야기의 밖에서 관찰하는 것이 아니라 주인공의 경험을 공유하는 입장에 놓인다.[10] 「표본실의 청개구리」, 「제야」, 『만세전』 등의 염상섭의 초기 소설들은 대부분 독자들로 하여금 사건을 경험하도록 일인칭 고백체로 서술되고 있다. 또한 다음과 같은 편지의 서두는 독자들의 호기심을 끌어내기에 충분한 정보를 제공한다.

> **최후의** 순간은 가장 중대한 사명을 수행합니다. 그리고 **절대적 종결을** 고합니다. 그러면 그 뒤에 남는 것은 무엇일까요. 다만 공(空)이올시다. 공으로부터 공에 흘러가는 거기에 영원한 안주가 있고 **절대적 해탈이** 있고 진순(眞純)이 있고 신성이 있고 지선(至善)이 있지 않은가 합니다.(「제야」, 『염상섭 전집』(이하 『전집』) 9권, 59면. 강조: 인용자)[11]

'최후의 순간', '절대적 종결', '절대적 해탈'이라는 말을 유추해 보면, 주인공은 죽음을 계획한 상태에서 이 편지를 쓰고 있다. 그런 점에서 이 글은 수신인에게 보내는 편지이자 유서에 해당한다. 죽음을 앞둔 상태에서 쓰는 글이란 그런 점에서 가장 순수하고 신성하며 진실한 내용을 담지 않을 수 없다. 이 편지를 마친다는 것은 곧 편지의 발신자가 죽음을 맞이한다는 것을 의미하며, 서사의 종결은 곧 죽음을 의미한다. 주인공의 죽음의 예고는 미스터리소설의 플롯 전개상에서 사건의 발생에 해당한다.[12] 자살의 선택은 사건의 발생

---

10) Dove, op cit, p.33.
11) 작품의 이해를 돕기 위해 전집에 실린 원문을 최대한 살려 오늘날의 문장으로 다듬었다.
12) Cawelti, op. cit, p.81

에 해당하고, 편지를 쓰고 있는 주인공은 피해자이면서 동시에 사건의 서술자에 해당한다. 독자들은 그녀가 극단적인 선택을 하게 된 동기가 무엇인지 의문을 품게 된다.

신여성이 등장하는 염상섭의 소설들은 이런 수수께끼에서 출발하여 그녀의 과거를 탐색하는 것으로 전개된다. 『해바라기』에서 최영희의 신혼여행이 그러하고, 『이심』에서 박춘경의 간통 여부에 대해서도 독자와 남자 주인공들은 수수께끼를 부여받는다. 그중에서도 고백체 형식은 고백의 당사자가 정보 제공의 역할을 하기 때문에 결정적인 정보를 숨겨두기에 적합하고, 『해바라기』의 3인칭 관찰자 시점의 경우에도 후반부에 가서야 독자들의 궁금증을 해소할 만한 정보가 제공된다. 『이심』의 경우도 서술자의 개입이 두드러지지만, 결정적인 정보는 서사의 후반부까지 숨겨진다.

위의 세 작품은 신여성의 과거를 탐색하는 것으로 독자들의 호기심을 끌어내고 있다. 마치 미스터리소설에서 살인사건이 발생하고, 시체 앞에서 범인의 흔적을 찾아내려는 탐정처럼 독자들은 신여성의 과거를 앞에 놓고, 이들의 비밀을 하나씩 밝혀내는 과정에 동참한다.[13] 독자들은 서술자가 제시하는 증거를 하나씩 발견하면서 신여성들이 비극적인 결말을 맞게 되는 이유를 알게 된다. 신여성은 이미 과거를 가진 여성이므로 범행을 저지른 범인이자 피해자이고, 내포작가는 그녀의 죽음의 원인을 설명하는 서술자이며, 독자들은 이 모든 상황에 대해 보고를 받거나 주인공의 경험을 공유하는 관

---

13) 토도로프의 분류에 따르면, 이런 플롯구조는 미스터리소설에 해당하는 것이다. 이미 범죄의 스토리와 조사의 스토리가 분리된 상태에서 조사의 이야기만 제시된다는 점에서 신여성의 과거를 탐색하는 구조는 미스터리소설과 유사하다고 할 수 있다. T, 토도로프, 『산문의 시학』, 52-53면.

찰자이고, 여자의 상대역인 남자 주인공은 추리를 강요받는 탐정의 역할을 맡는다.[14] 내포작가는 전후 상황을 이미 파악하고 있다는 점에서 탐정이 되기가 어렵고, 신여성의 뒤를 추적하는 남성이나 제3자가 탐정의 역할을 맡게 되는 것이다. 대부분의 소설이 어느 정도는 독자들의 궁금증을 유발하고, 그런 궁금증을 해소하는 방식으로 전개된다고 볼 때,[15] 역진적 구성을 미스터리소설의 구조로 보는 것이 과도한 해석이라고 할 수도 있겠으나, 수수께끼의 제시 또는 의문의 제시와 해결은 미스터리 소설의 특성으로 볼 수 있다.

「표본실의 청개구리」의 경우에는 김창억의 일대기를 설명하기 위해 후반부에 삽입된 서사가 있지만, 이것은 의도적이라기보다는 주인공인 '나'가 우울증에서 벗어나게 된 계기를 설명하기 위해 끼어든 이야기처럼 보이고, 「암야」의 경우에는 순차적인 시간을 따라 서술된 데에 비해 「제야」에서의 시간은 현재에서 과거로, 과거에서 다시 현재로 돌아오는 역진적 구성을 취하고 있다. 「제야」의 시간구성을 조금 더 자세하게 살펴보면, 다음과 같이 정리될 수 있다.

① 남편의 편지를 받은 정인은 자살을 결심한 상태에서 남편에게 편지를 쓴다. (현재 1)
② 남편은 첫째 부인과 이혼하고 최정인을 둘째 부인으로 맞이하게 된다.(과거 2)
③ 최정인의 출생의 과정과 성장환경에 대해 서술한다.(과거 1)
④ 최정인이 동경유학생활을 통해서 배운 자유연애론을 펼친다.(과거 3)

---

14) 「제야」의 경우에는 신여성의 과거를 탐구하는 인물이 등장할 수 없는 구조이지만, 신여성 자신이 희생자이자, 탐정의 역할을 동시에 수행하고 있다고 볼 수 있다.
15) 한용환, 『소설의 이론』, 문학아카데미, 1990. 108면. 이야기의 처음은 호기심을 불러일으키면서 독자를 사로잡는다. 촉발된 호기심을 고조시켜서 독자로 하여금 견딜 수 없는 궁금증에 빠져들게 하는 것은 이야기의 중간단계가 수행하는 기능이며, 결말은 호기심을 충족시켜 줌으로써 독자의 기대와 열정을 해소시키고, 해방시키는 일을 한다. 이 같은 이야기의 과정을 우리는 흔히 플롯의 단계라고 부른다.

⑤ 귀국 후 E 씨와 P 씨를 만나게 된 과정과 이들과의 관계를 고백한다.(과거 4)
⑥ E 씨와의 해외유학이 수포로 돌아가고 남편과 정혼한다.(과거 5)
⑦ 결혼 후에 최정인의 과거를 알게 된 남편은 정인을 친정으로 쫓아버린다.(과거 6)
⑧ 크리스마스이브에 남편의 편지를 받고, 1921년 마지막 날 밤에 남편에게 편지를 남기고 자살한다.(현재 2)

정인의 편지에 서술된 시간을 순차적으로 재구성하면, ③->②->④->⑤->⑥->⑦->①->⑧의 순서가 될 것이다. 소설에서 시간을 역진적으로 구성하는 것은 독자들의 호기심을 유발하려는 작가의 의도이다. 특히 ①과 ⑧은 처음과 끝에 위치한 현재 시간이어서 수미상관의 구조를 가지고 있고, 현재 정인이 자살을 결심하게 된 과정을 과거시간을 통해서 설명함으로써 독자들의 호기심을 충족시키고, 그녀의 자살의 타당성을 제시하고 있다. 이는 살인사건이 발생한 이후에 그 사건이 발생하게 된 배경을 설명하는 미스터리소설의 구조와 흡사하다. 초기 삼부작 중에 「제야」만이 역진적 플롯을 취하고 있으며, 이런 시간구조는 신여성이 등장하는 대부분의 소설에서 나타나는 공통된 서사기법이다. 신여성의 연애관이나 결혼관 자체가 당시로서는 파격적인 것이고, 이들이 이런 의식을 가지고 자유연애를 실행했다는 것은 신여성을 관습법을 어긴 범죄자로 낙인찍기에 적합한 것이다.

정인의 편지 내용을 살펴보면, 그녀가 남편으로부터 받은 편지가 있고, 그것은 정인이 죽음을 결심하게 된 결정적인 계기를 마련했음을 알 수 있다. 편지의 내용은 무엇인지 밝혀지지 않지만, 그녀의 의식을 완전히 지배하고 있다. 이것이 자살의 원인을 밝힐 수 있는 단서라는 점에서 실마리의 제시에 해당한다.[16]

그러나 크리스마쓰 이-브에 보내신 그 의외의 글월은 나에게 스스로 자기를 재단(裁斷)할만한 예지(睿智)와 총명과 결심을 주었습니다. 조그만 하얀 손이 쥐어 주고 간 그 복음! 그것은 천녀(天女)가 전하는 **최후의 심판의 판결문**이었습니다. 지상에서 꼭 한 번 들은 인자(人子)의 입으로써 나온 신의 복음이었나이다. 아! 동시에 정케 씻긴 십자가이었나이다.(「제야」, 『전집』 9권, 64면. 강조: 인용자)

남편의 편지는 그녀에게 '복음'이자 '최후의 판결문'이며, 결국은 죽음을 결심하게 만든 '십자가'였다. 정인이 남편의 편지를 받고 죽음을 결심했다는 점에서 남편의 편지는 독자들에게 결정적인 단서를 제공할 것인데, 이것은 소설의 마지막에 가서야 공개되면서 독자들의 호기심을 소설의 후반부까지 지속시키고 있다.

미스터리소설에서는 대개 이분법적인 인물 구도를 선호하면서 탐정에 의해 범죄자가 지목되고, 탐정에 의해 해결이 공표되고 사건이 설명되면서 종결된다. 「제야」에서는 신여성인 최정인이 고백의 주체이기 때문에 독자들은 그녀에게 공감하게 되고, 그녀의 자살 기도를 연민하게 된다. 정인 부부는 매파를 통해서 정략결혼을 했으며, 남편은 이미 결혼 경험이 있는 재혼남이었다. 그의 첫 번째 부인은 '사랑[愛]의 결핍'으로 정조를 깨뜨리고 귀족의 자제에게로 감으로써 결혼이 파탄이 났으며, 남편은 두 번째 부인인 정인에게도 똑같은 실수를 반복함으로써 결국은 두 번째 결혼도 파탄이 났다는 것이 정인의 평가이다. 남편은 겉으로는 자유연애에 동의하고 있지만, 내적으로는 '인습적 결혼제도'와 부친의 가부장권과 '폭력적 위압'을 취하는 위선자였다는 것이다. 그런 점에서 첩의 자식이자 사생아였던, 25세의 노처녀인 '나'는 그런 가부장적 구습에 취해 있는 남편의

---

16) Dove, op cit, p.33.

재취자리에 적합한 희생자였던 것이다.

이렇게 전반부에는 남편에 대한 정보가 제공되고, 후반부에서는 발신자인 최정인에 대한 정보가 제공되면서 선악의 대립구도가 성립되고, 이들의 결혼이 파탄 나게 된 원인이 밝혀진다. 그러나 정인의 고백에 의하면, 선악의 대립구도는 불분명해진다. 그녀는 결혼 전에 이미 처녀가 아니었고, 결혼한 뒤에도 최씨 가문의 부정한 피를 이어받고, "약간의 독서로부터 얻은, 소화도 잘 되지 않은 비지 같은 지식", 즉 자유연애의 논리를 따라 여러 남자들과 관계를 맺고, 마침내 누구의 아이인지도 모르는 임신을 한 지 4개월이 된 상태이다. 그녀의 지식에 의하면 도덕은 오로지 여성의 정조만을 강요하는 파행적인 것이고, 이에 반해서 사랑은 소멸되어서는 안 되는 "도덕이라는 이지(理智)의 법령"이다. 그러므로 그녀의 정조관에 의하면, "A와의 정교가 계속할 때에는, A에게 대하야 정조 있는 정부가 될 것이요, B와 부부관계가 지속할 동안은, 또한 B에게 대하야 정숙한 처만 되면 고만"이어서 그녀는 결코 간통을 저지른 범죄자가 아니라 사상의 실천가가 된다.

이러한 정조론은 자유연애론을 처음으로 제기하고 그것을 '여성해방'과 연결시킨 '제1 세대 신여성' 작가인 김명순과 나혜석 등이 "구도덕과 전통적인 규범이 가부장제의 산물인 만큼 여성에게 더 억압적이라는 점을 자각하여야 한다고 하면서 성도덕으로부터 여성해방을 부르짖었으며, 인간을 억압하는 모든 인습에서 탈피할 것을 주장하는 '신여자주의'와 같은 맥락에 있다."[17] 정인은 동경 유학생활 중

---

17) 김복순, 「'지배와 해방'의 문학 - 김명순론」, 『페미니즘과 소설비평』, 한국여성소설연구회, 한길사, 1995, 30면.

에 청년들의 여왕이 되어 향락을 즐기고, 최종적으로 기혼남인 P 씨와 E 씨 사이를 오가다가, E 씨와 독일유학을 예정하였으나, E 씨 집안의 반대와 그녀 부친의 결혼 강요에 의해 원치 않는 결혼을 하게 되고, 결국 혼전 임신이 들통 나서 남편에 의해 친정으로 쫓겨난 것이다. 소설의 초반부에는 아내를 사랑치 않은 남편에게 책임이 있는 것으로 보였으나, 정인의 과거와 관련된 정보가 제공되면서 상황은 반전된다. 정인이 범죄자가 되고, 남편은 희생자가 된다.

그러나 정인이 자살하려는 이유에 대해서는 아직 명확한 설명이 제시되지 않았고, 남편의 편지의 내용이 제시되어야 완전한 사건의 해결이 공표될 것이다.[18] 아내의 임신을 알게 된 남편은, 한 달 동안의 고민 끝에, 아내를 일방적으로 친정으로 돌려보낸다. 남편은 아내가 현재의 상황에 이른 자초지종을 들으려고 하지 않고, 독단적으로 모든 일을 진행하였다. 이것이 정인이 남편에게 긴 장문의 편지를 쓰게 된 배경이다. 여기서 아내의 과거에 탐색하지 않으려는 남편의 독선적인 태도가 문제가 된다.[19] 남편의 독선적인 태도는 결말 부분에서 제시되는 남편의 편지가 뒷받침하는데, 편지의 내용은 다시 한 번 반전을 보이고 있다.

> 「우리는 기도하오. ─우리가 우리에게 죄지은 자를 사하야 준 것같이, 우리의 죄를 사하야 줍시사─고. 그러나 사람은 누구를 사하야 주었소? 정인 씨여! 사람은 사람을 사하야 줄 의무가 있는 것을 아십니까. 나로 하야금 그 의무를 이행케 하소서. **나에게 정인 씨를 용서 할 권리를 허락하소서.** ……」(『전집』 9권, 108면. 강조: 인용자)

---

18) Dove, op cit, p.33
19) 김형효, 『데리다의 해체철학』, 민음사, 1994, 98면.

남편은 신앙인의 자세에 충실하여 아내를 용서하고자 하고, 이를 통해 "두 생명"을 구하고자 한다는 의지를 편지에서 밝히고 있다. 편지의 내용으로 볼 때, 정인이 자살하려는 이유는 찾아볼 수가 없다. 그렇지만 정인이 남편의 용서의 편지를 받고, 양심의 가책을 느껴 자살을 결심한다는 해석[20]은 초반부에 제시된 남편에 대한 정인의 평가를 간과하고 있다. 그녀의 죽음은 남편의 용서가 인습적 가부장제 사회의 위선에서 나온 것임을 폭로하고자 하는 결단이자, 개성을 자각하고, 자아를 발견한 신여성이 남성 중심적 사회를 향한 분노의 외침이라고 보는 것이 적절할 것이다. 그러므로 남편의 편지를 받은 정인의 감격은 남편의 용서를 받은 것에 대한 감격이 아니라 종교적인 위선에 가득 차 있는 남편에 대한 실망에서 나온 탄식이라고 봐야 한다. 그것은 남편의 편지에 대한 정인의 다음과 같은 반응에서 증거를 찾을 수 있다.

> 아! 이것이 위대한 영혼이 출생하라든 전날 밤에, 베푸신 구주의 기적이었습니다. 「베들레헴」의 성광(星光)이엇습니다. 번화롭은 유리(遊里)에도 위안을 못 얻으시고, 단연히 다시 신앙생활에 귀의하시려고 결심하신 당신으로서는 크리스마스, 이-브를 택하야, 그 글월을 보내심도 무리치 않으나, 실로 나에게는 종교적 영감을 경험한 강조 시간이었습니다.(「제야」, 『전집』 9권, 108면. 강조: 인용자)

강조된 부분은 남편의 편지에 대한 정인의 소회를 보이고 있는데, 이를 문자 그대로 해석하기에는 소설의 서두에 제시된 남편에 대한 평가와 맞지 않고, 오히려 남편의 위선적인 태도를 비웃고 있다고 보는 것이 타당하겠다. 그것은 신이 인간을 용서하는 것처럼 남성은

---

20) 박종홍, 앞의 글, 164면.

신의 위치에, 여성은 용서를 받아야 하는 처지에 놓이는 불평등한 관계임을 고발하고 있고, 또한 입으로는 남녀평등을 외치고, 아내의 과거를 용서한다고 하지만, 내면으로는 아내를 자신보다 아래로 내려다보는 남편의 권위적 시선을 보여주고 있다. 이것이 정인의 자살의 이유에 대한 최종적인 설명, 즉 사건 해결의 공표가 될 것이다. 초기 삼부작과 평론에서 제시된 개성론을 전제할 때, 정인의 죽음은 남성과 여성이 서로 다른 도덕적인 잣대로 평가받는 현실을 고발하는 것이다.[21] 만약 이런 분석을 사실로 인정한다면, 여성 해방에 있어 염상섭보다 급진적인 지식인을 찾기는 어려울 것이다.

고백체는 독자들에게 주인공의 경험을 공유시킴으로써 주인공의 사상과 감정에 동조하도록 강요한다. 일인칭 내적 초점화는 독자들에게 주인공 시점을 공유시키는 특성이 있기 때문이다.[22] 그녀는 자신과 그녀의 아기가 결코 행복한 결혼생활을 지속할 수 없을 것이며, 그녀의 아기도 자신과 동일한 삶을 살아갈 것임을 알기에 최후의 결단으로서 죽음을 택한 것이다. 그러므로 그녀가 남편의 편지를 받고 흘린 눈물은 남편의 용서에 대한 감격이 아니라, 자신과 아기의 최후를 슬퍼하는 눈물이요, 남편의 자기중심적 태도에서 받은 고통으로 인한 눈물이요, 남편의 위선과 가식에 대한 통한의 눈물이라고 볼 수 있겠다.

「표본실의 청개구리」의 주인공은 광인 김창억을 통해서, 「암야」의 주인공은 아리시마 다케오의 소설을 통해서 자아의 각성에 이르는

---

21) 김윤식, 앞의 책, 175면. 「표본실의 청개구리」나 「암야」는 작가의 개인적 내면을 알기 위한 자료에 불과하지만, 「제야」는 작품 자체로 읽기가 가능하다는 점에서 세 작품 중에 단연 돋보인다.
22) Dove, op. cit, p.33.

감격을 맛보지만, 「제야」의 정인은 자아각성의 수단으로 취한 자유연애로 인해 자살을 선택한다. 조선의 근대화 과정에서 신여성들의 자유연애는 전근대적인 결혼을 비판하고, 근대적 자아를 표방하고 있었으나, 이들의 선도적인 개혁의지는 가부장제와 남성중심주의의 사회에 의해 좌절된 것이다. 염상섭이 신여성들이 표방한 자유연애의 의미를 알고 있었음을 전제하면, 정인의 자살은 역설적이게도, 근대적 개인을 대망하는 작가의식을 보여주고 있다. 정인은 사회 질서를 파괴하는 타자로 규정되어 처벌되는 것처럼 보이지만, 그녀의 죽음은 봉건적인 가족제도와 남성 중심적인 사회를 비판하고 있다. 신여성이 추구했던 자율적이고, 개성적인 자아가 전제되지 않고는 근대란 불가능하기 때문이다.

2) 추리의 오류에 의한 아내의 죽음: 『二心』

「제야」 이후로 염상섭은 계속해서 신여성의 삶과 연애관계를 추적한다. 동경 유학생들이 독서경험을 통해서 자유연애를 실현하려는 과정을 서술한 「너희는 무엇을 어덧느냐」, 「진주는 주엇으나」, 『해바라기』 그리고 장편 『사랑과 죄』, 『광분』, 『이심』, 『삼대』와 『무화과』에 이르기까지 그의 주요 작품에는 신여성이 중요인물로 등장하고 있다고 보아도 과언이 아닐 것이다. 이 중에서도 미스터리소설의 역진적 플롯에 의해서 신여성의 과거를 추적하는 과정을 그린 작품은 「제야」, 『해바라기』, 『사랑과 죄』, 『이심』 정도가 될 것이다. 여기서는 전지적 서술자에 의해 신여성의 일상과 삶을 그린 『이심』과 초기작인 「제야」에 나타난 미스터리소설의 구조를 비교하고, 『이심』

에서 아내의 죽음이 의미하는 바를 밝히고자 한다.

「제야」에서 최정인의 자살 결심이 서두에 제시되고, 남편의 편지가 수수께끼로 제시되었다면, 『이심』은 초반부에 무능력한 가장인 이창호가 아내의 심부름으로 일본인 호텔 지배인 좌야생에게서 돈과 편지를 받으면서 아내의 과거가 수수께끼로 주어진다.

> (전략) 반년이나 굶주리고 들어앉았으면 아무리 연애생활은 꿀같다 하여도 당신 역시 저 편지 가지고 온 친구의 얼굴과 같이 되었겠구려. 제발 그러지 말고 다시 이리로 나와 보는게 어떻겠소? 설마 춘자양 하나쯤이야 굶겨 죽일라구? 실례! 하여간 내일이라도 한번 찾아 주구려. 오래간만에 얼굴이나 좀 봅시다그려. 그는 그렇다 하고 여기 편지 가지고온 사람은 정말 당신의 사촌 오라버니요? 설마 당신의 애인이라면야 이런 심부름은 못 시키겠지?(『이심』, 『전집』 3권, 12면.)

아내가 좌야생과 함께 패밀리 호텔에서 근무한 적이 있다는 것을 알고 있는 이창호는 이 편지에서 몇 가지 사실을 추리해 낸다. 첫째는 좌야생이 자신의 아내를 '춘자양'으로 부르고 있다는 것에서 아내는 자신을 미혼으로 속였을 뿐 아니라 일본여자로 행세하면서 호텔에서 근무했다는 것이다. 가추법에 의하면,[23] 자신을 미혼인 것처럼 가장한 유부녀는 정조를 팔았을 것이다.(규칙) 아내는 자신을 미혼인 것처럼 가장했다.(결과) 그러므로 아내는 정조를 팔았다.(사례) 이런 논리는 단순화의 오류를 범하고 있는데, 자신의 신분을 속이는 여자는 무조건 정조를 팔았을 것이라고 볼 수 없기 때문이다. 이것이 단순화의 오류가 아닐지라도 가추법은 반드시 검증의 단계를 거

---

23) 카를로 긴즈버그, 「단서와 과학적 방법: 모렐리, 프로이트, 셜록 홈즈」, 『논리와 추리의 기호학』(김주환 외 역), 인간사랑, 1994, 218면.

처야 하기 때문에 아내가 정조를 팔아서 생계를 꾸렸는지에 대해서는 주변 사람들의 증언이나 구체적인 증거에 의해 확인이 되어야 할 것이다. 그러나 창호는 아내가 유부녀인 것을 감추고 더군다나 일본여자처럼 '화복이나 양장'을 하고 좌야생과 나란히 앉아 있는 모습을 상상하며 분노를 참지 못한다. 아이들을 굶기고, 가족들이 배고픔에 시달리면서도, 그는 받은 돈을 던져버리고 싶은 충동에 휩싸인다. 과연 그의 아내 박춘경은 호텔에서 근무하면서 좌야생과 부적절한 관계를 맺었던 것일까? 이것이 독자들에게 던지는 질문이자, 이 소설을 읽도록 강제하는 의문문이 될 것이다.

그런데 정작 이 의문을 풀어야 할 탐정인 창호는 자신이 추리한 내용을 확인할 생각은 하지 않고, 아내를 정조를 팔아 생계를 꾸린 여자로 속단하고, 행패를 부리기 시작한다. 길거리에서 그는 거지에게 좌야생에게 받은 돈을 던지고, 경찰서에 붙잡혀 간 뒤에는 조사를 위해 출두한 좌야생의 얼굴에 잉크병을 집어던짐으로써 유치장에 갇히는 신세가 되고 만다. 「제야」에 등장하는 남편과 같이 창호는 자신의 추론을 확신한 뒤에 더 이상의 탐구를 거부하고, 아내에 대한 분노와 자기에 대한 연민에 휩싸이게 된다. 그의 탐구의 거부는 아내의 간통 혐의에 대한 정보를 지연시키기 위한 서사기법으로 볼 수도 있다. 만약 그가 여기에서 아내의 간통 혐의에 대해 직접 수사하는 탐정으로 나서게 된다면, 수수께끼는 전반부에 풀릴 가능성이 높기 때문이다. 그가 아내의 과거에 대한 탐색을 멈추자, 서술자는 이에 대한 탐색을 감시 권력인 경찰들에게 넘기고, 경찰들이 창호 부부의 비밀을 추적하기 시작한다.

푸코는 개인이 권력의 감시 아래 놓여 있는 상황을 벤담의 일망

감시시설(panopti - con)이라는 감옥의 구조로 설명하고 있다.[24] 근대의 감옥 제도는 한 명의 감시인이 여러 명의 죄수를 감시하도록 되어 있어서, 간수의 입장에서는 군중이 통제 가능한 다수로 바뀌었고, 죄수의 입장에서는 격리되고 고립된 상태로 바뀐 것이다.[25] 창호는 경찰서로 끌려가는 순간, 격리되고 주시되는 고립의 상태에 놓이는 것인데, 만약 그가 이 감시권력의 통제에 순응하지 않으면, 권력은 그를 전제적인 힘으로 더욱 더 사회와 격리시킬 것이다. 창호가 아내에 대한 분노를 참지 못하고, 경찰서에서 난동을 부린 뒤 유치장에 갇히게 된 것은 이런 맥락에서이다. 창호의 투옥은 추리소설의 플롯 전개로 바꾸어 말하면, 1차 해결에 해당한다. 창호는 아내의 간통을 확신하면서 모든 문제를 해결한 것으로 착각하고 있지만, 춘경의 과거는 더 복잡한 과정을 거쳐 폭로되거나 끝까지 은폐될 것이다.

창호가 좌야생에게 잉크병을 던지고 유치장에 갇힌 사이에, 남편을 기다리던 춘경은 남편이 돌아오지 않자, 친정어머니가 어렵사리 구해 온 돈으로 굶주림을 면하고자 한다. 이렇게 남편 창호의 시선에서 아내 춘경의 시선으로 이동하는 과정에서 서술자는 주인공의 내면을 묘사하는 데 집중할 뿐 정작 처음에 제시한 질문에 대한 답변을 제시하려 하지 않는다. 이것이 밝혀지면 서사가 종결되므로 이 비밀을 최대한 지연시켜야만 서사는 지속되는 것이다.

이어서 서술자는 굶은 딸을 위해 돈을 취해 오는 과정에서 친정엄마가 직계가족들로부터 돈을 얻지 못하고, 자기 오라버니에게 빌

---

24) 미셸 푸코(오생근 역), 『감시와 처벌』, 나남, 1996, 295면.
25) 위의 책, 296면.

려온 이유를 설명한다. 창호와 춘경은 고등학교 시절 테니스 코치와 선수로 만나게 되고, 수업시간에 춘경의 이름을 쓴 창호의 낙서가 선생님에게 발각되어, 이들은 자유연애를 하는 불량한 학생으로 낙인찍힌 뒤 학교에서 쫓겨난다. 학교에서 '부모의 감독이 부실'해서 남자 교제를 하게 된 것이라는 말을 들은 아버지는 소문의 진상을 파악하지도 않은 채, "학교 당국의 처치를 절대로 믿었기 때문"에 춘경은 집에서도 쫓겨나는 신세가 되었다. 이렇게 부당한 소문에 의해 두 사람이 가족과 학교에서 축출되는 과정은 '오해의 발생'과 '해명의 과정'인데, 이는 염상섭의 소설에 자주 등장하는 모티프이다. 이 사건에서는 제국대학 학생인 춘경의 오빠 춘서가 누이동생의 누명을 풀기 위해 학교와 집을 분주하게 다니지만, 그의 노력은 수포로 돌아간다. 이렇듯 학교와 경찰서로 대표되는 공공기관은 개인들을 규율하고 감시하는 제도적인 권력기관인 것이다.[26] 이들이 이렇게 부당한 소문에 의해 퇴학을 당하고, 집에서도 쫓겨나게 된 것은 신체를 규율하는 근대적 제도의 힘이자 소문의 힘이었다.[27]

춘경은 강찬규를 통해 남편이 유치장에 갇혀 있다는 소식을 듣고, 그를 면회하러 가서 경관의 취조를 받게 된다. 여기서 그녀는 사생활을 낱낱이 조사받게 되면서 그녀의 과거가 탄로 날 위기에 처하게 된다.

> 경관이 취조하는 흥미의 초점은 좌야와의 치정관계가 있고 없었던 것에 있었던 것은 물론이다. 좌야의 부인의 안경 밖에 나게 된 원인이 단순히 거친 일에 서투른데 있었드냐? 좌야가 호텔에 천거한 것은 네가 여사무원

---

26) 미셸 푸코, 앞의 책, 295면.
27) 김주리, 『한국근대소설에 나타난 신체담론 연구』, 서울대박사논문, 2005. 103면.

으로 쓸모가 있는 것으로 만이었더냐? 좌야와는 예전부터 면대하던 관계가 있었드냐? 그렇기로 삼십 원 탬이나 취해줄 줄 어떻게 짐작하고 편지를 하였드냐? 심지어 패미리·호텔에서는 여사무원이 특수한 손님과 접촉을 하는 일이 있느냐? ……이러한 자질구러한 점까지 자세히 캐이었다.(『이심』, 『전집』 3권, 68면)

　이러한 질문에 춘경은 '아무에게도 불리하지 않도록 대답'하지만, 남편이 받은 돈 삼십 원을 길거리에 버리고 편지를 찢어버린 이유에 대해서는 대답을 못하고 '쩔쩔매는' 것이다. 경관의 수사는 핵심을 찌르고 있음에도 불구하고, 독자들의 궁금증을 시원하게 해결하는 대답은 계속 지연된다. 「제야」에서 정인이 받은 남편의 편지가 모든 것을 해결할 열쇠인 것처럼 『이심』에서는 박춘경의 간통 여부가 모든 의문을 해결할 열쇠가 될 것이다. 그렇지만 그녀의 간통혐의는 초반부의 서사에서는 속단하기가 어렵다. 그녀가 창호의 낙서 사건에 의해 학교와 가족에게 버림을 당한 것이라든지, 창호의 친구인 강찬규가 남편이 투옥된 뒤로 춘경을 방문하는 것에 대해 '징글징글'하다고 느끼는 것에서도 그녀의 정조는 의심되지 않는다. 또한 그녀가 패밀리 호텔에 들어갈 때 처녀인 체한 것은 '주의자'로 투옥된 남편을 숨기기 위함이었고, 춘경을 '춘자'로 바꾼 것은 내지인(일본인)들이 그녀의 이름을 부르기 좋게 하기 위한 것이었다. 이와 같이 춘경의 간통과 관련된 수수께끼는 쉽게 풀리지 않음으로써 오히려 그녀의 과거는 신비한 베일에 가려진다. 이것은 그녀를 범죄자로 속단할 수 없도록 독자들의 판단을 지연시킨다는 점에서 미스터리 소설에서 '사건의 복잡화'라는 단계에 해당한다.

　『이심』의 서사적 긴장은 춘경을 강간하려는 강찬규와 춘경에게서 아내와 어머니로서의 지위를 박탈하려는 남편 창호에 의해 발생한다. 강찬규는 남편의 상황을 전달하는 정보의 제공자이면서 동시에 춘경의 정조를 위협하는 적대자로서 희생의 위기를 연출한다.[28] 그의 성적 위협은, 희생자의 입장에서 전개되는 서스펜스와 같이, 독자들에게 긴장을 유발시키는 역할을 하고, 물리적 강제에 의한 성적 접촉을 시도함으로써 아슬아슬한 위기를 연출한다. 또한 여성을 하나의 인격체이기보다는 성적인 욕구를 해결하기 위한 대상으로 여긴다는 점에서 찬규는 남편 창호와 유사한 태도를 보인다. 『이심』에 등장하는 남성들은 지식이나 욕구에 있어서 남성 중심적 태도를 견지한다.

한편 창호는 아내의 면회를 허락하지 않고, 자신이 학교에서 받았던 오해와 '(사회)주의자'라는 꼬리표로 인해 받은 멸시를 오로지 아내에게 쏟는 듯한 인상을 준다. 사식을 거부하며 단식하는 남편을 면회하기 위해, 춘경은 창호의 은사인 위 선생을 모시고 유치장을 찾아가지만, 창호는 그녀를 냉정하게 대한다.

> 「넌 누구냐? 네가 누구냐? 응? 여기 왜 왔니? ……넌 누구냐? 선생님
> 재가 누구든가요?」하며 참 정말 실진한 사람으로 한층 더 똥구라진 두 눈
> 을 허번덕거려 보인다. 일부러 그러는지도 모르겠으나, 춘경이는 겁이 펄썩
> 나면서 그 눈을 마주 보기가 무서웠다. 그 눈에는 무엇이 씌인 것 같고, 자
> 기를 영원히 저주하는 것 같았다.(중략)
> 「창호 정말 자네가 미쳤단 말인가? 우리를 놀리는 거란 말인가?」
> 멀거니 앉았는 창호를 보고 위선생은 또 다시 꾸짖듯이 말을 꺼냈다.
> 「미친지도 벌써 오랩니다. 그렇지만 계집의 몸과 돈으로 다시는 밥을
> 아니 먹을 만큼은 정신이 말장합니다. 어서 가십시오.」(『이심』, 93면)

---

28) 지라르. R., (김진식 외 역), 『폭력과 성스러움』, 민음사, 1992, 122면. 박춘경은 남편인 이창호, 남편의 친구 강찬규, 일본인 좌야생, 미국인 커닝햄에게 둘러싸여서 희생의 위기에 놓인 희생양의 이미지를 가지고 있다.

'계집의 몸과 돈'으로 밥 먹는 일은 하지 않겠다는 창호의 말은 그가 좌야생의 편지로 인해 아내의 간통을 확신하고 있으며, 그로 인한 분노를 단식으로 표현하고 있음을 알 수 있다. 그의 아내에 대한 분노는 근대적 가부장제 또는 남성 중심적 사회의 권위의식에서 발생한다. 그녀는 결혼 전에는 가부장인 아버지의 권위에 억압당하고, 결혼 후에는 가장의 권위와 폭력 아래에서 또는 '아내 또는 어머니'로서의 역할에 고정되면서 자유를 빼앗기고 만다.[29] 여기서 여성의 자율성이란 환상이 되고, 여성은 남성의 권위에 복종할 것을 요구하여, 이 권위에 복종해야 한다.

부르주아 핵가족의 성격은 아내가 남편에게 종속적이라는 사실에 토대한다. 두 인간이 대등한 관계를 맺는 것이 아니라 한 인간이 다른 한 인간을 공적인 규제 없이 '자기 마음대로' 지배한다는 의미에서 부르주아 핵가족은 '사적(私的)' 공간의 성격을 지닌다.[30] 부르주아 사회의 남성은 자본주의적 생산양식의 담당자이자 부르주아적 지배 양식의 주체이다. 그들은 부르주아 사회의 구성 원리인 경쟁을 자기화하고 다른 경쟁자를 제거하기 위해 경쟁을 치르는 전사이다. 가정에서 남자는 여자를 제압해 놓고, 자기들끼리 전쟁을 벌인다.[31] 창호는 춘경이 정조를 팔아서 생계를 유지했다는 것에 분노하는 것이 아니라, 아내가 핵가족 내의 위계를 깨뜨리고, 남편의 통제를 벗어나 자유로운 주체로 살아가려는 것을 참지 못하는 것이다. 그녀는 남성에게 제압되지 않은 '여성적 주체'이므로, 창호에게는 부르주아

---

29) Young Ae Kim, *Han: from brokenness to wholeness*, California: Claremont Graduate University, 1991, p.117.
30) 이종영, 『내면성의 형식들』, 새물결, 2002, 108면.
31) 위의 책, 110면.

가정을 위협하는 범죄자이다.

창호의 투옥과 가정에서의 부재는 서사의 배경에 놓이면서 춘경의 삶을 조정하는 힘으로 작동한다. 가장의 부재로 인해 경제적 책임을 떠맡은 춘경은 좌야생의 주선으로 가게의 점원으로 일하게 되고, 좌야생의 꼭두각시가 되어 미국인 커닝햄을 속이는 일에 동참한다. 좌야생 역시 강찬규나 이창호처럼 춘경을 하나의 인격체로 보기보다는 그녀의 미모를 이용하고자 한다. 좌야생은 미국인 청년 커닝햄에게 춘경이 그를 연모하고 있다는 거짓 편지를 보내는 등 속임수로 그의 돈을 빼앗으려고 한다. 이 소설에 등장하는 남자들 중에 춘경을 하나의 인격체로 인정하는 유일한 남자는 미국인 청년 커닝햄이다. 그는 좌야생의 속임수에 넘어가 일만 원을 빼앗기고도, 춘경에게 책임을 전가하지 않고 그녀를 동정한다. 그래서 춘경은 커닝햄에게 호감을 느끼고 그와 동경에서 살림을 차리기에 이른다. 결과적으로 초반부에 의심되었던 춘경과 좌야생의 간통 혐의는 커닝햄과의 혼외 관계로 인해 의미를 잃어버리지만, 그녀가 커닝햄과 살림을 차리게 된 근본적인 원인을 살펴보면, 그녀에게만 책임을 물을 수는 없다. 무능력한 남편으로 인해 생활을 책임져야 했던 한 여성이 더 이상 피할 곳이 없는 상태에 이르자, 어쩔 수 없이 자신을 보호해 줄 한 남자를 선택한 정황을 감안할 때, 춘경의 혼외 관계는 상황에 의해 강제된 것이다. 한 연구에 의하면, 내포작가가 춘경의 행동에 대해 중립적인 위치를 벗어나서 자신의 부정적인 선입견이나 주관성을 개입시킨다고[32] 주장하였는데, 그것은 여성의 일반적인 속성에 대한 작가의 관찰에 의한 것이고, 인간이라면 누구나 가질

---

32) 이정옥, 앞의 글, 238면.

법한 속물성이지 신여성만의 것이 아님이 분명하다.

　오히려 작가는 춘경을 내적 초점화로 묘사하면서, 그녀의 내면적인 변화와 고통, 그로 인한 자살시도에 대해서 자세히 묘사한다. 서술자는 창호의 경우, 외면을 주로 묘사하고, 춘경의 경우에는 내면을 중심으로 묘사함으로써, 독자들은 창호보다는 춘경을 더 동정하게 된다.[33]『이심』이전에 발표한 염상섭의 본격적인 장편소설인『사랑과 죄』(1928)를 보더라도 작가는 주동인물이나 긍정적인 인물들은 내적 초점화로 묘사하고, 부정적인 인물들은 외적 초점화로 묘사함으로써 인물들의 대결구도를 선명하게 보여준다. 창호는 아내에 대한 분노로 아들 영근이를 위 선생의 가족에게 위탁하고, 위 선생의 딸 영임은 창호에게 호감을 품어 춘경과 삼각관계를 형성한다. 남편의 분노와 부재, 영근이의 위탁이라는 연이은 고통은 마침내 춘경에게 죽음 충동을 일으킨다. 그녀는 영근이를 위 선생에게 맡기러 가는 동안에 "어린 것을 천야만야한 물 위로 던지는 환상"을 보기도 하고, "일전에 신문에서 본 자살한 계집의 기사"를 머리에 떠올리기도 한다.

　아들과 함께 여관에 든 여자의 행동을 의심한 여관집 '주인마누라'는 그녀의 뒤를 미행하여 그녀가 약국에서 '칼모진이라는 수면제'를 산 것과 그것을 복용한 것을 알게 된다. 이처럼 중요한 사건들을 암시적으로 처리하고, 초점화자의 이동을 통해 주동 인물의 행동을 관찰하도록 함으로써 사건의 중요성을 강조하고, 긴박감을 조성한다. 춘경의 자살 기도는 여관집 주인의 재빠른 대처로 실패로 돌아가지만, 수면제 스물 알을 한꺼번에 먹은 후유증으로 아이를 유

---

33) Dove, op. cit, p.35.

산하게 된다. 이 사건은 이후의 춘경의 죽음을 예고하는 복선의 역할을 맡고 있다. 또한 죽음을 결심한 주인공을 뒤따르고 있다는 점에서 서스펜스의 효과도 아울러 거두고 있다.

춘경은 아이를 유산하고, 커닝햄과 동경에서 살림을 차렸다가, 상황이 여의치 않게 되자, 귀국하여 위 선생에게 맡긴 아들 영근이 병으로 죽은 것을 알고 절망한다. 또한 출옥한 창호는 춘경을 술집으로 불러내어 편지를 남기고 사라진다. 그는 몸값 팔백 원에 아내를 술집에 팔아넘기고, 커닝햄에게 그 돈을 전달한다. 춘경이 받은 편지는 다음과 같다.

> 나는 사창(私娼)을 묵허한다면, 차라리 공창(公娼)을 사회학적 견지로 유익하다고 인정하오. 그러므로 나의 아내요 친구인 그대를, 사회의 보다 더 유해한 사창으로 묵허하느니 보다는 공창으로 내 세우는 것이, 부득이 그러한 직업을 가져야할 성격과 사정에 놓인 그대에게 대한, 남편의 의무요, 우의 상 피치 못할 일이라고 생각하오. (중략)그대의 장비(葬費)로 쓰지 않게 되는 경우면 일만 오천 원에 샀던 커닝햄 군이 너무 억울하다고 할 터인 즉, 그 사람의 결손의 일부분이라도 상환하도록, 커닝햄 군에게 전할 것이요.(『이심』, 295면.)

이는 「제야」의 남편이 아내에게 보낸 편지와 유사한데, 그 내용이 용서가 아니라 분노의 표현이라는 점이 다를 뿐이다. 그렇다면 아내를 술집에 팔아넘긴 남편과 간통한 죄로 술집에 팔린 아내 중 '누가 죄를 지었는가?'가 이 소설이 말하고자 하는 바일 것이다. 즉 누가 범죄자이고, 누가 희생자인가를 밝히는 해결의 공표 단계에 도달한 것이다. 가부장적 질서는 엄밀한 의미에서는 봉건사회의 잔재로 남아서 남성들의 인식론의 틀을 규정하고, 그것은 근대사회에서도 문제적이다. 부르주아 가정 내에서 남편은 아내에 대하여 절대적인 권력을 행사한다. 한때 '(사회)주의자'였던 창호는 아내가 미국인 커닝햄과 정을 통한 사실을 알게 된 후, 춘경을 강제적으로 술집에 팔아 버림으로써 자살을 유도한다. 춘경의 죽음은 미스터리소설에서 범죄자들이 제거되고 탐정이 승리하는 결말과 형식상으로는 같지만 내용상으로는 정반대의 주제를 내포하고 있다.

춘경의 자살은, 「제야」의 최정인의 경우처럼, 남편의 권위적 태도에 의해 일어난, 교사된 살인에 해당하는 것으로, 남편은 범죄를 저지른 범인이고 아내는 희생자가 된다. 춘경은 자녀들을 부양하고, 남편을 뒷바라지하는 억척스런 여성이면서 동시에 근대사회의 자율성을 체현한 여성이기도 하다. 그녀는 생존을 위해서 남편을 대신하여 경제활동을 하지만, 강찬규의 강간의 위협과 남편의 분노, 좌야생의 속임수 등 남성들의 욕망에 휘말려서 결국은 죽음에 이른 것이다. 춘경의 간통 혐의는 독자들의 호기심을 끌어낸 사건이면서 동시에 남편의 남성 중심적 시선을 고발하기 위해 배치된 사건이었다. 당대의 가부장제 사회는 그녀의 자율성을 허용할 준비가 되지 않았던 것이다.

초기 삼부작 중 하나인 「제야」의 최정인과 『이심』의 박춘경과 같은 인물들은 개인의 자율성을 추구하지만, 남성 중심적 시선과 가부장적 질서에 의해 파멸하는 여성들이다. 이들의 죽음은 신여성들을 사회적인 타자로 규정하여 사회를 통합하기보다는 오히려 신여성이 몰락할 수밖에 없는 현실에 의문을 제기한다.[34] 그와 같은 맥락에서 『이심』은 자유연애를 통해서 자아의 각성과 근대적 개인의 자율성

---

34) 만델, 앞의 책, 91면.

을 획득하려는 신여성들의 시도를 비판한 것이 아니라, 신여성들의 몰락을 통해 가부장제의 가족 구조와 근대의 남성 중심적 성격에 균열을 만들고 있다. 남성들은 여성의 과거를 추적하기를 멈춘 상태에서 자신의 사고의 범주를 넘어서지 못하고, 여성을 남성적 권력 아래 두려는 권위적 태도를 보인다. 이 권위적인 태도는 신여성들이 자율적인 개인 또는 자립적인 개인으로 거듭나려는 노력을 억압하면서 몰락에 이르게 한다. 그렇지만, 이들의 몰락은 여전히 '개성의 자각'과 '자아의 발견'의 과정을 거친 근대적 개인에 대한 작가의 열망을 담고 있다.

3) 신혼 여행지에서 드러난 신부의 비밀: 『해바라기』

『해바라기』는 1923년 7월 18일에서 8월 26일까지 40회에 걸쳐 동아일보에 연재된 중편소설이다. 초기 삼부작이 잡지인 『개벽』과 『동명』을 통해 발표되고, 『만세전』으로 개작된 『묘지』는 원래 1922년 『신생활』 창간호에 연재되다가 시대일보 창간호에 1924년부터 다시 연재되어 완결된 것을 감안하면, 『해바라기』는 작가 염상섭이 쓴 최초의 신문연재소설이 되는 셈이다. 신문에 연재되었다는 것은 작가가 이전의 작품보다는 독자들을 더 많이 의식했을 것으로 예상되는데, 여기서는 독자들을 의식한 서술 양상과 문체, 플롯상의 특징을 살펴보고자 한다. 먼저 문체상의 변화가 제일 먼저 눈에 띈다.

　① 朝鮮에 萬歲가 니러나든前해ㅅ겨울이엇다. 그째에 나는 半쯤이나보
든 年終試驗을 中途에 내어던지고 急작시리歸國하지안흐면 안이될일이잇

섯다. 그것은 다른째문이안이엇다. 그해까을부터 解産후더침으로, 시름々々
알튼 나의妻가, 危篤하다는 急電을 바든까닭이엇다.(『만세전』, 『전집』 1
권, 11면.)

② 피로연(披露宴)이 칠팔분이나 어루러져 드러가서 둘재ㅅ번으로 일본
사람편의 축사가 끗치나랴할제, 누구인인 「후록코-트」 싸리가 밧갓트로서
드러오더니 신랑(新郞)의귀에다 입을 대고 속은속은하는 사람이 잇섯다.
신랑은 채 다 듣지도안코 귀을쎄우며 매오 난처하다는듯이 잠간 멀건이안
젓다가 고개를 숙이며 신부의 엽구리를 쑥질으고 몃마듸중얼중얼하니까,
신부도 역시 눈살을 잠간 찝흐리는듯하더니,
「아모려나……」라고 겨오 들리게 대답을 하얏다.(『해바라기』『전집』 1
권, 109면.)

『만세전』은 이전에 발표된 초기 삼부작과 같이 한자와 한글이 병
기되는 국한문혼용체이고, 『해바라기』는 한자를 괄호 안에 표기한
순 한글문장으로 쓰여 있다. 단편에서는 1924년 2월에 발표된 「잊을
수 없는 사람들」(『廢墟以後』 1호)이 순 한글문장으로 서술되어 있
다. 그러므로 『해바라기』는 단편들보다 7개월 정도 앞서서 순 한글
문장으로 쓰인 것인데, 이는 신문이라는 발표매체의 특성이 반영된
결과로 보인다. 표기법의 변화는 작가의식의 변화일 뿐 아니라 독자
들의 접근성을 높이기 위한 작가의 배려라고 보아야 할 것이다.
1920년대 조선 문학가들은 자신들의 창작활동만은 온전한 순 한글
체로 이루어져야 한다고 믿었으며, 이를 신념화하고 있었다.[35] 염상
섭은 국한문혼용체를 통해 "무너져가는 재래문화에 대한 향수와 범
람해 들어오는 서양문화에 대한 선망이 뒤얽혀서 일어나는 일종의
반발심"을 보이기도 했으나,[36] 이런 단계를 거친 뒤에 사용한 순 한

---

35) 천정환, 앞의 책, 104면. 『조선문단』 합평회에 참석한 염상섭과 문인들은 한자어가 많
이 들어간 작품들을 비판하고 있다.
36) 송하춘, 「염상섭의 리얼리즘」, 『탐구로서의 소설독법』, 고려대출판부, 1996, 4면.

글체는 독자들을 배려하고 있다는 주장이 설득력이 있어 보인다.[37]

『만세전』과 『해바라기』는, 초기 삼부작인 「표본실의 청개구리」나 「암야」와 같이, 주인공이 여행을 떠나면서 이야기가 전개되는 공통점을 보이고 있으나, 서술 양식에서 구별된다. 『만세전』은 1인칭 주인공 시점을 채택하고 있고, 내적 초점화로 일관하면서 주인공과 내포작가가 같은 목소리를 내지만, 『해바라기』는 전지적 작가 시점을 택하여 외적 초점화에서 시작하여, 여행을 떠나기 전까지는 주로 신부인 최영희를 화자로 내세우다가 마지막에 이르러서는 신랑인 이순택의 시점으로 옮아가는 방식을 취하고 있다. 『해바라기』의 초반부는 서술자가 사람들의 움직임을 있는 그대로 묘사하면서 결혼식이 열린 집안의 분위기가 심상치 않음을 보여주고 있다. '후록코트'를 입은 사람이 신랑에게 귓속말을 하고 그 얘기를 들은 신랑은 신부에게 또 뭔가를 요구하자 신부는 눈살을 찌푸린다. 그 이유가 등장인물에게만 알려지면서 독자들의 궁금증을 유발한다.[38]

이들이 요구받은 내용은 아들의 결혼식을 못마땅하게 여기고 있는 시아버지에게 폐백을 드리자는 것이었다. 그렇지만 시아버지는 신랑신부의 폐백을 받지 않고 시골로 떠나버리고 만다. 그 이유는 명확하게 밝혀지지 않아 수수께끼로 남는다. 연이어서 신부는 손님들이 보낸 전보를 보다가 '영희의 일생에 잊지 못할 사람의 동생'인 홍수철의 축하전보에 가슴이 뜨끔해진다. 전보의 내용은 "행복의 첫걸음을 튼튼히 디디시옵"이라고 적혀 있고, 이에 대해 영희는 "어쩐지 보고 볼수록 비웃는 것 같기도 하고 오금을 박는 것 같기도 하"

---

37) 천정환, 앞의 책, 106면.
38) 미케 발, 앞의 책, 208-209면.

지만, 결국은 "주제넘은 소리 같다"는 결론에 이른다. 이를 요약하자면, 영희가 자기 형과의 사랑이 깨어진 뒤에 예술을 위해서 더 이상 결혼은 생각지 않겠다는 약속을 깬 것에 대해 수철이 우회적인 비판을 한 것이고, 영희는 자신이 그 약속을 깼다고 해서 자신의 신념까지 버린 것이 아니므로 부끄러울 것이 없다고 믿는 것이다. 이처럼 시아버지의 폐백 거부와 홍수철의 전보는 이후의 이야기를 이해하는 데 있어서 복선의 역할을 할 뿐 아니라 독자들의 호기심을 끌어내는 사건이다.

남편과 독자들에게 신혼여행에 대한 아무런 정보도 제공하지 않고, 새벽부터 일어나 화장을 하고, 시댁을 방문하고, 기차역에 도착하여 차표를 끊는 신부는 남편과 독자들을 놀래줄 준비를 하고 있다. 순택은 신혼여행지도 알지 못한 상태에서 어쩔 수 없이 신부의 요구에 이끌려 기차에 오르게 된다. '나도 참 악독한 짓'을 하고 있다고 진술하는 영희는 독자들의 호기심을 증폭시킬 뿐 아니라, 그녀 스스로 자신을 범죄자로 치부하고 있다는 것을 알 수 있다. 신부의 계획에 아무런 이의를 달지 않고 따라가는 신랑은, 우연하게 사건에 연루된 탐정과 같이, 아버지의 폐백 거부와 수철의 전보로 주어진 영희의 과거와 관련된 의문을 푸는 역할을 하게 된다.[39] 이처럼 『해바라기』는 범죄자와 탐정의 역할이 비교적 명확하게 구분되면서 전개되고 있다.

이들은 기차 여행을 하면서 음식을 시켜먹고, 자녀를 낳을 계획에 대해 얘기를 나누기도 하면서, 영희는 순택이 이혼한 이유에 대해 집요하게 질문한다.

---

39) Symons, op. cit, p.182.

영희도 그렇다는듯이 고개를 끄떡끄떡하며 평상한 목소리로 고쳐서,

「실상 나부터 그래요. 그 따위 짓을 하니까 이혼을 하셨겟지만 내가 만일 남자로 태어났드면, 나는 공부한 여자하구 결혼은 아니 할테야. 낫을 보고도 기역 자인 줄 모르구 지게를 보구두 A자인 줄도 모르는 여자라두 나아니면 사랑할 사람두 없고 내 말이라면 하느님 말처럼 절대로 복종하는 여자를 데려오는 게 결국은 행복이지, 나두 공부랍시구 하였지만 보통학교나 고등보통학교쯤 졸업하였다구 쥐꼬리만한 지식으로 코가 높아서 서두는 꼴이야 눈허리가 시어서 어떻게 보구 산담……그야 일반사회를 위하여는 공부도 시켜야 하겠지만 그렇다구 여자가 학문이 있다는 거을('것을'의 오기) 남자의 한 취미로 생각하고 덮어놓고 이혼 이혼하는 것은 꼴 사나와 못 볼 일이야!」

영희는 혼잣말처럼 말끝을 흐리고 순택이를 치어다보며 웃었다. 그러나 순택이는

「옳은 말이야 옳은 말이야」 하며 찬성은 하면서도, 속으로는 자기에게 들어보라고 일부러 그런 소리를 하는것가타야서 괴란쩍었다. 그는 영희의 이야기가 그치니까 슬그머니 드러누으며 눈을 감았다.(『해바라기』, 145면.)

영희는 학문 있는 여성과 결혼하기 위해 덮어놓고 이혼하는 남성들의 세태를 비판하고 있으나 사실은 그 내용이 순택을 향하고 있다. 「제야」의 정인이 재취로 시집을 간 것처럼 영희도 순택의 재취로 결혼을 한 것이고, 영희는 그런 순택을 은근히 비판하고 있다. 그렇지만 영희 자신도 순택의 신부로서 제3자의 객관적인 입장이 될 수는 없다는 것에 비판의 한계가 놓여 있다. 이렇듯 이들의 잡담과 대화로 이어지는 기차 여행은 신부의 과거에 대한 정보를 지연시키기 위한 장치로 기능하는데, 이들이 기차 안에서 자유연애와 관련된 대화를 나눈 것 역시 이후의 사건들을 암시하는 복선이다.

해가 진 뒤에도 한 시간 이상 더 간 뒤에, 그녀가 피곤한 신랑을 재촉하여 내린 곳은 목포였다. 순택은 목포에 내린 뒤에도 자신의 의견은 한 마디도 관철시키지 못한 채, 영희가 지정한 여관에 투숙

하게 되고, 이 여관에서 일하던 '사끼짱'으로 인해, 이곳이 신부의 옛 애인과 관련 있는 곳이라는 사실을 어렴풋하게 깨닫게 된다. 홍수삼은 이미 죽은 사람으로, '사끼짱'과 어울리기를 좋아했고, 조선인이면서도 일본말을 잘하는 미남자였다.

> 「그러치나 않은가?」하든 아침 안개같은 의심이 풀리는 동시에 놀라움과 노여움과 분기가 한꺼번에 뒤섞여서 순택이의 가슴속에 용천을 하며 치받쳐 올라오는 모양이나, 영희가 근심스럽게 방그레 웃고 치어다보는 그 눈을 볼 제 순택이는 모든 것을 용서하야주어도 아깝지 않다고 생각하였다. (『해바라기』, 『전집』 1권, 153면.)

순택은 「제야」나 『이심』의 남편처럼 신부의 과거를 속단하지 않고, 그녀에 대한 사랑으로 인내하면서 아내에게 모든 권한을 내준 상태에서 탐구를 지속한다. 이처럼 진리는 미리 사유된 전제에서 나오는 것이 아니라 우연히 발견된 '기호'에 의해 탐구가 촉발되면서 주어지는 것이다.[40] 여성의 과거를 알려면 그녀에 대해 미리 판단된 정보가 아니라, 순택의 경우처럼 놀라움과 분노를 잠재우고 외부에서 주어지는 정보들을 겸손하게 받아들일 수 있어야 한다.

영희가 준비한 신혼여행의 일정은 옛 애인이 즐겨 찾던 여관에

---

40) 들뢰즈 G(서동욱 외 역),『프루스트와 기호들』, 민음사, 2004. 41면. 들뢰즈는 프루스트의 『잃어버린 시간을 찾아서』를 해석하면서 기존의 철학이 사유를 위한 전제, 예를 들면 "우리는 선을 추구하고, 진리를 찾고자 한다."라는 내용을 가진다면, 결론에서도 어떤 새로운 내용도 첨가되지 않는 동어반복만이 있을 것이라고 비판한다. 그러므로 진리를 찾고자 하는 자는 미리 사유의 전제를 가질 것이 아니라 외적으로 주어지는 어떤 폭력에 의해 사유를 시작하는 방식이 되어야 한다는 것이다. 연애의 시작에서 연인들의 만남은 사유를 촉발시키는 일종의 폭력이라는 것이다. 이들은 서로에게 일종의 기호로서 출현하여 서로를 해석해 주기를 기다리는 것이다. 그래서 들뢰즈는 이렇게 말한다. "진리는 결코 미리 전제된 선 의지의 산물이 아니라, 사유 안에서 행사된 폭력의 결과이다."

투숙하는 것에서 그치지 않고, '무엇이든 원하는 대로 해 주'겠다는 남편 순택의 말에, 그녀의 본래 계획대로 H 군에 있는 홍수삼의 산소에 찾아가는 것에 이른다. 그곳에서 영희는 수삼이 병이 심해져 죽는 데에 자기도 한몫했다는 사실을 알게 된다. 그녀는 '비에 썩은 검은 나뭇가지'로 된 수삼의 묘비를 붙잡고, 옛날을 회상하며 죽음의 허무함에 대해 생각한다. 순택은 그런 신부를 보면서 질투심에 사로잡힌다.

> 그러나 홍수삼이의 묘를 보고 영희가 금세로 풀이 죽어진 것을 보면 벌써부터 짐작은 한 일이지만, 별안간 질투심이 생기지 않을 수 없다. 더구나 홍수삼이라는 이름이 쓰인 묘표를 보고 반기면서 손에 꼭 쥐고 서 있는 양을 머리에 그려볼 제 허청대고 공연히 심사가 난다. ……이런 생각을 이어 가다가 순택이는 급작시리 머릿속이 띵하고 모든 생각이 흐트러져 버렸다. 기운이 쑥 빠지어 심한 피로가 전신에 확 퍼지고 다리가 휘청휘청하는 것 같았다. 마치 목을 매어 끌려가듯이 영희의 가는 발자국대로 따라 밟으면서 질질 끌려 나려간다.(『해바라기』,『전집』 1권, 167면.)

남편과 상의 없이 옛 애인의 고향을 신혼 여행지로 택하고, 옛 애인이 즐겨 찾던 여관에 투숙할 뿐 아니라, 애인의 묘지를 찾아가는 신부의 상식을 뛰어넘는 행동으로 인해 순택은 '질투심'과 '심한 피로'를 느낀다. '심한 피로'와 '휘청거리는 다리'는 신랑의 심리적 불안감이 신체적 반응으로 나타난 것이면서[41] 동시에 신부의 실체를 발견한 주인공의 질투와 무력감을 보여준다.

영희의 신혼여행의 일정은 신랑을 놀라움에서 당혹감으로 몰고 간다. 『해바라기』는 영희를 초점화자로 삼아서 전개되고 있으나, 독

---

41) 오윤호,『현대 소설의 서사 기법』, 예림, 2005, 73면.

자들과 신랑 순택은 소설의 말미에 이르기까지 영희의 내면과 계획에 대해서 알지 못한다. 또 후반부에 이르러 빠른 사건의 전개는 순택을 순식간에 고통에 빠뜨리고, 결혼 자체에 대한 회의를 품게 한다. 영희는 옛 애인의 묘비를 세워서 거기에 자신과 남편의 이름을 새겨 넣고, 자신이 쓴 연애편지를 태운 재와 자기 사진 뒤에 "가신 님의 아직도 따뜻한 품에 안기고저 임의 모든 것이요 나의 모든 것인 이 몸을 대신하야 바치나이다."라고 써서 그 묘비 밑에 묻는다. 옛 애인의 묘 앞에 술을 따르고 분향하면서 눈물을 흘리는 영희를 보면서 순택은 "별안간 자기 부친이 폐백도 아니 드리고, 다례도 지내랴 하지 않았다고, 화를 내이고 떠나든 혼일 날 밤의 광경"을 떠올린다.

순택의 머리에 떠오르는 것은 소설의 초반부에 제시된 아버지의 폐백 거부 사건이다. 그의 아버지가 왜 아들 부부의 폐백을 거부했는가에 대한 대답이 여기에서 주어진다. 그러나 이것을 영희의 전통적 관습에 대한 편견과 자유연애 사상의 허위성을 폭로하는 것으로 본다면,[42] 초기 삼부작에서 제시된 '개성의 자각'과 '자아의 발견'이라는 작가의 사상을 송두리째 부정하는 것이 된다. 신부 영희의 과거를 추적한 신랑 순택의 깨달음은 사후적으로 우연히 주어진 진리, 즉 자신과 신부 사이에 놓인 커다란 차이의 발견이라고 하겠다. 영희의 생각대로 "영희의 영혼은 순택이의 영혼 속에서 살 수가 있어도, 영희의 영혼 속에 순택이의 영혼이 싸일 수는 없는" 것이다. 또한 학식 있는 여성을 아내로 얻겠다는 생각으로 쉽게 이혼을 결정한 순택의 허영에 대한 비판의식도 내재되어 있다.

---

42) 위의 책, 75면.

『해바라기』는 신여성을 초점화자로 내세운 소설 가운데, 남자 주인공이 여자 주인공의 과거를 끝까지 탐색하는 유일한 작품이다. 그것은 사랑이라는 이름으로, 자기 내부가 아닌 외부에서 고통스럽게 주어진 것으로써, 여성의 과거와 내면이 마지막 순간에 완전히 폭로되고, 남자는 베일을 벗은 메두사의 얼굴을 본 것처럼,[43] 신여성의 실체 앞에서 아무 말도 하지 못한 채 침묵하는 것이다. 영희가 옛 애인의 무덤을 찾아가 묘비를 세우고, 제를 올리는 것은 「제야」의 최정인의 자살이나 『이심』의 박춘경의 죽음처럼, 자유연애를 지속할 수 없는 조선의 현실을 보여주고 있다. 그녀는 애인의 묘비 아래에 자신의 사진과 편지를 묻으면서 과거와 결별하고 현실을 받아들이는 입사의식(initiation)을 치른 것이다. 그녀의 입사의식은 남편의 시선으로 옮겨가면서 비판되고 있는 것처럼 보이지만, 남편의 시선에 과도한 의미를 부여하게 되면, 그녀를 초점화자로 이끌고 온 작가의 의도를 제대로 파악할 수 없다. 오히려 영희의 입사의식은 자유연애의 좌절이자, 자율적이고 개성적인 자아로 나아가지 못하고 현실에 주저앉을 수밖에 없는 신여성들의 절망을 보여주고 있다.[44]

---

43) 권택영, 『욕망이론』, 문예출판사, 1994, 166면. 햄릿에게 욕망의 대상은 불가능한 대상이 되었을 경우에만 다시 욕망의 대상이 될 수 있다. 즉 대상의 실체가 완전히 드러난 이상 그 대상은 욕망의 대상이 되지 못하는 것이다.

44) 김미영, 앞의 논문, 234면. 1920년대 신여성들의 자유연애 담론은 이기적이거나 현실을 몰각한 자들의 언행으로 비판된다.

2. 비밀의 은폐와 혼사의 실현: 『사랑과 罪』

1) 사유를 강요하는 적대자들의 '거짓말'

『사랑과 죄』(1928)는 염상섭이 2차 도일을 하여 일본에서 쓴 본격적인 신문 장편소설이자, '탐정소설'의 영향이 뚜렷한 작품이다. 일본에서 그와 함께 하숙한 양주동은 추리소설을 번역한 바 있어, 당시 지식인들이 탐정소설에 대한 관심이 컸다는 것을 증명하고 있고, 실제로 염상섭 자신도 추리소설을 번역하여 소개하기도 했다.[45] 그런데 『사랑과 죄』의 후반부에 나타나는 살인사건은 독자들에게 흥미를 유발하기보다는 다른 효과를 기대하고 있는 것처럼 보인다. 그가 본격적인 추리소설을 쓰고자 했다면, 살인사건은 전반부에 배치하고, 그것을 추리하는 과정을 보여주어야 하는데, 이 소설의 주된 이야기는 혼사 장애 모티프이기 때문이다. 이 소설에서 연애 이야기는 기초서사에 해당하고, 탐정모티프는 삽입서사로 배치되어 있어서,[46] 살인 사건은 연애 이야기와 밀접한 관련이 있다.

염상섭 소설의 남녀 주인공들은 거짓말로 인해 고통을 받으며, 이들의 결합은 지연된다. 이 소설에서 거짓말과 소문은 그 진상이 밝혀질 때까지 혼사를 지연시킨다. 이 소설에서 거짓말과 소문은 그 진상이 밝혀질 때까지 혼사를 지연시킨다. 거짓말은 토도로프가 말한 '절대적이며 부재중인 원인'에 해당한다. 그가 분석한 헨리 제임

---

45) 송하춘, 「염상섭 초기 창작 방법론 - 「남방의 처녀」와 『이심』의 대비 고찰」, 현대소설연구 36, 2007.

46) 미케 발(한용환 역), 『서사란 무엇인가』, 문예출판사, 1999, 261 - 262면.

스의 소설에는 궁극적 원인이 존재하는데, 그것은 부재하지만 찾아야 하는 것이다.[47] 거짓말은 주인공들의 혼사를 가로막는 부재하는 힘이면서, 동시에 사랑을 확신하도록 이끌어 주는 역할을 맡는다. 거짓을 거짓 또는 부재하는 원인으로 밝혀내는 것이 주인공들의 역할이다. 거짓이 거짓으로 판명 날 때까지 서사는 지속이 되고, 거짓이 밝혀지면 독자들의 호기심은 잠정적으로 해결된다. 이처럼 거짓말 또는 거짓 소문 또는 오해가 등장하고, 이를 해결하는 탐구와 추리의 과정이 횡보 소설에서는 자주 등장한다. 이런 오해와 해결의 과정은 역진적인 플롯을 형성하면서 독자들의 호기심을 끌어낸다. 거짓말은 주인공들이 탐색을 통해 이르러야 할 결론이고, 독자들은 주인공들이 거짓을 밝히는 과정을 호기심을 가지고 따라간다.

『사랑과 죄』의 초반부는, 독자와 주인공에게 정보가 주어지지 않기 때문에, 미스터리소설의 플롯으로 전개되다가, 일정한 분량이 진행된 뒤에는 독자에게 많은 정보가 주어지고, 등장인물들에게는 상대적으로 적은 정보가 주어짐으로써, 토도로프가 분류한 바에 따르면 스릴러물에 가깝다.[48] 남녀 주인공들은 제한된 정보로 인해 서로에 대한 마음을 확인하지 못하고, 잘못된 정보에 의해 상대를 오해하고, 번민에 빠진다. 남녀 주인공들의 사랑을 확인한 독자들은 이 사랑이 어떻게 진행될 것인가에 대한 긴장감을 느끼게 된다. 사랑에 빠진 사람들은 상대의 표정과 말, 행동 하나하나가 해석해야 할 기

---

47) 토도로프, 앞의 책, 172면.
48) 위의 책, 53면. 범죄 사건이 억압되고, 조사 과정만이 서술되는 경우는 추리소설이고, 범죄가 준비되고 진행되는 과정을 보여주는 것은 스릴러물에 해당하며, 이 두 가지가 결합된 형태가 서스펜스에 해당한다. 원인에서 결과로 나아가는 스릴러물의 경우에 독자들은 긴장감을 느끼게 되고, 결과가 먼저 주어지고, 그것에 대한 원인을 추적해 가는 경우에는 독자들의 호기심이 촉발된다.

호들이다. 이 남자/여자가 나를 사랑하는 것인지 그렇지 않은지에 대한 확신이 서기까지 이들은 노심초사한다. 염상섭 장편소설의 서사는 사랑의 고백이나 확인의 지연이며 내면을 추리해야 한다는 점에서 추리소설의 구조와 흡사하다. 또한 미리 전제된 사유가 아니라 기호, 즉 우연성에 의해 촉발된 탐구라는 점에서 기호의 해석과정이라고도 할 수 있겠다.[49]

『사랑과 죄』는 세브란스 병원의 간호부로 일하는 19세의 아름다운 처녀 지순영이 동경에서 미술공부를 마치고 돌아와 그림을 그리고 있는 이해춘의 작업실을 찾아가는 것으로 시작된다. 그녀는 조선의 잔다르크를 꿈꾸는 여성 사회주의자인 한희의 제자이자, 세브란스에 입원해 있는 김호연을 후견인으로 둔 여성이다. 그녀는 김호연의 부탁을 받고 이해춘의 초상화 작업에 모델로서 작업실에 찾아가는데, 거기에 정마리아가 갑자기 끼어들게 되면서 이해춘은 거짓말을 하게 된다.

> "이번에는 누구를 불러다가 쓰세요?"
> 마리아는 그래도 짓궂이 묻는다.
> "이번에는 풍경을 그려요"
> 이 말에 순영이는 귀가 반짝 띄는 듯하였다. 해춘이와 마리아의 사이를 좀 수상쩍게 생각하지 않았든 것도 아니었으나 이 말 한마디를 듣고는 **일종의 승리감(勝利感)**을 깨달았다. 모델 노릇 하는 것이 마리아의 말과 같이 그다지도 불명예스럽고 더러운 계집이나 할 노릇이라손 치더라도 요사이에 와서는 해춘이에게 대한 순영이의 의향이 점점 처음과 달라 가는 것을 제 속으로도 깨닫는 터이라, 자기가 경모(敬慕)하는 사람을 위하야 무슨 부조가 된다는 것을 기쁘고 달게 생각하는 바인즉 남이야 놀리거나 흉을 보거나 헤아릴 바 아니어던 하물며 해춘이가 자기와 한 약조를 지키느

---

49) 들뢰즈, G(서동욱 외 역), 앞의 책. 41면.

라고 마리아에게 거짓 꾸며대고 자기를 어대까지든지 두둔하고 싸아 주려는 눈치인 것을 알아차리고는 반갑고 고마웁지 않을 수 없었다.(『사랑과 죄』, 『전집』 2권, 30면. 강조: 인용자)

해춘이가 정마리아의 질문에 대해 거짓으로 대답함으로써 순영은 해춘이 자신을 "두둔하고 감싸주려는 눈치를 알아차리고 반갑고 고마운" 마음을 갖게 된다. 순영은 여기에서 가추법의 논증을 실천하고 있다. 즉 그가 나를 사랑한다면, 내가 그림의 모델이라는 사실을 폭로하지 않을 것이다.(규칙) 그가 나의 신분을 폭로하지 않고 거짓을 말했다.(결과) 그러므로 그는 나를 사랑한다.(사례)[50] 해춘의 거짓말은 정마리아를 소외시키고, 순영에 대한 애정을 드러내는 역할을 한다. 순영은 정마리아가 이해춘의 또 다른 애인이 아닐까 하는 의심하지만, 이해춘의 거짓말로 인해 그가 자신의 편에 서 있음을 알게 된다. 해춘의 거짓말에 대해 순영은 정마리아보다 자기가 해춘의 호의를 입고 있다는 것을 깨닫고 '승리감'을 느낀다. 사랑의 서사에서 나타나는 애인의 거짓말이나 서툰 말투, 호의적인 태도 등은 사유를 촉발시킨다. 이렇게 호감을 가진 남녀가 서로의 사랑을 확인하는 것은 추리소설에서의 1차 해결에 해당한다. 그러나 해주집이 등장하면서 이들의 사랑은 다시 미궁 속으로 빠진다.

이들이 이런 대화를 나누는 중에 또 다른 불청객이 찾아드는데, 자신을 지순영의 생모라고 주장하면서 아편 살 돈을 요구하는 해주집이다. 해주집은 소설 전체의 어두운 그림자와 같은 존재인데, 그녀는 순영을 쫓아다니면서 쉼 없이 괴롭히고, 해춘과 순영이 사이를 갈라놓을 결정적인 거짓말을 퍼뜨리기도 한다. 이해춘의 작업실에

50) 카를로 긴즈버그, 앞의 글. 218면.

갑자기 나타난 정마리아와 해주집은 순영과 해춘의 사랑을 방해하는 인물들이다. 이들은 주인공들의 연애를 방해하기 위해 동분서주한다. 적대자들은 주인공들의 결합을 방해하고, 지연시킴으로써 서사를 만들어 내는 역할을 맡고 있다. 등장인물들이 선악의 이분법으로 제시되면서, 한쪽은 몰락의 길로 다른 한쪽은 승리의 길로 들어서게 되는데, 악인들이 처벌되기보다는 주인공의 연애를 성사시키는 결정적인 역할을 한다는 점에서 미스터리소설과 차이를 보인다.[51] 다시 말하면 악인들의 범죄는 근대사회에서 제거될 수 없다는 인상을 풍긴다.

해주집은 자신을 지순영의 생모라고 주장함으로써 독자들과 해춘에게 수수께끼를 제시하게 된다. 해춘은 해주집의 주장으로 인해 순영의 출생의 비밀을 알고 싶어 한다. 교양이라고는 찾아볼 수 없는 데다가 딸을 쫓아다니면서 돈을 내놓으라고 윽박지르는 아편쟁이 아낙네가 과연 아리따운 지순영의 생모일까? 만약 이 여자가 순영의 생모라면 거기에는 어떤 사연이 있는 것일까? 이것이 해춘과 독자들에게도 궁금증을 유발한다. 독자와 등장인물 모두에게 정보가 없으므로 이것은 수수께끼이다.[52] 교양 없는 늙은 여인의 갑작스런 방문은 여성의 과거를 추적하게 만드는 계기를 만들지만, 지순영은 해주집으로 인해 해춘이에게 더 이상 모델 노릇을 하기가 어렵다는 편지를 보낸다. 이 편지는 지순영의 내적인 고민을 반영하지만, 해춘의 궁금증을 더할 뿐이다. 편지를 받은 해춘은 그동안 그려 두었던 그림을 바라보면서 순영이의 부재를 절감하게 된다.

---

51) 만델, 앞의 책, 91면.
52) 미케 발, 앞의 책, 208-209면.

－그것은 다만 아름다운 여성이 살아 왓다는 것뿐이 아니었다. 지금 자
  기 앞에서 순영이가 숨을 쉬고 안젓는 것 가타얏다. 금시로 무슨 말이 그
  도톰한 산 입술에서 나올 것 가타얏다. 해춘이는 또 한 번 혼자 빙그레 웃
  고 여전히 화면(畵面)이 뚫어질 것같이 바라보고 서 잇다. 나중에는 해춘
  이의 두 눈이 마치 봄날의 아즈렁이를 한참 바라보는 것같이 그림 전체에
  무슨 영원한 생명의 맑은 샘이 스미어 나오는 것같이도 해춘이에게는 보이
  었든 것이다.(『사랑과 죄』, 75면.)

  　해춘이가 더 이상 모델을 하지 못하겠다는 순영이의 편지를 받고,
  순영이를 그린 그림을 앞에 놓고 보는 장면이다. 그림 속의 순영이
  는 마치 숨을 쉬고 있는 것같이 생생하다. 그것을 해춘은 뚫어질 듯
  이 바라보고 있다. 그곳에서는 "영원한 생명의 맑은 샘"이 스미어
  나오는 것처럼 느껴진다. 초상화는 해춘에게 순영의 부재를 절감하
  게 하고, 순영을 향한 감정을 촉발시킨다.

  　그림을 보는 이해춘의 시선은 대상에 대한 욕망의 발생과정을 보
  여준다. 해춘이 보고 있는 그림은 하나의 환상을 만들어 낸다. 욕망
  으로 가득 찬 남성적 시선은 상상의 산물을 만들어 내며, 욕망에 의
  한 환상을 만들어 내는 것이다.53) 그림을 바라보는 행위는 시각적인
  흥분과 함께 대상에 대한 정확한 이해를 못하도록 실수를 유발시킨
  다. 순영의 직접적인 대면보다 자신이 그린 초상화를 바라보는 해춘
  의 시선은 더 위태롭고, 불안하다. 그것은 진실에 도달할 수 없는,
  자신이 만든 환상에 도취된 남성의 권위적 시선을 보여준다. 순영은
  '도톰한 입술'을 가진 '아름다운 여성'이다. 순영이의 부재를 대신한
  그림은 해춘에게 순영의 부재를 더욱 실감하게 할 뿐 아니라, 해춘
  에게 순영에 대한 사랑을 촉발시키는 매개물이다. 이때까지 자신이

  _____

  53) 브룩스, P(이봉지 역), 『육체와 예술』, 문학과지성사, 2000, 181면.

그렸던 그림은 그에게 대상의 부재를 인식시킨다. 환상은 실재와는 상관없이 개인의 내면에서 대상에 대한 욕망을 만들어 낸다.

대상의 부재를 통해서 깨닫는 사랑이야말로 사랑의 본질을 드러 낸다. 롤랑 바르트는 "그 사람을 정말로 단념해야 하는 날이 오면, 그때 나를 사로잡는 격렬한 장례는 바로 상상적인 것의 장례"라고 하고 "그것(사랑한다는 것)은 하나의 소중한 구조였으며, 나는 그/그녀를 잃어버려서 우는 것이 아니라, 사랑을 잃어버렸기 때문에 우는 것"이라고 간파했다.[54] 즉 사랑의 주체는 사랑의 대상을 사랑한 것이 아니라 사랑한다는 상상적 이미지를 사랑한다. 해춘은 순영의 부재로 인해 자신의 사랑의 감정 또는 사랑의 이미지가 사라질 것 같은 위기감을 느낀다. 그래서 그는 호연이 입원해 있는 세브란스 병원을 찾아가서 순영의 출생의 비밀을 알아내려 한다.

한편, 이복 오빠 지덕진과 해주집은 흥산무역 사장 류택수의 첩 자리를 순영에게 제안하고, 덕진은 순영의 애매한 대답을 승낙으로 여긴 뒤, 류택수에게 혼사가 성립되었다고 알린다. 류택수는 순영을 아내로 맞아들이기 위해 백금반지를 내놓는다.

> 류 사장(류택수)은 이러한 소리를 하며 별안간 푸둥푸둥한 새끼손가락 에 질끈 끼어 잇든 굵다란 백금반지를 간신히 빼어서 테불 우에 놓는다. 콩알만한 금강석이 울이는 햇빛에 번적하고 혼란한 광채를 반사한다. 덕진 이는 눈이 부신 듯이 잠간 바라보고 무심중간에 자기 손에 실오라기같이 감기인 금반지로 눈을 옮기다가 부끄러운 듯이 한 손으로 가리었다.(『사랑 과 죄』, 106면.)

해춘의 초상화는 탐구해야 할 대상으로서의 순영을 대체하는 기

---

54) 롤랑 바르트(김희영 역), 『사랑의 단상』, 문학과지성사, 1991. 51면.

호였다면, 류택수의 백금반지는 돈으로 사랑을 사고자 하는 교환가치의 알레고리이자 상징이다. 이런 상징은 순영을 탐구하려는 해춘의 태도와는 대조된다. 이것은 사랑의 기호가 아니라, 자본주의 사회의 물신화의 상징이다. 이것은 등장인물을 선인과 악인으로 구분하고, 악인들의 범죄를 분석하여 그들을 타자로 규정하려는 미스터리소설의 물신주의적인 성격과 닮아 있다.[55] 미스터리 소설에서는 탐정이 범인을 찾아내어 제거시킨다는 점에서, 타자성을 인정하지 못하는 자기동일적 사유를 보여준다.

정마리아는 덕진과 류 사장의 결혼 계획을 과장하여, 순영이 류택수와 결혼을 준비하고 있다고 해춘에게 거짓말을 한다. 그녀는 거짓소문을 퍼뜨려, 순영에 대한 해춘의 사랑을 포기하도록 하려는 것이다. 그녀의 거짓말은 지순영의 출생의 비밀과 함께 해춘에게 번민을 안겨주고, 대상에 대한 탐구를 촉구한다. 『해바라기』에서 최영희의 첫사랑이나 『이심』의 박춘경의 간통 여부가 독자들에게 호기심을 불러일으킨 것처럼, 『사랑과 죄』에서는 지순영의 출생의 비밀과 마리아의 거짓말이 독자들의 호기심을 불러일으킨다. 해춘은 순영의 혼담을 듣고 번민에 빠진다. 그는 사실 여부를 확인하지 못한 상태에서 길거리에서 순영을 만나는데, 여기서도 제대로 이야기를 나누지 못해 의혹은 더욱 증폭된다. 이들의 엇갈리는 만남과 오해는 독자들의 호기심을 증폭시킨다.

독자들은 해춘이 얻은 정보가 거짓임을 알기 때문에 그가 어떻게 이 소문이 거짓임을 알게 될까 호기심을 가지게 된다. 이것은 염상섭 소설의 전체적인 플롯의 특징과 연관된다. 결과가 먼저 제시되고,

---

55) 만델, 앞의 책, 91면.

원인이 제시되면서 『사랑과 죄』의 플롯은 후향적으로 지연된다. 후향적인 지연은 역진적인 플롯에서 발생하는 것으로 서사는 왜 그런 결말에 도달하게 되었는가를 설명하는 것에 초점을 둔다.[56] 이때 독자들은 기존의 정보를 반추하면서 새로운 정보의 의미를 파악하는 유추적인 탐색에 나서게 된다.[57] 정마리아의 거짓말이 독자들에게 결론으로 주어지고, 그것의 진위 여부를 밝히는 방식은 범죄소설의 구조와 유사하다.[58] 이해춘의 거짓말의 경우에는 순영에게 사랑을 확인하는 기호였지만, 적대자들의 거짓말은 주인공들이 거짓임을 밝혀야 할 탐구 내용이다. 주인공들은 적대자들이 제공한 거짓말의 진위를 밝히는 과정을 밟게 되고, 독자들은 주인공들의 추적과정을 호기심을 가지고 지켜본다.

2) 오해의 극복을 통한 사랑의 확인

이들의 결합을 방해하는 요소들은 점점 더 강도를 더해 가고, 해춘은 순영의 혼담 소식에 분노를 느끼면서 취중에 정마리아와 하룻밤을 보낸다. 더 이상 모델을 할 수 없다는 편지와 함께 마리아의 거짓말은 효력을 발휘한 것처럼 보인다. 이 거짓말은 김호연을 통해 들통 나고, 오해를 극복하는 과정에서 두 연인들 사이에는 내적인 결합이 일어난다. 이처럼 남녀 주인공들 간의 오해로 인해 연애가

---

56) 장소진, 앞의 책, 36면.
57) 위의 책, 같은 면.
58) 뢰테르, 앞의 책, 110면. 범죄소설에서 독자들은 탐정만큼 많이 알거나 또는 적게 알고 있다. 이미 알려진 정보는 독자들에게 호기심을 주고, 아직 알려지지 않은 정보는 놀람의 효과를 낸다.

지연되는 것에 『사랑과 죄』의 독특성이 놓여 있다. 이것은 고전소설의 혼사 장애 모티프처럼 외적인 요인에 의해서만 혼사가 지연되지 않고, 주인공들의 내면에서 일어나는 갈등의 과정을 보여줌으로써, 개별적이고 '독이적 생명(獨異的 生命)'을 지닌 개인들의 탄생을 보여준다.[59)]

해춘은 지순영이 더 이상 모델을 할 수 없다는 편지를 받고 상대방의 마음을 알아내려는 여정을 시작한다. 순영의 내면이라는 진리를 찾아 떠나기를 강요받은 해춘은 순영을 얻기 위해서라면 귀족이라는 신분과 경제적으로 풍족한 집안 출신이라는 것도 버릴 수도 있다고 생각한다. 이렇게 결심한 것은 더 이상 찾아오지 않겠다는 여자의 편지 때문이다. 이 편지는 주인공에게는 해석해야 할 기호이면서, 다른 한편 자신의 처지와 사상을 돌아보도록 강제한 기호이다.[60)]

해춘에게 또 다른 사랑의 기호는 지순영의 출생의 비밀이다. 순영은 세브란스 간호부이고, 해춘은 귀족의 자제라는 신분상의 차이가 있고, 거기다가 순영은 아편중독자를 생모로 두었다는 혐의를 받고 있으므로 그녀는 해춘과 어울리는 짝이 아니다. 그러나 이미 초상화를 보는 환상적 시선에 의해 사랑에 빠진 해춘은 주변의 친구들에게 묻기도 하고, 순영의 말 속에서 그녀의 출생의 비밀을 찾아내고자 노력한다. 순영의 입장에서 보면 해춘은 범접하기 곤란한 귀족이어서 자신의 처지로는 넘보기가 어려운 대상이다. 그리고 자신은 아

---

59) 염상섭, 「개성과 예술」, 『염상섭 전집』 12권, 36면.
60) 이해춘은 귀족이나 양반의 피에는 어떤 가능성이 없으므로 다시 결혼을 하게 된다면, 상놈이나 평민과 하겠다는 의지를 생각을 갖게 되는데, 이런 생각을 갖게 한 것은 지순영의 편지가 배경으로 놓여 있는 것이다.

편중독자인 생모가 찾아다니며 괴롭히고 있는 형편이므로 해춘이 자신에게 대한 호의는 매우 부담스럽다.

그런 와중에 이해춘의 집으로 찾아간 순영은 자신의 초상화를 앞에 놓고 깊은 시름에 빠져 있는 해춘을 발견하고 그의 사랑을 확신한다. 이들이 사랑을 확인함으로써 연애가 성립되는 단초가 마련된 것이며, 이것은 미스터리소설에서 사건 해결의 단초를 마련하는 것에 해당한다.[61] 그가 자신의 편지로 인해 고심하고 있다고 판단한 순영에게 해춘은 초상화를 더 이상 그리지 않겠노라고 말한다. 해춘의 초상화 중단은 위치를 전도시켜서 순영이 탐정이 되고, 해춘의 내면이 탐색의 대상이 된다. 이들의 사랑의 확인은 엇갈리는 만남과 오해로 지연되는 것이다. 해춘의 비밀은 거짓 소문에 자포자기의 심정으로 마리아와 하룻밤을 보내면서 육체적인 관계를 가진 것에 있다. 이런 사정을 알지 못하는 순영에게 해춘의 그림 중단은 이해할 수 없다. 순영이 그림을 중단하는 이유를 묻자, 해춘은 "기분의 통일이 없고 감흥을 잃어버리면 예술은 망치고 마는 것"이라는 애매한 대답을 하고, 이어서 지난밤에 늦게까지 술을 마신 일을 누설하고, 말꼬리를 흐린다.

> "셋이서 – 실상은 마리아에게 끌려서 새로 세시까지 나돌아 다녔는데, 난 술이 취해 버려서 나중 일은 생각도 아니 납니다만……"
> 해춘이는 안 하여도 좋을 말까지 하야 버렸다. 사람이란 숨기겠다고 마음먹었던 일을 이야기하게 되면 쓸 데 없는 말까지 하고 마는 것이다.(『사랑과 죄』, 222면.)

---

61) Dove, op. cit, p.33

해춘의 '안 하여도 좋을 말'이나 '쓸데없는 말'은 진실을 숨기지 못하고, 해석의 여지를 만들어 낸다. 말실수는 애인의 외도와 바람기를 알아채는 데 가장 적절한 기호가 될 것이다.[62] 늦게까지 술을 마셨다는 말에 놀라는 순영이에게 해춘은 "당신도 요새 요리집 다니십디다그려?"라고 핀잔을 줄까 하다가 그만둔다. 해춘은 순영이의 결혼 소문을 듣고 그녀의 자신에 대한 사랑을 의심하고 있었던 것이다. 이렇듯 서로에 대한 오해로 인해 이들의 사랑은 지연되면서 서사가 생성된다. 이들의 서로에 대한 사랑의 확신은 몇 개의 장애물을 넘은 뒤에나 획득되는 것이다.

순영은 해춘이가 자신을 모델로 그리던 초상화를 그만두려 하는 데다가 늦게까지 술을 마시고 다녔다는 말에 남자를 의심하였으나 어떤 단서도 발견하지 못하고 돌아가는 길에 마리아를 만난다. 정마리아가 당시로서는 파격적인 단발머리를 하고 나타나자, 순영은 이들 사이를 의심하게 된다. 연인끼리 주고받는 기호는 충분한 정보를 서로에게 주지 않기 때문에 각자의 내면에 파장을 일으키고 쉴 새 없는 해석을 강요한다. 이런 해석을 통해 연인들은 서로에 대해 오해나 사랑의 감정을 키워가고, 상대방이 자신의 마음의 한 자리를 차지하게 되었음을 깨닫게 된다. 이 기호의 해독이야말로 연인들의 사랑에서 피할 수 없는 과정이다.

마리아는 해춘과 하룻밤을 보낸 것을 계기로 순영의 초상화를 포기할 것을 요구하고, 순영은 그림을 계속할 것을 요청함으로써 해춘

---

62) 서동욱, 『차이와 타자』, 문학과지성사, 2000, 77면. 해춘이의 이와 같은 말실수는 『잃어버린 시간을 찾아서』의 알베르틴이 말실수를 하다가 말끝을 흐리는 것과 대응된다. 알베르틴은 말실수를 깨닫고 말끝을 흐리게 되는데, 이 말은 그녀가 동성애자라는 사실을 은연중에 드러낸 것이다.

은 난처한 입장에 놓이게 된다. 지순영의 초상화는 사랑을 확인하는 매개물이자, 상징이다. 이 매개는 해춘이 처음 발견할 당시에는 순영의 부재를 인식하게 해 주는 것이었고, 이해춘의 예술적인 삶의 결과물이었다. 그러나 사랑의 경쟁에서 패배한 마리아에게 그것은 질투의 대상이다. 마리아는 해춘의 작업실에 놓인 순영의 초상화를 찢음으로써 주인공들에 대한 질투와 미움의 감정을 폭발시킨다. 그러나 해춘은 이미 또 다른 초상화를 그려놓았기 때문에 마리아의 방해는 실패로 돌아가고, 해춘은 그림을 동경의 미술대전에 출품하게 된다. 이로써 사랑이 성립되고, 추리의 과정은 완료되지만, 순영의 출생의 비밀은 여전히 해명되지 않은 채 남아 있다. 『사랑과 죄』가 혼사 장애 모티프를 주된 플롯으로 삼고 있으면서도 출생의 비밀이 은폐된다는 점에서 미스터리소설의 기법은 큰 비중을 차지한다.

마리아가 해춘을 차지하기 위해 초상화를 찢었다면, 이해춘의 연적으로 나타난 류택수의 계획은 순영의 단호한 거절로 수포로 돌아간다. 김호연이 계획한 인삼사건에 연루되어 순영이 수감된 후에도 류택수의 구애는 계속되지만, 순영은 냉정하게 거절한다. 오히려 순영에게 준 백금반지로 인해 류택수는 애첩 노릇을 하던 마리아에게 돈을 뜯기는 손해를 볼 뿐이다. 류택수에게는 배움의 과정이 없다.[63] 그의 여성에 대한 시선은 탐구의 자세가 아니라, 상상적이고, 시각 중심적인 오인에 의한 것이다. 해춘이 순영의 초상화를 통해 욕망의 대상을 발견했다면, 류택수는 탐구의 과정을 거치지 않고,

---

63) 들뢰즈, 앞의 책, 23면. 들뢰즈는 기호들과 배움을 연결시킨다. 기호는 우리에게 해석하기를 강요하고, 기호에 맞닥뜨린 주인공은 이 기호를 해석하는 과정에서 무엇인가를 배우게 된다. 기호의 해독과 해석을 하지 않고 자기 안에 있는 공리들로 대상을 판단하고자 하는 류택수와 같은 인물에게는 배움이란 더 이상 주어지지 않는 것이다.

여성을 거세된 남성으로 오인하는 절시증(fetishism)을 보인다. 절시증이란 '여성은 거세된 존재다.'라고 보는 남성의 인식에서 비롯된다.[64]

> 무엇을 걸치든지 이 여자의 몸에 가는 것은 턱 어울리고 얼굴보다 체격과 걸음거리가 남의 눈을 끌지만 이 칠피 구두 신은 발 맵시는 류택수의 제일 좋아하는 것이었다. 그는 아까 사무실에서 마리아가 발길질을 할 제 순간적으로 병적 성욕의 충동을 느끼든 유쾌를 생각하며 살금살금 쫓아갔다.(『사랑과 죄』, 112면.)

그는 정마리아가 자신이 사준 구두를 신고 있는 모습을 보면서 성적인 쾌감을 느낀다. 여성을 거세된 존재로 보는 남성의 시선은 물신화의 경향과 연결된다. 남성들은 성적 의미를 함유한 부수적 물체 및 속성들을 여자들이 잃어버린 남근의 상징으로 간주하게 된다.[65] 류택수가 마리아의 '칠피 구두 신은 발 맵시'를 보고 성적인 쾌감을 느끼는 것은 여성을 인격적인 대상이 아니라, 자신의 성적 만족을 위해 여성을 도구화하고, 물신화하는 경향을 잘 보여주고 있다. 류택수의 대상에 대한 인식 과정은 「제야」와 『이심』의 남편들이 아내를 보는 남성의 권위적 시선을 닮아 있다.

순영은 해춘에게 그림을 다시 그려달라고 편지를 보내고, 마리아도 편지를 보내 "순영이를 모델로 그리는 그림을 없애버려 줄 것과 또는 자기를 진정으로 사랑한다는 표적으로 예술을 영영 버려 달라"고 요구한다. 마리아는 해춘의 사랑을 쟁취한 것으로 확신하고, 자신이 음악을 버린 것처럼 해춘은 그림을 버릴 것으로 요구한 것이다.

---

64) 브룩스, 앞의 책, 205면.
65) 브룩스, 앞의 책, 206면.

류택수의 경우와 같이 마리아도 육체적인 관계가 곧 연애의 성공이라는 도식적인 이해에 머문다는 점에서 배움의 과정이 없다. 또한 해춘의 작업실을 찾아온 순영을 거짓말로 따돌리고 해춘의 집을 찾아가 해춘을 만난다. 여기서도 거짓말의 유포와 해결의 과정이 에피소드로 삽입된다. 마리아는 해춘과 순영의 사이를 지속적으로 개입하여, 거짓말로 이들의 관계를 단절시키고, 해춘을 획득하고자 한다.

3) 탐구의 대상으로서의 여성의 육체

『사랑과 죄』를 포함한 염상섭의 장편소설들에서 나타나는 연애의 서사는 유사한 양식을 보여준다. 연인들이 서로에게 호감을 가지고, 일정한 공간에서 잦은 접촉을 갖게 되고, 대화를 통해 서로에 대한 유대감을 형성하게 되는데, 이때 이들의 사랑이 한 단계 성숙하기 위한 조건으로서 장애물들이 등장한다.[66] 정마리아나 해주집, 류택수가 대표적인 인물들이다. 그러나 이들의 방해는 해춘과 순영의 사랑에 방해가 되기는커녕 오히려 이들의 사랑이 더 깊어지고, 성숙하는데 도움을 줄 뿐이다. 그런 의미에서 이 소설에 나타나는 악인들의 범죄는 사랑을 성사시키는 매개들이다.

마리아와의 육체적인 관계는 해춘의 순영에 대한 사랑을 방해하지 못한다. 해춘은 순영의 혼담이 거짓임을 알게 되고, 순영에 대한 오해를 풀게 된다. 거짓말이라는 부재하는 원인들이 밝혀지면서 주인공들은 사랑을 확인하게 되고, 독자들은 이미 알고 있던 정보를

---

66) 서영채, 앞의 책, 203면.

주인공들이 발견하는 것을 보면서 호기심을 해결한다. 그의 오해가 풀리고 나자, 서사는 순차적인 구성으로 진행된다. 이들의 절대적인 사랑이 원인으로 제시되고, 이제는 이들의 사랑의 성사 여부가 독자들을 긴장시킨다. 『사랑과 죄』의 플롯은 해춘과 순영의 사랑의 확신하는 순간을 전후로 하여 독자들에게 전혀 다른 감정을 부여하지만, 둘 다 독자들의 흥미와 재미를 배려하고 있다는 공통점을 지닌다.

이들의 사랑을 방해하기 위한 결정적인 사건은 김호연의 부탁으로 유학생의 인삼을 산 일이 들통이 난 것이다. 이 사건으로 인해 일본 경찰의 수색이 이어지고, 호연과 순영을 비롯한 아나키스트, 사회주의자들이 잡혀가게 된다. 경찰들의 수사 과정과 그 속에서 나타나는 과학적 합리성은 선과 악의 이분법을 넘어선 것으로 보인다. 경찰력이 선한 쪽에, 검거된 쪽이 악한 쪽에 있는 것이 아니라, 검거된 쪽에 정당성이 주어지면서 미스터리소설과는 정반대의 효과가 발생된다.[67] 즉 이들의 범죄야말로 일본의 근대적인 경찰제도에 균열을 초래하고, 독자들을 현실로 인도하는 기능을 맡고 있다. 또한 주인공들은 이미 사랑을 확인했으므로 이제 남은 것은 이들이 외적인 방해물들을 제거하는 것이다. 독자들은 사랑에 빠진 연인들을 범죄자가 아니라 희생자로 인식하기 때문에 혼사를 방해하는 사건들은 서스펜스의 긴장을 제공한다. 이 긴장은 장애들이 지속적으로 등장하는 서사에서는 계속 고조된다. 이 장애들의 완전한 극복이 곧 서사의 종결을 의미하는 것이기 때문에 작가는 장애물을 계속 추가하려하고 독자는 이 긴장에 의해 독서를 지속하게 된다. 수감된 순영이의 옥바라지를 하면서 해춘과 순영의 사랑은 성숙의 과정을 밟

---

67) 만델, 앞의 책, 91면.

는다. 이제 이들에게 남은 것은 사랑의 확인이 아니라, 확인된 사랑으로 외적 장애를 극복하는 것이다.

해춘은 순영에 대한 사랑을 확인한 뒤에는 외적인 방해 요소들에 전혀 영향을 받지 않고, 투옥된 순영을 뒷바라지 한다. 또한 류택수 일행이 평양을 찾아와 사식을 넣으면서 해춘과 경쟁하기 시작하지만, 순영의 마음을 얻지는 못한다. 순영은 류택수의 호의를 거절함으로써 해춘의 신뢰를 얻게 된다는 점에서 류택수는 이들의 사랑을 확인시키기 위한 조연의 역할을 맡고 있다. 여기에 마리아가 가세하여 이들의 사랑을 방해하려 하지만, 기생 운선이의 도움으로 이들을 피해 해춘과 순영은 밀월여행을 하면서 서울로 돌아오게 된다.

> 피차에 입으로 말할 수 없는 애정은 참고 참아서 나오는 말 한 마디 피하다 피하다 못해 어쩐둥 마주치는 눈길과 눈길 속에서 서로 찾아낼 수 있으나 어느 때까지 가슴 깊이 감추어 두는 수밖에 없었다. 두 사람은 제각기 크나큰 비밀을 고이고이 씻어 넣고서 제각기 혼자 속으로 바르를 떨었다. 그것이 또한 아모 것으로도 바꿀 수 없는 행복임을 서로 깨달았다.(『사랑과 죄』, 346면)

해춘이 마리아와는 쉽게 육체적인 관계를 맺는 데 비해, 순영과는 사랑의 감정을 표현하는 언어조차 "어느 때까지 가슴 깊이 감추어 두는" 모습을 보여준다. 여성의 육체는 남성에게 탐구의 대상이라고 할 때 이 탐구가 완료된 경우에 남성은 또 다른 탐구 대상을 찾게 된다.[68] 해춘은 『해바라기』의 순택과 같은 입장에 놓여 있는데, 대상에 대한 완전한 지식에 도달하게 되면, 결국은 환멸에 이르고, 더 이상 대상을 사랑할 수 없는 것이다. 비밀로서의 여성의 육체가 탐구

---

68) 위의 책, 197면.

되지 않은 상태로 남아 있을 때, 연애는 마침내 결실을 맺게 되는 것이다. 이를 "'탐욕과 타락'에 맞선 '정신성·순결성의 승리"[69]로 볼 수도 있을 것이다. 그러나 비교적 후기에 창작된 『대를 물려서』(1959)에서는 주인공들이 육체적인 관계를 맺으면서도 혼사가 성사되는 결론이 암시됨으로써, 모든 작품에 이 규칙이 적용되지는 않는다.

오히려 남성 주인공들은 여성에 대해 어느 정도 탐색이 끝난 뒤에는 새로운 대상을 찾아나서는 태도를 보인다. 이런 남성적 탐구의 태도는 모든 소설에서 동일하게 반복된다. 『모란꽃 필 때』의 진영식은 문자의 외모에 반해 결혼을 했다가 약혼을 했던 박신성에게 돌아가고자 하고, 『불연속선』의 김진수도 송경희와 연애가 성사되지만, 그들의 사이에 개입한 이경옥에 대해서도 호의적인 시선을 보낸다. 이렇듯 남성들은 한 여성에 대한 탐구가 끝난 뒤에는 새로운 여성을 찾아나서는 방식으로 연애 서사가 진행된다. 기존의 연구에서 염상섭 장편소설에 나타나는 연애 서사를 '혼사 장애 모티프'로 파악함으로써 이러한 서사적 특성에 대해서는 간과하고 있다. 주인공들이 혼사를 방해하는 요소들을 극복하는 것이 문제가 아니라, 방해요소가 어떤 것들이며, 남성/여성 주인공에게 그 방해요소들이 가지는 의미가 무엇인가 하는 것이 염상섭 소설의 특수성을 밝히는 작업이 될 것이다.

남성 주인공에게 여성 주인공과의 결합을 방해하는 다른 여성들의 개입은 '혼사 장애'의 요인만이 아니라 여성의 육체와 정신을 탐구하려는 남성의 보편적 속성을 드러내고 있다. 이 탐구의 과정이 곧 서사를 생성시키고, 서사를 확장시킨다. 남성 주인공이 접촉하는

---

69) 김미지, 앞의 책, 45면.

여성이 많은 경우에 서사는 더 많이 확장된다. 예를 들면, 『삼대』에서 조덕기가 접촉하는 여성이 김필순, 홍경애 정도였다면, 『무화과』의 주인공 이원영은 신문기자 박종엽, 카페 여급인 채련, 김필순의 후신으로 등장하는 조정애 등 서너 명의 여성과 접촉함으로써 소설의 분량도 늘어나고 있다. 이와 같이 염상섭 소설에서 나타나는 연애 서사는 고전소설의 '혼사 장애 모티프'로 단순하게 환원할 수 없는 남성의 탐구적 시선과 욕망을 보여준다.

해춘과 순영 앞에 나타나는 제3의 여성과 남성은 '혼사 장애'의 속성을 지닌 것이 분명하다. 이 장애들은 독자들의 긴장을 형성한다. 독자들은 주인공들의 사랑을 방해하는 인물들의 노력이 수포로 돌아가기까지 서사를 따라가게 되고, 이 과정에서 긴장을 늦출 수가 없다. 주인공들은 적대자들과의 조우 속에서 정신적·육체적 고통을 겪게 되고, 그것이 이들의 사이를 갈라놓지 않을까 하는 긴장이 지속되는 것이다.

해주집과 지덕진은 서울로 돌아와 여관에 피신하고 있는 순영을 찾아내 딸을 류택수의 첩으로 삼고자 한다. 이들의 집요한 추적은 돈을 획득하려는 노력과 연결되어 있다. 그들은 딸을 류택수의 첩으로 삼음으로써 자신들에게 보상될 돈을 기대하면서 끊임없이 순영을 쫓아다니는 것이다. 그것은 자본주의 사회에서 돈의 노예가 되어 살아가고 있는 인간들의 상징이다. 자본주의 사회에서 분주하게 움직이는 사람들은 오직 돈을 향해 있다. 이들로 인해 순영은 지속적인 우울과 고통에 시달린다. 아이러니하게도 이들을 보호하고 돕는 사람은 류택수의 아들 류진이다. 그는 해주집을 완력으로 내쫓고, 지덕진을 설득함으로써 적대자들을 제거한다.

남녀 주인공 사이에 나타나는 수많은 장애들은 우연의 형식으로 등장하고, 두 사람 사이를 갈라놓는 것처럼 보이지만, 실상은 이들의 사랑이 위기에 봉착했을 때, 이 위기를 넘어섬으로써 사랑의 깊이를 더하는 쪽으로, 다시 말하면 사랑을 더욱 긍정하는 방향을 나아간다. 그런 점에서 적대자들과 혼사를 방해하는 사건들은 역설적으로 사랑의 필연성을 낳는 것이다. 니체는 "오로지 크나큰 고통, 우리를 장작으로 태우는 것 같은 길고도 느린 고통만이, 우리 철학자들을 궁극적인 심연에 도달할 수 있게 한다."[70]고 말한다. 니체는 외부로부터 주어지는 고통이 긍정될 수 있는 가능성을 보여준다. 즉 우리의 인생에서 우연히 나타나는 모든 고통을 긍정함으로써 '비자발적 사유'는 생산적이고 긍정성의 철학이 된다. 연인들 앞에 사유를 강제하는 기호들이나 장애물들은 연인들의 사랑을 성숙시키고 완성시키는 데에 필수적이다.

4) 출생의 비밀과 근친상간의 가능성

앞에서 해춘과 순영의 사랑을 방해하는 다양한 장애물들을 고찰해 보았다. 그것은 두 사람 사이에 개입된 거짓말과 소문, 그로 인한 오해에 의해서 발생되었다. 이들은 서로에 대한 신뢰와 사랑을 확인하기까지 몇 단계의 과정을 거쳐야 했다. 적대자들의 거짓말은 주인공에게 번민과 고통을 유발시키고, 이 오해를 극복하면서 주인공들은 사랑을 확인하게 된다. 이렇게 사랑을 확인하는 과정을 통해

---

70) Nietzche, *Werke*(Darmstad: Wissenschaftliche Buchgesellschaft, 1973), Band I, p.486.(서동욱, 『차이와 타자』, p.105.에서 재인용)

사회나 국가, 민족 등의 대타자에 종속된 인물이 아니라, 개별적이고, 독자적인 개성을 지닌 개인들이 출현한다.[71]

혼사 장애의 외적인 요인은 이해춘의 사랑을 얻고자 동분서주하는 마리아와 순영을 돈으로 유혹하려는 류택수, 그에게 빌붙어 한몫을 챙기려는 이복오빠 덕진과 순영의 생모 해주집 등으로 나타났다. 또 후반부에는 해춘이 그의 친구 김호연의 부탁으로 산 인삼이 문제가 되어 일본 경찰이 지순영, 김호연, 류진을 비롯한 주의자들을 검거하는 사건이 일어났다. 이와 같은 장애물들은 두 사람의 사랑을 갈라놓기는커녕 연인들의 사랑을 성숙시키는 데에 기여하였다.

이제는 『사랑과 죄』에 등장하는 부재하지만, 이들의 사랑을 가로막는 결정적인 원인으로 보이는 해주집의 거짓말과 그녀의 과거사가 가지는 의미를 분석하고자 한다. 그녀의 과거는 『사랑과 죄』의 전체 스토리의 배경에 놓인다는 점에서 1차 서사이고, 이와 유사한 형식의 연애 서사들은 스토리의 양상이 닮았다는 점에서 2차 서사라고 할 수 있다. 미케 발은 이를 기초 서사(파블라)와 삽입 서사(파블라)로 정의하고, 두 개의 서사는 서로 닮는다고 말한다. 두 가지 서사의 유사성의 강도에 따라 강한 유사성과 약한 유사성으로 구분한다.[72]

---

71) 우연하게 출현한 대상으로 인해 주인공들은 호기심과 탐구의 자세로 대상에게 접근하게 된다. 이때 주인공들의 내면에는 상대방의 내면을 알지 못해 일어나는 번민과 갈등을 겪게 되고, 이것이 신소설이나 이광수의 『무정』(1917)보다 한발 더 나아간 자리에 염상섭 소설을 놓게 하는 이유가 될 것이다. 『무정』의 주인공들에게 내면이 없는 것이 아니지만, 이들의 내면세계는 서술자에 의해 지배당하고, 서술자의 논평의 대상일 뿐 그것 자체가 중요시되지 않았다. 『사랑과 죄』에서는 주인공들의 내면에서 일어나는 고통과 번민들이 서술자에 의해 그대로 중개될 뿐 서술자의 개입이 최소화됨으로써 독자들은 주인공들을 직접적으로 만날 수 있게 된 것이다. 독자들은 주인공들과 직접적으로 대면하면서 공감의 영역을 더 많이 확보하게 된 것이다.
72) 미케 발, 앞의 책, 261－262면.

해주집과 지원용의 불륜은 주인공들의 연애 관계의 배후에서 작용하고 있고, 이와 유사한 방식으로 전개되는 연애 관계들은 실패를 반복한다. 이해춘의 여동생 해정의 호연에 대한 짝사랑이나, 정마리아와 류택수의 비밀스러운 연애, 순영의 미모에 반한 류택수의 일방적인 사랑이 모두 해주집의 과거사를 반복하고 있다. 여기서 주목되는 것은 이해춘의 경우도 병석에 누운 아내를 두고 젊은 여성과 사랑을 키워가는 것이라는 점이다. 앞의 공식을 그대로 따라가자면, 그의 사랑도 성공하기가 어렵다고 볼 수 있는데, 결론에서 이를 극복하고 행복한 결말에 이른다. 그 이유는 무엇인가? 후반부의 살인사건과 수사의 과정은 해춘과 순영이 결합되기 위한 필연적인 과정이라는 점에서 전체 서사와 밀접한 관련을 가진다.[73]

『사랑과 죄』에서 지순영의 출생의 비밀은 소설의 서두에 등장하는 해주집과 함께 수수께끼처럼 독자와 해춘에게 던져진다. 이 수수께끼는 탐정의 역할을 맡은 해춘이 아니라 서술자에 의해서 풀리는데, 만약 이 수수께끼를 해춘이 풀게 된다면, 이들의 연애는 성사될 수 없기 때문이다. 해춘의 아버지 이판서의 첩실이었던 해주집은 이판서가 일본에 간 사이에 회계 사무를 보던 지원용과 눈이 맞아 임신을 하게 되는데, 이판서의 재산이 탐이 났던 해주집은 배 속의 아기가 이판서의 씨라고 거짓말을 한다. 이것이 거짓임이 들통 나고 그녀는 지원용과 함께 이판서 집에서 쫓겨난다. 이 사건을 어렸을 때 경험한 해춘은 집안에 있었던 이와 같은 사건을 전혀 알지 못하고 있다.

---

73) 서영채, 앞의 책, 204면. 서영채는 『사랑과 죄』의 후반부가 이미 연애가 성사된 후에 일어나는 부차적인 서사라고 보았으나, 해주집의 존재는 이들의 사랑을 위해 필연적으로 제거되어야 한다는 점에서 살인사건은 단순하지 않다.

사실 해춘이는 그 어느 것도 전연히 몰랐었다. 지원용이가 궁해진 뒤에 리판서 집에 다시 기어들려고도 하였고 간혹 뜯으려고 온 일도 없지는 않았으나 단연히 거절하여 버린 뒤에는 참 정말 리가의 집에 발길을 뚝 끊었었고 누구나 이십 년이나 된 지원용이 말을 입밖에 내는 사람도 없었던 것이다.(『사랑과 죄』, 409면)

해주집의 이와 같은 전력은 친딸인 순영에게도 알려지지 않았다. 이 사건은 이 소설의 전(前) 역사로서 둘 사이의 사랑을 끝장내기 위해 도사리고 있는 중이다. 만약 해주집이 퍼뜨리는 거짓말이 이들에게 알려지게 된다면, 이들의 관계는 근친상간이 되고 만다. 최혜실의 지적대로 이것이 사실이 아닐지라도 해주집이 이판서의 첩이 었던 과거로 인해 이들은 맺어질 수 없는 근친혼의 혐의를 가지게 된다.[74] 그럼에도 불구하고 이들의 사랑을 성립시키려는 것에서 작가의식이 드러나게 된다.

해춘의 동생 이해정은 결혼생활이 파탄 난 상태에서 김호연을 짝사랑한다. 해정의 남편은 순영을 첩으로 데려오려는 돈 많은 사장 류택수의 아들 류진인데, 그는 마음속에 있는 열정을 주체하지 못하고, 집밖으로만 떠돌아다니면서 아내를 방치한다. 그로 인해 해정은 병원에 누워 있는, 어렸을 적 개인선생이었던 호연에게 마음을 주고 있었다. 이 짝사랑은 사회주의자의 길을 가고 있는 호연에게는 받아들여질 수 없다. 호연은 해정의 마음을 단호하게 거절하고, 두 사람을 앞에 놓고 부부생활을 회복할 것을 권유하지만, 류진은 냉소적인 태도를 취한다.

정마리아와 류택수의 육체적 사랑도 해주집의 과거를 반복하고

---

74) 최혜실, 「염상섭 장편소설에 나타난 통속성 연구」, 『국어국문학』 108집, 1992. 12. 223면.

있다. 이들은 서로의 육체적인 필요를 충족시키고 그것을 돈으로 보상한다. 마리아는 자신의 몸을 밑천으로 정부의 고위관리와도 관계를 맺고, 류택수와도 육체적인 관계를 맺으면서 돈을 거래하였다. 마침내 그녀는 해춘을 손에 넣으려 하지만, 순영을 이길 수 없었다. 그녀의 사랑은 진정성의 추구라기보다는 돈과 명예를 획득하려는 수단이라는 점에서 해주집이 아기를 이용하여 돈을 얻으려는 태도와 닮아 있다. 또한 이들의 관계는 해주집이 남편이 있는 몸으로 또 다른 남자와 육체적인 관계를 맺고 파멸되는 과정의 반복이다. 이와 같이 해주집의 불륜은 자신의 인생과 사랑을 파멸시켰을 뿐 아니라 딸의 사랑을 깨뜨리는 데에 결정적인 역할을 할 수 있다. 그녀의 과거사는 배우자를 속이거나 배신한, 불륜의 사랑이 깨질 수밖에 없음을 예고한다. 다시 말하면 해주집의 과거의 삶은 현재의 등장인물들의 연애 관계에서 반복되고 있다.

해춘의 경우도 병든 아내가 있으면서도 순영을 연모하는 것은 불륜의 일종이라는 점에서 동생 해정의 사랑과 별 차이가 없어 보인다. 해춘의 사랑이 성사되기 위해서는 순영의 출생의 비밀이 영원히 감춰져야 한다. 해주집의 거짓말은 호연과 류진, 해춘의 그림 선생님이며 후원자인 일본인 심초매부에게까지 알려지지만 해춘에게는 알려지지 않는다. 질투심에 눈이 먼 마리아가 순영으로 분장하여 해주집을 살해하는 사건은 주인공들의 연애를 성립시키기 위해 배치된 사건이다.[75]

---

75) 이 살인 사건은 도스토옙스키의 《카라마조프의 형제들》의 영향을 받은 일단이 보인다. 작품 속에서 영향관계가 힌트처럼 나타난다. 호연이는 해춘에게 《카라마조프 형제》를 읽었는지 묻고, 이에 대해 해춘은 괴로운 표정으로 대답한다. 류택수는 아버지 표트르 카라마조프를 닮아 있고, 순영은 그의 셋째 아들 알료사에 해당하는 인물이다.

마리아의 살인으로 순영은 모친 살해의 누명을 쓰게 된다. 이때 경찰들이 살해범을 찾아내는 과정은 다시 범죄소설의 서사구조를 따른다. 즉 독자들은 이미 누가 범인인가를 짐작하고 있기 때문에 이들의 관심은 누가 범인인가가 아니라 범인을 어떻게 잡을 것인가에 관심이 쏠리기 때문이다.[76] 경찰들은 살인 사건의 범인으로 순영을 지목하고, 필적을 조사하고, 순영이 모친을 죽이게 된 이유를 추리하기도 하며, 지문을 조사하기도 한다. 또한 용의선상에 올라 있는 마리아를 불러서 취조하고, 그녀의 손톱 밑에 끼인 잉크로 인해 그녀가 순영이의 초상화를 훼손한 정황을 포착한다. 경찰은 현장에 발견된 수건과 머리핀, 초록빛 채색 '춤'이 마리아의 것임을 확인하고 자백을 받아낸다. 결국 지순영이 살해의 누명을 벗고, 마리아가 살해범으로 밝혀짐으로써 사건이 종결된다.[77] 마리아의 교활함과 악독함, 사랑을 쟁취하려는 집념 등은 이 살인사건에서 극명하게 드러난다. 정마리아의 사랑에 대한 집념이 실패로 돌아간 것은 그녀의 사랑이 해주집의 사랑과 같이 불륜과 다름없기 때문이다. 그러나 마리아의 범죄를 밝히는 것에서 서사는 종결되고, 그녀의 범죄가 드러난 이후의 처벌과정이 묘사되지 않음으로써 범죄소설의 결말을 따르고 있다. 즉 범죄가 밝혀진다는 점에서 미스터리소설의 결말이기는 하지만, 범죄자의 처벌보다는 범죄의 발생 원인이 집중적으로 제시됨으로써 자본의 축적을 위해 경쟁으로 점철된 부르주아 사회의 단면을 묘사한 것이다.[78]

(『염상섭 전집』 2권 230면.)

76) 송덕호, 앞의 글, 41면.

77) 이것은 표트르 카라마조프의 큰 아들 드미트리가 아버지를 살해한 누명을 쓰고 시베리아 유형을 떠나게 되는 근친살해의 모티프를 차용한 것이다.

더 중요한 것은 지순영의 출생의 비밀이 주인공들에게 알려지느냐 아니냐에 있다. 대상에 대한 탐구는 육체적인 것뿐 아니라 상대에 대한 정보와도 관련된다. 대상에 대한 완벽한 이해는 곧 대상에 대한 욕망을 제거시킨다. 반면에 부족한 정보에 의해 주체는 환상을 만들어 낸다. 해춘이 순영의 초상화를 응시하면서 대상의 부재를 절감하고, 대상에 대한 욕망을 느낀 것과 같이 대상의 부재나 대상에 대한 부족한 정보는 환상이 대체한다. 환상은 대상에 대한 반영이 아니라 대상에 대한 변형이다. 욕망은 이 환상을 통해 발현되고, 환상은 욕망을 위장하는 옷과 같다. 옷은 몸을 가리는 것이지만, 옷을 통하지 않고서는 몸이 드러나지 않는 것과 같다.[79] 그러므로 욕망은 대상에 대한 정보의 부족에서 발생되는 것이다. 이 부족한 정보는 서사를 끊임없이 지연시키고, 결말을 열어둔다. 염상섭 장편소설은 완벽하게 마무리되는 일이 없다. 이렇게 열린 결말들은 또 다른 이야기들을 만들어 낼 수 있는 여지를 남겨둔다.

그렇다면 살인 사건을 동원하고, 출생의 비밀을 본인들에게 숨기면서까지 해춘과 순영의 연애를 성립시킨 이유는 무엇일까? 이는 소설적인 진실을 추구했던 횡보의 소설 기법에 비추어 볼 때, 무리한 서사 진행으로 보이기도 한다. 오히려 이들의 사랑은 실패로 끝나는 것이 훨씬 더 자연스럽고 설득력이 있었을 것이다. 그러므로 이들의 사랑을 무리하게 성립시킨 데서 작가의 욕망이 드러난다. 그것은 일차적으로는 연인들의 사랑을 성립시킴으로써 독자들의 요구에 맞추려는 것이다. 혼사 장애 모티프를 읽어가는 독자들은 이전의 연애

---

78) 이종영, 『내면성의 형식들』, 새물결, 2000, 41면.
79) 임진수, 『환상의 정신분석』, 현대문학, 2005, 236면.

소설을 읽은 경험을 이 소설에도 투사하게 되고,[80] 주인공들의 연애가 성립될 것을 기대하는 독자들의 요구를 염상섭이 무시하지 못했을 것이다.

둘째는 자유연애가 여전히 시기상조인 1920년대 조선의 현실에서 자유연애를 통해 '자아'와 '개인'을 발견하는 인물들을 창조하려는 작가의 의도가 강하게 내재된 것이다. 자유연애는 개별자로서의 개인을 전제하고 있으며, 그런 점에서 자유연애의 성립은 근대적인 개인의 출현을 열망하는 작가의 욕망을 드러내고 있다. 「제야」와 『이심』의 주인공이 죽음에 이른 것은 이들을 범죄자로 규정하여 사회적인 타자로 삼으려는, 남성 중심적이고 전근대적인 가부장제 사회를 고발하려고 한 것이다. 『해바라기』에서도 총독부 관리의 재취로 결혼식을 올린 신여성이 자유연애에 실패하고, 현실에 순응하는 입사의식을 보여준다. 그녀의 좌절은 신랑의 시선에 의해 다소 비판적인 시선으로 묘사되고 있지만, 신랑의 이혼과 재혼 역시 신부에 의해 비판되고, 옛 애인의 묘비를 세워주는 과정에서 고통받는 신랑의 모습은 동정되기보다는 처벌되고 있는 인상을 준다. 이와 같은 맥락에서 『사랑과 죄』의 이해춘과 지순영의 자유연애는 내적 외적 장애를 극복한 결과물이라는 점에서 근대적 자아의 조건을 제시하고 있다. '자아의 각성'과 '개인의 발견'으로서의 자유연애는 자율적이고 독립적인 자아를 전제하지 않으면 안 된다. 이들의 연애가 성립되기 위해 살인사건이 일어난 것은, 소설적인 진실을 희생하고 있지만, 근대적인 개인이 탄생하기를 바라는 작가의 열망을 보여준다.

---

80) Dove, G. N., op. cit, p.39.

Ⅲ. '중산층'의 욕망과 몰락에 나타난
범죄의 일상성

  2장에서 논의한 소설들은 수수께끼를 제시한 뒤에 결정적인 정보를 지연시키는 역진적 구성으로 독자들의 호기심을 끌었다면, 3장에서 논의될 소설들은 범죄의 과정을 먼저 제시하고, 앞으로 다가올 결과를 기다리는 순차적 구성으로 독자들의 긴장을 촉발시킨다. 이런 긴장은 미스터리소설에서는 기대할 수 없는 효과인데, 왜냐하면 미스터리소설의 탐정과 화자들은 이미 범죄가 끝난 상태에서 사건에 연루되어 어떤 위협도 받지 않기 때문이다.[1] 범죄소설에서는 탐정과 범죄자의 위치가 역전되어, 탐정과 주인공은 건강뿐 아니라 목숨을 위협받기도 한다.[2] 또한 탐정과 범죄자의 대결이 불가피하기 때문에

---

[1] 토도로프, T. (신동욱 역), 『산문의 시학』, 문예출판사, 1995. 53-54면. 토도로프는 범죄의 준비과정이 먼저 제시되고, 그 결과를 서술하는 구성을 스릴러로 정의하고 있는데, 이 논문에서는 뢰테르의 정의를 따라 범죄소설로 기술하고자 한다.

[2] 위의 책, 54면.

신체적인 대립이 발생하게 되고, 범죄를 발생시키는 배경이 중요한 기능을 맡게 된다.[3] 그러므로 범죄소설에서는 미스터리소설처럼 누가 범인이고, 어떻게 범행을 저질렀는가와 같은 관심보다는 범죄를 저지르게 된 동기와 배경에 초점을 맞추게 되고, 결국은 독자들에게 소설을 통해 현실을 환기하도록 이끌게 된다. 사이먼즈(Symons)나 만델이 지적한 바와 같이, 범죄소설은 범죄자의 처벌보다는 범죄를 발생시키는 부르주아 사회에 의문을 제기하고, 사회 구성원들을 사회 체제에 통합시키기보다는 분리시키는 기능을 한다.[4] 횡보의 중기소설은 범죄가 발생하는 과정을 세밀하게 서술한 뒤에 범행 과정을 암시적 플롯으로 처리하고, 이어서 범죄를 조사하는 과정이 전개되기 때문에 범죄소설에 해당한다. 범죄가 미리 제시되고, 수사가 진행된다는 점에서 영국에서 유행하던 도서형(倒敍型) 추리소설의 구조라고도 할 수 있다.[5]

존 도브에 따르면, 추리소설 작가들은 문맥적인 공백을 제공하여, 독자들로 하여금 그 공백에 자신이 예상하는 바를 채워 넣도록 유도한다고 한다.[6] 그런 점에서 횡보의 소설은 살인이나 결정적인 사건이 일어나기 전에 독자들로 하여금 어떤 사건이 벌어질 것인지 예상하도록 충분한 정보를 제공하고 있고, 이후의 서사를 기대하도록 독자들을 자극한다. 횡보의 중기 장편소설은 살인사건이 일어나기 전에 범인에 대한 윤곽을 제시함으로써 독자들은 범인이 누구인

---

3) 뢰테르, 이브(김경현 역), 『추리소설』, 문학과지성사, 2000, 108면.

4) 만델 에른스트(이동연 역), 『즐거운 살인-범죄소설의 사회사』, 이후, 2001, 222면.

5) 송덕호, 「추리소설의 유형」, 『추리소설이란 무엇인가』, 대중문학연구회 편, 국학자료원, 1997, 41면.

6) Dove, George N., *The Reader and the Detective Story*(Ohio: Bowling Green University, 1997), p.39.

지 밝히는 것보다 범인이 어떻게 잡히는가에 대한 관심이 크다. 또한 주동자나 주인공들의 긍정적인 삶보다는 적대자들의 속물적이고, 탐욕스런 욕망을 중점적으로 제시한다.

　횡보 소설의 주인공들은 부정직하지만 일관되게 부정직한 인물들이다.[7] 횡보는 사기꾼의 세계를 정교하게 그리면서 선과 악의 이분법을 거부하고 있고, 그런 이유로 그의 소설의 통속적 성격이나 추리소설 형식은 작가의식의 투영된 결과라고 볼 수 있다.[8] 『광분』의 변원량, 『삼대』의 조상훈, 『무화과』의 김홍근, 『백구』의 이형식, 『모란꽃 필 때』의 신영식 등은 자신의 욕망에 충실하게 살아가는 인물들로 횡보 소설에서 주인공 이상으로 많은 조명을 받고 있다. 이런 속물적이고 적대적인 인물들이 횡보 소설에서 특히 비중 있게 다뤄지는 이유는 무엇일까? 이들은 자신의 욕망에 충실하여 다른 사람들을 괴롭히고, 어려움에 빠뜨리면서도 본인은 정작 처벌되지 않는 아이러니를 보여주고 있는데, 이렇게 악인이 승리하고 선인이 실패하는 선·악의 역전 구도가 의미하는 바는 무엇인가?

　신여성이 주인공으로 등장하는 미스터리소설들은 추리소설의 규칙을 따라 전개되고 있지만, 추리소설의 기본 요건인 살인 사건과 범인, 그리고 탐정이 등장하는 것은 아니다. 횡보의 소설에서 살인 사건과 형사의 등장은 본격적인 장편소설인 『사랑과 죄』(1928)에서 시작되고 있고, 특히 주목되는 것은 정마리아와 같은 부정적인 인물이 주변 인물들에 대한 정보를 가장 먼저 접하면서 등장인물들 사

---

7) 차원현, 「유명론적 세계 이해와 개체성의 윤리학」, 『한국 근대소설의 이념과 논리』, 소명, 2007, 255면.
8) 위의 책, 255－256면.

이에서 '정탐꾼'의 역할을 하고, 스파이 노릇을 한다는 것이다. 이들은 자신의 욕망을 실현시키기 위해 사실을 은폐하거나 왜곡함으로써 타인들을 속이고, 이간질하는 범죄자이다. 『이심』의 강찬규 역시 정마리아와 같은 의미에서 사건의 전후 상황을 가장 먼저 파악하고, 이 정보들을 자신에게 유리하게 이용하는 비열한 인물이다. 주인공들은 이들의 범죄를 밝혀야 하는 탐정의 역할을 맡게 된다. 이처럼 중기소설에서는 정탐 또는 탐정 모티프가 본격적으로 나타나고 있다. 이 장에서는 염상섭 중기 장편에 나타나는 살인 사건과 탐정 모티프의 의미를 분석하고, 여기에서 나타나는 작가의식을 살펴보고자 한다.

1. 범죄의 불가피성과 대안의 모색

1) 모녀의 삼각관계와 아버지의 부재: 『狂奔』

1926년 일본으로 건너가 '배울 것은 기교뿐'이라는 깨달음 속에서 본격적인 장편을 발표하기 시작한 염상섭은 소설 속에서 탐정이나 스파이 모티프를 자주 사용하고, 살인 사건을 통해 등장인물들의 갈등을 극단적 양상으로 묘사한다. 이들은 주로 가족 관계로 맺어져 있지만, '돈'과 '사랑' 앞에서 한 치의 양보도 없는 경쟁을 하면서 서로를 죽이고 죽는 비극에 이른다. 『사랑과 죄』, 『광분』, 『이심』, 『삼대』 등에서 나타나는 살인 사건과 탐정 모티프는 소설의 후반부에 배치되어 있지만, 등장인물들의 갈등이 이 사건을 정점으로 하기 때문에 작가는 이 사건과 관련된 공간적 배치와 복선들을 초반부에 제시하고 있다. 사건의 필연성과 핍진성에 공을 들이는 횡보의 소설 작법에 비추어 볼 때, 한 사람의 죽음은 적지 않은 의미를 내포한다. 『삼대』를 보더라도 후반부에 두 명이 죽게 되는데, 조의관의 독살과 장훈의 음독자살이 그것이다. 이들의 죽음은 소설 전체의 주제와 밀접한 관련이 있고, 특히 조의관의 죽음은 자살이 아닌 타살이라는 점에서 주목된다.

『광분』의 전반부는 연애의 삼각관계가 전개되면서 살인의 전조가 나타나다가 후반부에는 딸이 실종되는 사건이 발생한다. 실종 사건 이후의 과정은 미스터리소설의 일반적인 규칙과 비슷한 면이 많다. 도브(Goerge N. Dove)가 정의한 미스터리소설의 규칙에 따르면, 용의자 중에 한 사람이 부재할 경우, 결국 그 용의자는 살해된 채로 발견되고, 용의자의 살해된 시체는 탐정의 가까이에 있었음이 밝혀진다고 한다.[9] 이것은 반 다인(Van Dine)의 초기소설이나 해밋(Hammett), 사라 생크만(Sarah Shankman), 해리 커맬먼(Harry Kemmelman)의 몇몇 소설에서 반복되고 있는 모티프이다. 이것이 염상섭 소설에서도 나타나고 있어서 비교문학적인 차원으로 접근해야 할 과제이다. 『광분』에서 실종된 딸이 그녀의 방안에서 살해된 채 발견된 사건은 미스터리소설의 규칙을 따르고 있다. 1936년에 김유정에 의해 반 다인의 소설 「잃어진 보석」이 번역된 것을 보면,[10] 횡보가 일본 유학시절

---

9) Dove, op. cit, p.87.

10) 김창식, 「추리소설 형성기의 실상과 김내성의 『마인』」, 『추리소설이란 무엇인가?』(대중 문학연구회 편), 국학자료원, 1997, 167면.

반 다인의 추리소설을 읽었을 가능성도 배제할 수는 없다. 그렇지만 그녀가 살해 용의자가 아니라 살해된 희생자라는 점에서 미스터리소설의 규칙에 완전히 일치하지 않기 때문에 『광분』의 실종사건은 염상섭만의 독창적인 기법일 가능성도 배제할 수 없다.[11]

범죄소설의 등장은 도시문명의 출현과 밀접한 관련이 있다. 도시의 발전과 병행해서 범죄자들이 늘어나게 되고, 이들을 검거하기 위해 경찰들이 동원됨으로써, 범죄자와 경찰 사이에는 쫓고 쫓기는 흥미진진한 이야기가 생기게 된다.[12] 횡보의 소설이 대부분 도시를 배경으로 하고 있고, 도시를 벗어났을 경우에는 긴장을 잃고 있다는 것은 이미 지적된 바 있다.[13] 또한 그의 소설이 도시를 배경으로 하고 있을 뿐 아니라 개인들의 비밀이 보장되는 사적 공간을 중심으로 서사가 전개된다는 것도 지적된 바 있는데, 그것은 횡보의 소설이 남녀의 연애 이야기를 취급하기 때문이다.[14] 횡보의 중기 장편소설은 가족 갈등을 다루게 되면서 자연스럽게 가정이라는 사적 공간을 배경으로 하게 된다. 『사랑과 죄』(1928)와 『광분』(1930)을 비교하면, 가정이라는 공간의 성격이 다르다는 것을 알 수 있다. 『사랑과 죄』의 서두에는 동경에서 미술을 전공하고 돌아온 이해춘의 화실에 지순영과 정마리아, 해주집이 모이는 것으로 시작되고 있는데, 해춘의 화실은 동경 유학을 마치고 돌아온 일본인 후원자 심초매부에 의해 제공된 개인적 공간이다.

---

11) 위의 글, 같은 면.
12) 브왈로 나르스작(김정곤 역), 「추리소설의 기원」, 『추리소설이란 무엇인가?』(대중문학연구회 편), 국학자료원, 1997, 22~24면.
13) 이보영, 『난세의 문학』, 예지각, 1991, 48면.
14) 서영채, 『사랑의 문법』, 민음사, 2004, 209면.

그는 하여간에 이 그림쟁이는 금년 봄에 동경 상야공원 안에 잇는 미술학교의 양화과(洋畵科)를 졸업하고 돌아온 청년이다. 그가 <심초매부>라는 일본 화가의 화실(畵室)을 빌어서 쓰는 것은 그가 고국에 돌아와서 당장 자기의 화실을 지을 새가 없기 때문이었다. 그것도 리해춘이가 오는 가을에 역시 동경에서 열리는 미술전람회에 출품을 하지 않을 것 같으면 그리 급할 까닭은 없었겠지마는 출품은 하여야 하겠고 자기 집에서 그리자면 찾아오는 사람도 많고 모델(그림 본보기)쓰기도 괴로운 사정이 있어서 부득이 예전부터 사제(師弟)의 관계가 있든 이 사람의 집을 빌게 된 것이었다. (『사랑과 죄』, 『전집』 2권, 23면.)

해춘의 집이 여러 사람들이 모이는 공공의 장소라면 심초매부가 제공한 화실은 개인의 공간이다. 『사랑과 죄』와 『이심』에 이어 발표된 『광분』은 주인공들은 동경에서 돌아와 조선의 부호인 민병천의 집으로 모여든다. 해춘의 화실이 우연히 생긴 개인적 공간이라면 민병천의 집은 사적공간의 성격을 띠기 시작한다. 병천은 미국 유학생이고 그의 둘째 부인인 숙정은 교회학교 출신이어서 서양식 생활을 많이 하고, 집도 '문화주택식의 양옥'으로 지어놓고, 양옥의 반쪽을 이번에 동경유학을 마치고 돌아온 맏딸 경옥에게 맡기려고 한다.

원시 이 집 주인은 충청도 사람으로 숙정이와 결혼한 뒤에 비로소 서울에다가 설산(살림을 차림: 인용자)을 한 관계로 서울 사는 일가친척이래야 몇 집 되지도 않거니와 아무리 주인마님의 잔치라도 안손님이 들끓거나('들끓거나'의 오기) 하는 일이 없고 경우를 따라서 청할 사람만 꼭 청하는 고로 언제나 잔치가 단출하였다. 그뿐 아니라 음식도 좀 모양 보려면 단골요리집에서 시켜오거나 병천의 관계하는 은행 식당에서 솜씨 있는 쿡(요리인)을 불러다가 양요리를 만들게 하는 것이 예사였다.(『광분』, 프레스21, 1996, 15면. 이하 면수만 표기)

민병천은 시골에서 상경한 사람으로 서울에 일가친척이 없고, 집으로 사람들을 많이 청하거나 집에서 공적인 업무를 보지 않음으로

써 그의 집은 사적 공간의 성격이 강하다.[15]

횡보의 장편소설의 등장인물들은 사람들이 많이 모이는 공공장소가 아니라 개인의 비밀이 보장되는 사적 공간에서 모인다는 것은 몇 가지 점에서 주목된다. 첫째는 가정의 일상적인 삶을 통해서 당대의 문화적이고 일상적인 삶의 양식을 보여줄 수 있다. 『광분』에서는 경옥의 졸업과 '적성좌'(조선의 연극단체)의 두목인 주정방의 귀국을 축하하는 잔치가 서양식 건물인 '양관(洋館)'에서 벌어지는데, 이들은 여기에서 방송국의 프로그램을 미리 보고, 시간에 맞춰서 라디오를 켜고,[16] 서양에서 발명된 '토키(발성활동사진)'에 대해 이야기를 나눈다.

> "제이오디케이(JODK), 지금부터는 동경방송국의 음악을 중계방송하겠습니다. 러시아의 당대 일류 성악가 쿠론스키 씨의 <사랑의 갈등>이라는 세레나데의 독창입니다……"
> 오후 일곱시 이십분이다. 여기는 식당이다. 경옥이가 미리 경성방송국의 프로그램을 보아두었던지 식탁이 벌어진 뒤에 수프만 먹고 나서 맞은 벽의 시계를 쳐다보더니 살짝 나타나서 라디오의 스위치를 틀어놓았다.
> "야! 동경의 음악을 서울 안에서 밥 먹으며 듣는 세상이 되다니 우리 손자가 우리 낫세가 되면 비행기를 타고 화성이나 금성에 가서 댄스를 하고 거기 모던 걸을 데리고 와서 이 집에서 새벽잠에 곤드라져 자게 되렸다……"(『광분』, 24면.)

---

15) 조혜정, 『한국의 여성과 남성』, 문학과지성사, 1991. 61면.

16) 『광분』, 프레스21, 1996, 24면. JODK는 1927년 개국한 경성방송국의 호출부호로서 인용된 부분은 경성방송국에서 일본 동경방송(JOAK)을 실시간으로 무선중계하는 장면을 묘사한 것이다. 동경으로부터 경성에로의 정기적인 무선 중계방송은 1929년 가을에 처음 시작되었는데, 이를 통해서 식민지와 '제국'이 단일한 '상상의 공동체'로 묶일 수 있었다. 이에 대한 자세한 논의는 서재길에 의해 이뤄졌다.
서재길, 『한국 근대 방송문예연구』, 서울대박사논문, 2007, 1면. 조선의 경성방송국은 1925년 동경방송국이 개국한 지 이 년이 채 안 되는 1927년 2월에 개국하였다. 『광분』에서 라디오 방송은 경성방송국이 개국한 직후의 모습이기 때문에, 염상섭 소설이 당대적인 사건을 소재로 삼고 있음을 보여준다.

1929년 3월에 라디오 청취자는 조선인과 일본인을 합쳐야 만 명을 넘지 않았으므로 이들의 라디오 청취는 획기적인 사건이다.[17] 당시의 풍속도를 그리는 것은 가정 내에서 벌어지는 일상적인 삶을 통해서 잘 드러날 수 있다. 최신 미디어와 관련된 풍속의 묘사에서 횡보는 미디어의 발달을 통해서 미래 사회의 문명을 유추하고 있다. 동경의 방송을 서울에서 들을 수 있을 지경이면, 다음 세대에는 "금성이나 화성을 자유롭게 왕래할 수 있는 것"이라는 병천의 예상은 작가의 미래지향성을 드러내고 있다. 그러므로 횡보의 미디어에 대한 관심은 곧 미래 문명에 대한 기대와 전망을 내포한다. 이것은 미래를 전망하는 수준에 머무르지 않고, 소설의 주제에도 영향을 미치고 있다. 현실보다 나은 미래상을 그리고 있을 때, 현실은 환멸적인 것이나 부정적인 것으로 인식되고, 그런 점에서 『광분』의 인물들의 부정성(否定性)은 이를 극복하고 지양한 뒤의 세계를 상정한다.

둘째는 가정이라는 공간이, 신분적 정체성보다는 인격적 정체성이 강조되는 공간이므로, 자녀들은 부모를 통해서 자신의 성역할을 학습하고, 가정 안에서 사회적인 역할을 담당할 수 있는 훈련을 받게 된다는 점이다. 인격적 정체성은 다른 사람의 인격, 습관, 가치와 태도와 함께 전파된 정체성이라면, 신분적 정체성은 타인의 역할에서 나온, 가치와 태도가 내면화될 필요가 없는 정체성이다.[18] 횡보의 중기 소설에서 아버지와 아들이 갈등을 겪게 되는 것은 아버지가 자녀 양육에 참여하지 않는 가부장제 가족 구조 때문이다. 아버지가 자녀

---

17) 서재길, 앞의 논문, 20면. 1929년 3월 현재 조선인 1,353명, 일본인 7,102명, 외국인 14명으로 합쳐서 8,469명이다.

18) Chodorow, Nancy, *The Reproduction of Mothering*, University of California Press, 1999, p.175.

양육에 참여하지 않기 때문에 아들은 가정 내에서 자신의 성역할을 학습할 수 없게 되고, 그로 인해 아들은 타인들과 인격적인 관계보다는 감정을 배제한 사무적인 인간관계를 맺는 데 익숙해진다.

셋째로 가정은 개인들의 욕망이 직접적으로 분출되고, 그렇게 분출된 욕망이 부딪치는 장면을 포착할 수 있는 공간이다. 횡보가 살인 사건이 일어나는 배경으로 가정을 선택한 것은 부르주아 사회의 속성을 효과적으로 드러낼 수 있기 때문이다.[19] 부르주아 사회는 돈을 벌기 위한 경쟁을 부추김으로써 가족이라는 1차적인 인간관계까지 파괴한다. 이러한 경쟁관계는 중산층의 가정에서 뚜렷하게 드러난다. 횡보가 말하는 '중산층'은 "유산자와 무산자의 중간에 위치하는 사회 계층"이나 "상류계급과 노동계급 사이에 존재하는 계층"[20] 이라는 사전적 정의와는 다르다. 그가 정의한 중산층은 『삼대』의 조덕기에 의해 암시되고 있다.

> "부르주아란 우리가 무슨 부르주아란 말인가? 일본 정도로만 본대도 중산계급도 못 되는 셈일세. 그는 하여간 내 누이가 그런 요새 계집애는 아닐세."[21]

주의자인 병화가 덕기를 부르주아라고 부르자, 덕기는 이를 부정한다. 덕기의 주장에 따르면 조선의 최상류층이라도 일본에 비하면 중산 계급에 미치지 못한다는 것이다. 이 말로 미루어 보면 횡보 소설에서 묘사된 가족은 조선의 최상류층이라고 할 수 있다. 『광분』의

---

19) 김학균, 「'가족살해 모티프'와 가족 공동체의 붕괴」, 『인문논총』 56집, 2006. 12. 228면.
20) 『문학비평용어사전』(하권), 한국문학평론가협회 편, 국학자료원, 882면.
21) 염상섭, 『삼대』, 동아출판사, 1995, 62면.(≪조선일보≫ 1931. 1. 1~9. 17 연재본)

민병천은 연극단을 후원하는 실업가이고, 『삼대』의 조의관은 수만금을 들여 족보를 만드는 거부이며, 『무화과』의 이원영 역시 신문사를 운영할 만한 재력가이다. 이 소설에서 아버지와 아들, 어머니와 딸, 형제와 자매가 화폐를 획득하기 경쟁한다. 이처럼 횡보가 최상류층을 주인공을 삼은 데는 부르주아 사회의 속성을 폭로하려는 의도가 내포되어 있다.

숙정의 방에서 정방과 나누는 은밀한 대화는 어머니와 딸 간의 경쟁을 예고하고 있다.

> 숙정이는 또 이런 소리를 하며 웃기는 웃었으나 안타까운 자기감정을 좀 더 분명히 자유롭게 표시 못하여 고민하는 빛이 얼굴에 역력하였다.
> "글세, 모른다고 어린애 보채듯이만 하시면 어쩌란 말야……?"
> 하며 정방이는 어리광피우는 아이처럼 콧소리를 매어 말 뒤를 끌어보았다. 여자는 그 목소리에서 남자의 호의와 애교를 충분히 느낄 수가 있었다.
> 정방이도 대담히 한걸음 다가서 보인 것이지만 여자도 남자가 다가섰거니 하는 것을 분명히 느꼈다. 숙정이는 흥분된 신경이 자릿하는 한 순간을 느꼈다. 눈에는 화려한 영채가 반짝하고 떠올라왔다.(『광분』, 84면)

숙정은 유부녀이면서도 적성좌의 두목인 주정방과 은밀한 사랑을 나누고자 한다. 소설에서는 직접적으로 언급되지 않지만, 그녀가 다른 남자와 부적절한 관계를 맺게 되는 것은 남편과의 관계에서 친밀감을 느낄 수 없기 때문이다. 남성의 이익을 중심으로 짜인 사회구조는 부부간의 불평등을 초래하고, 여성들은 남편이 아닌 '연애소설'에 몰두하거나 간통의 유혹을 받게 된다.[22] 주정방 역시 유부남이면서도 민병천의 외동딸 경옥과 몰래 연애 중이다. 그는 적자를

---

22) 재크린 살스비(박찬길 역), 『낭만적 사회와 사랑』, 민음사, 1985, 158면.

면치 못하는 연극단 '적성좌'의 운영을 위해, 병천의 둘째 부인이자, 경옥의 계모인 노숙정의 애정공세를 뿌리치지 못한다.

주정방 – 노숙정 – 민경옥의 삼각관계는 전반부의 주요 서사를 형성하면서 긴장을 유발한다. 숙정은 정방의 사랑을 차지하기 위해 경옥을 처조카와 결혼시키려고 서두르고, 정방은 숙정의 환심을 사기 위해 있지도 않은 사촌동생을 경옥에게 소개시켜 주었다고 거짓말을 한다. 숙정은 변원량을 통해서 경옥이 주정방과 깊은 관계임을 알게 되고, 주정방의 혼담이 거짓이라는 사실을 알게 된다. 범죄소설에서는 선과 악의 구분이 모호해지면서 누구나 살인자가 될 가능성을 지니는데,[23] 횡보의 소설에서는 선인과 악인의 구분이 비교적 분명한 편이다. 변원량이 그 대표적인 경우로 그는 외모부터 심상치가 않다. 그는 숙정이의 친정집 청지기의 아들로 친정집의 돈을 빌리다가 흥청만청 써버린 전력을 가진 자이다. 원량은 자동차 헤드라이트와 같은 눈과 '피 묻은 사자의 입'을 가진 인물로 묘사되면서 욕망의 화신이나 범죄자로 그려진다.

숙정은 정방의 거짓 혼담을 알게 되는 순간, 정방이 자신을 사랑하지 않는다고 확신한다. 『사랑과 죄』에서 남자의 거짓말이 여성의 마음을 사로잡았던 것과 반대로 여기서는 숙정이 연모했던 남자의 말이 거짓임을 깨닫게 되면서 그녀는 정방에게 배신감을 느끼게 되고, 그에 대한 분노를 의붓딸이자 경쟁자인 경옥에게 쏟으려고 한다. 숙정은 정방에 대한 애정을 철회하고, 원량과 통정하기에 이르면서 삼각관계는 민병천 – 노숙정 – 변원량으로 이동한다. 그녀의 간통 사건은 정방의 배신에 대한 복수이면서 동시에 가정 내의 폭력을 일

---

23) 뢰테르, 앞의 책, 125면.

으키는 복선이 된다.

어머니와 딸의 관계가 한 남자를 사이에 둔 경쟁자의 관계로 바뀌면서 모녀간의 차이가 소멸된다. 지라르에 의하면 이런 차이의 소멸로 인해 서로가 서로의 욕망을 모방하게 됨으로써 가족 간에도 경쟁이 발생된다고 한다.[24] 이들의 경쟁은 희생의 위기를 가져오고 결국은 폭력을 통해 희생자의 피를 흘림으로써 위기는 해결된다.[25] 또한 숙정의 간통은 몸종인 을순이에 의해 적발되고, 경옥에 의해 의심되면서 후반부의 서사를 결정짓게 된다. 을순이 숙정의 방으로 들어가는 변원량을 목격하고, 아침에 일어나서 원량의 발자국을 지우는 것은 주인에 대한 을순의 의리 때문이다.

> 을순이는 그 능청이 보기 싫었다. 얼굴이 뻔히 보이는 것 같았다. 어젯 밤에 몇 번씩이나 혼이 나던 생각을 하면 그 유들유들한 볼따구니를 쥐어 박고 싶었다……마님의 얼굴은 쳐다보기도 싫었다. 이 방 공기가 몹시 불결한 것 같기도 하고 가슴이 옥조이는 듯이 형언할 수 없는 심사가 비비 틀리고 볶였다.(『광분』, 159면)

원량과 숙정의 간통이 을순에 의해 발견되는 것은 두 가지 효과를 낳고 있다. 하나는 원량과 숙정을 범죄자로 규정함으로써 윤리적인 우월성을 확보하고 다른 한편으로 후반의 살인 사건의 단서를 제공한다. 을순은 그녀의 신분적 한계로 인해 이들을 고발하지 못하고, 이 사건은 복선으로 설정된다.

기존의 연구에 의하면, 『광분』의 주제에 대해서 크게 두 가지의 입장으로 분류된다. 하나는 작가의 말에 비중을 두고, 신여성의 성

---

24) 지라르. R., (김진식 외 역), 『폭력과 성스러움』, 민음사, 1992, 87면.
25) 위의 책, 116면.

윤리를 다루었다고 보는 입장[26]과 다른 한편은 돈 문제나,[27] 가족 갈등에 숨어 있는 사회적인 맥락을 강조한 입장[28]이다. 노숙정 – 주정방 – 민경옥의 삼각관계가 초반부에 긴장감을 조성했다면, 숙정의 성적인 욕망이 어긋나는 과정 속에서 살인 사건이 발생하는 계기가 마련된다는 점에서 이 소설에서 성적인 윤리는 비중 있게 다뤄지는 것으로 보인다.

진태는 을순과 같이 민병천 가족들의 속물적인 삶을 고발하는 인물이다. 그는 경성제대 의대생으로 병천의 호의로 그의 집에서 기숙하는 중이고, 경옥과 을순의 호감을 받는다. 그는 주정방과의 연애로 늦게 귀가하는 경옥을 도와줌으로써 숙정에게 욕설을 듣고 병천의 집을 떠나게 된다. 욕망에 충실한 숙정과 원량, 그리고 정방과의 자유연애를 실천하고 있는 경옥의 삶은 진태의 삶과 대비되고 있다. 그러나 차원현의 지적대로 을순과 진태의 긍정성은 병천의 가족들의 욕망의 자유로운 분출에 비하면 극히 미미한 것에 머물고 있다.[29] 진태가 경복궁 박람회장에서 삐라를 살포한 사건은 소설의 기법상으로 보더라도 작가가 심혈을 기울여 묘사한 흔적이 역력함에도 불구하고 그것은 민병천 가족들의 타락한 삶과는 전혀 상관없이 끼어든 이야기이다.

진태는 광주학생운동을 알리기 위한 삐라를 뿌린 혐의로 투옥되면서 윤리적인 우월성을 획득한다. 민병천 집안의 갈등과 진태의 행

---

26) 김종균, 『염상섭 연구』, 고려대 출판부, 1974, 144 – 145면.
27) 김승환, 『염상섭 소설에 나타난 가족 중심의 인간상 고』, 서울대 석사논문, 1983. 19면.
28) 김경수, 「성적 광분과 식민지 현실의 발견」, 『염상섭 장편소설연구』, 일조각, 1999, 76면.
29) 차원현, 「유명론적 세계 이해와 개체성의 윤리학」, 『한국 근대소설의 이념과 논리』, 소명, 2007, 255면.

동은 박람회 사건과 겹쳐지면서 위기로 치달아간다. 계모와 원량의 부적절한 관계를 눈치 챈 경옥은 동경으로 몸을 피해, 원량을 멀리하라는 편지를 아버지에게 보낸다. 이 편지로 인해 원량과 숙정은 경옥에 대한 원한을 품게 되고, 뒤늦게 이 편지를 읽게 된 민병천은 숙정과 원량에게 경계심을 느끼면서 또 다른 첩을 얻는다. 숙정은 남편의 이 같은 처사에 분노하면서 온천으로 휴양을 떠나고, 여기에서 원량과 그의 하수인인 조선은행 자동차 운전수 김진수를 만나면서 어떤 음모를 예감케 한다. 독자들은 이 장면을 통해 앞으로 일어날 사건들을 추측하게 되고, 암시적 플롯에서 일어나는 사건을 추리하게 된다.[30]

결국 경옥이가 실종되고, 병천의 요청으로, 주정방과 진태가 그녀의 행방을 추적한다. 미스터리소설의 규칙에 따라, 실종된 경옥은 시체로 발견되고, 그 시체는 수색을 하는 사람들의 가까이에서 발견된다.[31] 경찰들이 나서서 수색을 진행하다가 뜻밖에 경옥의 방에서 목매어 죽은 시체를 발견한 가족들은 공황에 빠진다. 여기서부터 경찰들이 개입하여 사건을 수사한다. 이때 독자들은 살인범을 짐작하고 있기 때문에 범죄자들이 잡히는 과정에 호기심을 느낀다.[32] 경찰은 주정방과 진태, 숙정이와 원량 등을 용의자로 지목하여 수사를 진행하다가, 원량의 거짓말과 위조된 편지로 인해 진태를 범인으로 지목한다. 엉뚱한 인물을 범인으로 지적하는 것은 미스터리소설의

---

30) Watts, C., *The Deception Text: An Introduction to Covert Plots*, Sussex: The Harvester Press, 1984. pp.35 – 36.

31) Dove, op. cit, p.87.

32) Symons, Julian., *Bloody Murder –From the Detective Story to the Crime Novel*: A History, Great Britain: Penguin Books, 1972, p.182.

일반적인 규칙이다. 진태는 범인이 아닌 것으로 밝혀지고, 사건은 더욱 복잡해진다. 그러나 범죄소설의 구성상 횡보의 소설은 이미 범인의 윤곽이 드러난 상태에서 수사가 진행되기 때문에 범인을 의외의 인물로 설정할 수 없다. 그러므로 독자들은 경찰의 사건의 해결 능력과 범죄자들의 처벌 여부에 관심을 모으게 된다.[33] 을순과 귀순을 취조하는 중에 형사들은 숙정과 원량 간에 불륜 사실을 알게 되고, 시체를 방안에 들이기 위해 사용된 자물쇠 뭉치가 발견되면서 숙정이 살인 사건에 개입되었다는 것을 밝힌다. 그러나 결정적인 증거가 없어서 그녀를 범인으로 지목하지 못한다. 이것이 횡보의 소설에서 설정한 의외의 결말이다. 이 의외의 결말이 가지는 또 다른 의미는 다음 절에서 더 자세하게 논하고자 한다. 경찰들은 원량의 첩의 집에서 경옥이가 가지고 있던 가방과 옷가지를 발견하고, 이 증거품을 통해서 원량과 이진수 일당이 살인범으로 밝혀진다. 원량은 숙정과 모의하여 김진수와 또 다른 하수인으로 하여금 동경에서 피아니스트로 이름을 떨친 중촌을 부산에서 전송하고 있던 경옥을 서울로 데리고 와서, 원량의 첩의 집에서 살해한 뒤에 병천의 경옥이 방에 자살한 것처럼 꾸며 시체를 가져다 둔 것이다.

여기서 한 가지 언급해야 하는 것은 경옥이 살해당하는 과정에서 갈등을 중재할 만한 인물이 부재했다는 점이다. 이는 『이심』에서 남편이 아내를 사창가에 팔아버리고, 아내가 자살에 이르는 극단적인 양상과 유사하다. 이처럼 극단적인 갈등의 상황에서 중재자가 있는 경우와 그렇지 않은 경우가 다른 결론에 도달한다. 『광분』과 『이심』

---

33) 송덕호, 앞의 글, 41면. 횡보의 소설은 이미 범인들이 알려진 상태에서 탐정의 수사 과정을 서술하기 때문에 도서형 추리소설이라고 할 것이다.

에서의 살인 사건은 『무화과』에서 문경과 인호가 여기자인 박종엽의 중재로 원만한 이혼에 이르는 것과 대조된다. 숙정과 경옥의 갈등을 중재할 수 있었던 민병천은 살인 사건이 일어날 때까지 가족 간의 갈등을 방치한 '부재하는 아버지'였던 것이다.[34] 그는 살인이 일어난 뒤에도 사건 수사를 방관하면서 범인을 검거하는 데 어떤 역할도 하지 못하는 무력한 모습을 보인다.

형사들은 살인범을 찾는 것에만 관심을 기울일 뿐 살해 동기를 밝히는 것에는 크게 관심을 기울이지 않는다. 마치 미스터리소설에서 과학적인 수사 과정과 이성적인 추리를 통해 범인을 밝히는 것처럼, 이들은 오로지 과학적인 방법에 의지하여 범인을 찾는 것에만 관심을 기울인다. 그렇지만 독자들은 이미 범인들을 알기 때문에 범인을 밝히는 것에는 관심이 없다. 오히려 범죄를 저지른 당사자들의 내면을 추적했더라면 소설의 긴장감은 더욱 높아졌을 것이다. 숙정이가 살인의 배후임을 밝히지 못했기 때문에, 형사들은 원량의 살인 동기를 분명히 밝히지 못한다. 원량의 살인은 일종의 폭력의 전염이라고 할 수 있다.[35] 숙정은 경옥이가 아버지에게 보낸 편지를 읽고 자신과 그녀의 딸인 정옥에게 재산상속에 있어서 불리한 점이 있을까 염려한 것이고, 이런 공포와 남편에 대한 분노를 경옥에게 쏟은 것이다. 이런 숙정의 분노는 원량에게 전염되고, 원량은 숙정의 사주를 받아 경옥을 살해하게 된 것이다.

작가는 『광분』을 연재하기 전에 독자들에게 "작중인물의 그 부도덕하고 불건전하고 불합리한 모양"에 홀려서 "천열한 쾌감을 만족시

---

34) 김경은, 『염상섭 장편소설 연구』, 서울대 석사논문, 2007. 48면.
35) 지라르. R., (김진식 외 역), 『폭력과 성스러움』, 민음사, 1992, 122면.

킴"에 그치지 말고 "작가의 참목적"에 주목할 것을 당부한 바 있다. 이로써 원량과 숙정의 범죄는 독자들을 경계하고자 하는 목적으로 배치된 사건임이 드러나지만, 사실 돈으로 모든 가치들을 환원시키고, 화폐 획득을 지상과제로 삼고 있는 부르주아 사회에서 살인은 빈번하게 일어날 수 있다는 점에서 범죄는 이미 일상화되어 있고, 근대사회의 구성원들은 잠재적인 범죄자가 된다. 가족 살해 사건은 이를 더욱 극명하게 드러내고 있는 것인데, 가족 관계에서도 경쟁이 피할 수 없는 것이라면, 가족 이외의 인간관계는 더욱더 물신적인 관계로 맺어지지 않을 수 없다.36) 『광분』은 범죄 사건을 통해 독자들에게 공포를 유발한다. 그것은 실제 현실을 환기시키고 있기 때문에, 소설 읽기를 마친 뒤에도 해소되지 않는 공포이다. 가족 간에도 서로 경쟁하고 살인을 저지를 수밖에 없는 소설적 진실이 현대사회의 실상이기 때문이다.

2) 부자(父子) 갈등과 상속자의 부재: 『三代』

『삼대』(1931)는 『만세전』과 함께 횡보의 대표작으로, 한국근대소설사가 거둔 가장 큰 성과 중의 하나로 평가된다.37) 이 작품에는 두 가지의 죽음이 후반부에 배치되어 있다. 조의관의 죽음은 자연사에 가까운 타살이고, 장훈의 죽음은 타살에 가까운 자살이다. 조의관은 첩에게 독살을 당했으나 이미 나이가 많은 상태였으므로 그의 죽음

---

36) 만델, 앞의 책, 41면.
37) 정호웅, 「식민지 중산층의 몰락과 새로운 방향성 - 『삼대』·『무화과』 연작론」, 『염상섭 문학 연구』, 권영민 편, 민음사, 1987, 143면.

은 독살인지 자연사인지 분간되지 않고, 장훈은 동지들의 안전을 지키기 위해 자살을 택하지만, 이것은 일제의 지배에 의한 강요된 죽음이다. 두 죽음이 모두 사회적인 의미를 내포함으로써 범죄소설의 맥락에서 살펴볼 수 있을 것이다. 『삼대』는 조씨 가문의 3대를 중심으로 하는 수직적인 관계와 3대째인 조덕기와 사회주의자 김병화를 중심으로 하는 수평적인 관계를 통해 식민지시대의 현실을 총체적으로 묘사하고 있다.[38] 이 중에서도 비교적 긍정적인 인물형이자 작가가 내세운 인물인 조덕기에 대한 연구는 꾸준히 축적되고 있지만,[39] 과도기적 인물인 부친 조상훈에 대한 논의는 적은 편이다. 조상훈의 이야기가 소설의 2/3 정도를 차지한다는 점에서, 『삼대』는 그의 현재와 과거 그리고 다시 현재의 연애 편력을 서술하고 있다고 해도 과언이 아니다. 소설의 서두만 보더라도 주의자인 병화가 덕기와 함께 찾아간 곳은 홍경애가 일하고 있는 술집 '빠커스'였다. 홍경애는 부친이 임신시킨 뒤 방치한 여인이자, 덕기의 보통학교 동창이다. 덕기는 그녀가 카페의 여급으로 일하면서 상훈의 소생인 딸 하나와 모친을 부양하고 있다는 사실을 알고 괴로워한다. 그리고 이어서 상훈이 경애의 부친을 돕다가 경애를 임신시키고, 경애 모녀를 방치한 과거의 사건이 서술된다.

또한 조상훈은 조의관의 재산을 둘러싼 가족 간의 암투에 연루되

---

38) 이주형, 「민족주의 문학운동과 『삼대』」, 『염상섭소설연구』, 김종균 편, 국학자료원, 1999, 102면.

39) 조덕기의 동정자적 성격에 초점을 맞춘 대표적인 연구로는 다음과 같은 것이 있다.
김윤식, 『염상섭 연구』, 서울대출판부, 1987.
신영덕, 『1920-30년대 염상섭 소설 연구』, 서울대 석사논문, 1987.
김동환, 「『삼대』와 낭만적 이로니(Ironie)」, 『염상섭소설연구』, 김종균 편, 국학자료원, 1999.

어 친부 살해의 의혹을 받기도 한다. 그는 기독교인으로서 아버지 조의관이 많은 돈을 들여 벼슬을 사고, 족보를 제작하는 것에 대한 반감을 품고 있다. 이 때문에 조의관은 자신의 재산을 아들이 아닌 손자 덕기에게 맡기려고 한다. 이런 조의관의 계획은 전반부에 복선으로 놓이면서 가족 간의 갈등을 심화시키게 된다. 전반부에 제시되는 갈등은 살인사건의 원인이 되면서 독자들에게 다음 사건을 상상하도록 부추기고, 이를 통해 서사적 긴장을 형성한다.[40] 조부의 독살 사건이 일어났을 때, 상훈이 범인으로 지목된 것은 전반부에 제시된 부자 갈등 때문이다.

상훈은 병화의 소개로 2년 만에 경애를 만난 자리에서 병화에게 키스하는 경애를 보고는 경애에 대한 애정을 느끼게 된다. 횡보 소설에서 연애의 삼각관계는 지라르의 욕망의 삼각형과 그대로 부합한다. 지라르는 인간의 욕망은 자신의 것이 아니라 타자의 것임을 문학작품의 분석을 통해서 밝힌다. 지라르는 근대소설에 나타난 주인공들의 욕망의 구조를 분석하여, 인간은 자발적으로 어떤 대상을 욕망하는 것이 아니라 중개자의 욕망을 모방함으로써 욕망을 가지게 된다는 결론에 이른다.[41] 경애와 상훈이 "원체 나이가 틀리고 불

---

40) 토도로프, 앞의 책, 53면. 원인에서 결과로 나아가는 탐정소설을 토도로프는 서스펜스라고 명명하고 있는데, 예를 들면 강도짓을 준비하는 갱단과 같은 원인이 제시되고, 독자들은 무슨 일이 일어날까 하는 결과에 대한 기대를 하게 된다.

41) 지라르, R., (김치수·송의경 역), 『낭만적 거짓과 소설적 진실』, 한길사, 2005, 50면. 그는 『낭만적 거짓과 소설적 진실』에서 세르반테스의 ≪돈키호테≫, 스탕달의 ≪적과 흑≫, 플로베르의 ≪보봐리 부인≫, 프루스트의 ≪잃어버린 시간을 찾아서≫, 그리고 도스토옙스키의 여러 소설을 통해 이 주장을 뒷받침한다. 자신의 욕망의 비자발성, 모방성을 인정하기를 거부하는 태도를 지라르는 '낭만적 거짓'이라고 비판하고, 위대한 소설들은 욕망의 비자발성을 보여주어 '소설적 진실'에 이른다고 한다. 이때, ≪돈키호테≫에서 주인공이 모방하려는 중개자가 전설속의 인물이어서 주인공과 거리가 먼 경우를 외면적 간접화라고 하고, ≪적과 흑≫이나 도스토옙스키의 소설처럼 주인공과 중개자의 거리가 가까워 경쟁하는 경우를 내면적 간접화라고 정의한다.

시에 우격으로 그렇게" 된 배경에는 상대를 욕망하지 않는 듯한 상훈의 연애 기술이 있었기 때문이다.

> 상훈이는 언제나 이러한 수단으로 여자의 마음을 낚아 왔고 또 경애는 그 사람의 수단에 넘어간 것이었다. 처음에 밤거리를 거닐다가 손목을 잡혔을 때 상훈이는 실성한 사람처럼, 핵 뿌리치고 달아났었다. 그러나 그로 말미암아 한 자리에 제대로 섰던 경애의 마음은 상훈이에게 향하여 한걸음 물러섰다가 다시 한걸음 다가서게 하였고, 그 다음 다음날 학교에서 간단한 사과 편지를 주어서 호기심과 막연한 기대를 들쑤셔 놓고는 모른 척 하니까 경애는 도리어 서운한 생각이 들어서 이편에서 답장을 하게 되었던 것이 시초가 되어서 오늘날 이렇게까지 된 것이다. 오년 전 그때는 한층 더 그랬지만 **지금도 누구나 저편이 덤벼들면 툭 차다가도 만일에 저편에서 냉담한 눈치면 이편에서 짓궂게 덤벼드는** 그런 성질이었다. 누구나 다소 그렇지만 이 여자는 한층 더하였다.(『삼대』, 173면. 강조: 인용자)

상대방이 덤벼들면 냉담해지다가도 저편이 냉담한 눈치로 돌아서면 이편에서 더욱 애가 달게 되는 것이 연애의 성격이기도 하고, 욕망의 성격이기도 하다. 지라르는 이것을 "무관심한 냉담함을 가장하는 댄디즘"으로 정의한다. 이것은 금욕주의자의 냉담함이 아니라 욕망에 불을 붙이도록 계산된 냉담함, 타인들에게 끊임없이 '나 자신으로 충분하다'고 반복하는 냉담함이다.[42] 상훈은 『악령』의 스따브로긴과 같이, 냉담함을 가장하여 여자의 마음을 얻었던 것이다.

병화의 주선으로 경애가 일하고 있는 '바커스'를 찾은 상훈은 병화와 키스하는 경애에게 애정을 느끼고, 경애에게 시비를 붙이는 일본인 손님들과 난투극을 벌이게 되어 경찰서에 끌려간다. 병화는 일본인들과 자신을 동등하게 대할 것을 요구하고, 상훈은 경찰들의 취

---

42) 위의 책, 233면.

조를 당하면서 망신을 당한다.

> 직업에 학교 교원이라고 쓰니까 어느 학교냐고 묻더니 순사도 남대문학
> 교를 알았던지 장황한 설유가 나왔다.
> "미션 스쿨이 아닌가! 교원이요 게다가 크리스천으로서 그만한 지각이
> 들었을 사람이 젊은 사람을 데리고 다니면서 술을 먹고 우리들을 성가시게
> 하고 다니다니 창피한 줄 알겠지?"
> 개 꾸짖듯 꾸짖는 것도 고개를 굽실거리며 듣는 수밖에 없었다.(『삼대』,
> 162면.)

　　그러나 『삼대』에서 탐정은 상훈을 꾸짖는 형사들이 아니라 사회
주의자 김병화이다. 상훈의 과거를 알지 못하는 그는 상훈과 경애
사이를 의심하고, 홍경애가 자신이 소속된 '회'의 형편을 물으며 '총
독부에 취직'할 것을 권하자, 그녀를 스파이로 의심하기도 한다.

> 생각할수록 경애란 이상한 계집애다. 지금 **말눈치**로 보아서는 노는 계
> 집과 다름없고, 자기에게 성욕적으로 덤비는 것같이밖에는 보이지 않았다.
> 그뿐 아니라 어제 상훈이에게 끌고 간 것이라든지, 또 전일에 상훈이 앞에
> 서 키스를 한 것이라든지, 혹은 자기와 상관한 남자들을 모두 서로 대면시
> 키려는 **말눈치**로 보면 일종의 변태성욕을 가진 색마나 요부(妖婦)같다. 그
> 러나 별안간 호령을 하고 함부로 윽박지르는 것을 생각하면 그것이 혹시는
> 히스테리증의 발작일지는 모르겠으나, 어떻게 생각하면 불량소녀의 괴수로
> 서 무슨 불한당의 수두목 같기도 하다. 옛 책이나 탐정소설에서 볼 수 있
> 는 강도단의 여자 두목이라면 알맞을 것 같다.(『삼대』 218-219면. 강조:
> 인용자)

　　그는 경애의 집으로 인도되면서 그녀의 속내를 알지 못해 그녀의
실체를 추리하기 시작한다. 그녀는 과연 색마나 요부인가 아니면
'불한당의 수두목'인가 그것도 아니면 '강도단의 여자 두목'인가? 위
의 인용문에서 '말눈치'로 반복되는 병화의 시선은 탐정의 모습에

가깝다. 이런 상상력은 당시의 '탐정소설'에 대한 횡보의 이해가 전제되고 있다. 또한 경애에 대한 완전한 정보가 없는 독자들도 병화의 이런 추리에 동참하게 된다. 병화는 경애의 집에서 상해에서 활동 자금을 가지고 들어온 피혁(이우삼)을 만나게 되고,

<그림 1> 홍경애를 의심하는 김병화
(『조선일보』 1931년 4월 1일, 안석영 그림)

피혁의 복장을 통해서 그가 외국에서 들어온 인물임을 추측해 낸다. 병화가 피혁이 상해에서 들어온 사람임을 알아채는 것을 보고, 경애는 그에 대한 신뢰감을 품게 된다. 이처럼 병화의 추리력은 경애의 호감을 끌어내는 모티프로도 기능한다.

병화는 조상훈의 실체를 파헤치기도 한다. 그는 상훈에게 새 외투를 선물 받고, 상훈이 행랑아범에게 준 자신의 낡은 외투를 되찾게 되는 과정에서 상훈의 또 다른 여인을 발견한다. 되찾은 외투 속에는 상훈에게 보낸 여자의 편지가 들어 있었다. 병화의 뒷조사에 의해 그 여자는 "낮에는 유치원에서 천사같이 나비춤을 추고, 밤에는 술상머리에 앉는" 김의경이라는 '여학생'임을 알게 된다. 경애도 병화와 함께 탐정이 된다. 그녀는 상훈을 추적하다가 그가 '장안의 명물' 뚜쟁이 매당집에 드나드는 것을 알게 되고, 거기서 그의 서모인 수원집을 만난다. 이처럼 조씨 집안사람들의 타락상을 병화를 중심으로 하는 사회주의자들이 폭로하면서 선인과 악인이 선명하게 구분된다. 병화와 경애는 상훈보다 도덕적인 우위를 점하면서 상훈의 타락한 삶을 발견하고, 고발하는 역할을 맡고 있다. 경애의 도덕적

우월성은 상훈에게 보낸 의경의 편지를 보고서도 질투하지 않는 것에서 드러난다. 이는 조씨 삼대가 서로의 욕망을 모방하는 것과 대조된다.

병화는 덕기의 내면을 간파하는 탐정이기도 하다. 그는 동경으로 건너간 덕기와 편지를 주고받으면서 덕기가 필순에 대해 호감을 가지고 있다는 것을 알게 된다. 덕기는 외적으로 보면 욕망하는 대상이 없는 중립적인 인물 또는 중개자이다. 그 자신이 무엇인가를 욕망하는 주체라기보다는 욕망을 중개하는 역할을 하고 있다. 공장 노동자인 이필순이 덕기의 호의를 알게 되는 과정 역시 추리소설과 유사하다. 그녀는 덕기에게서 온 찢어진 편지를 읽으며 편지의 내용을 추리하고, 덕기의 후원으로 동경 유학을 꿈꾸게 된다. 병화는 덕기를 '부르주아'라고 조롱하면서도 내면으로는 덕기와 경쟁하고 있다. 이것은 지라르가 밝힌 주체-중개자의 모방이 중개자-주체의 역전된 모방으로 이어지는 것과 같다. 주체와 중개자는 서로 모방의 대상이 되면서 경쟁한다.[43] 병화는 필순을 놓고 어느 순간 덕기와 경쟁하고 있다. 덕기가 필순에 대해 호감을 가지는 것은 아버지 상훈의 욕망을 모방한 결과이다. 덕기는 수평적인 관계에 있어서는 욕망의 중개자이지만, 조부와 아버지로 이어지는 수직적인 관계에서는 욕망의 주체가 된다.

『삼대』의 전체적인 줄거리를 보면, 덕기가 조부인 조의관의 유언대로 사당 열쇠와 금고 열쇠를 물려받는 것으로 마무리되면서, 조부와 손자가 긴밀한 관계가 되고, 아버지 세대인 상훈은 고립된다. 조상훈의 인물됨에 대한 연구자들의 분석은 긍정적이지 못하다. 조남

---

43) 지라르, 앞의 책, 157면.

현 교수는 덕기의 시선을 통해 상훈이 현재의 상태로 타락할 수밖에 없는 상황을 수용하고 있다고 주장한다.44) 상훈은 미국 유학을 마치고 돌아와 정치방면에 상당한 뜻을 두고 있었으나, 나라가 망한 뒤로는 이런 정치적인 포부를 펼칠 수 없게 된다. 그런 다음에 그가 선택한 것이 교회에서 만난 독립지사를 후원하는 것이었고, 독립지사가 병으로 사망하자, 그의 아내와 딸을 돌보게 된다. 조상훈의 정치적 좌절은 곧 염상섭의 정치적 좌절이기도 하다. 작가가 유년 시절 문학을 선택하게 된 결정적인 이유는 망국에 있었다는 점에서 그의 문학인생은 운명과도 같은 것이었다.45)

식민지 피지배인으로 정치가 불가능하다면, 정치를 할 수 있는 상황으로 현실을 바꾸거나 아니면 자신의 욕망을 철수시켜야 한다. 상훈은 후자의 길을 걸어갔다. 그런 과정이 운동가를 돕는 데서 분명하게 드러난다. 그가 경애의 부친을 도왔던 근본적인 이유는 정치적인 참여에 있었다. 그는 드러내놓고 식민지적 현실에 저항할 만한 용기는 없었으나, 운동가를 도움으로써 이에 간접적으로 참여한다. 그러므로 『삼대』의 동정자(sympathizer)는 덕기보다 아버지 세대인 상훈이 먼저인 셈이다. 경애 부친이 남긴 유언을 따라 그의 유족들을 돌보던 상훈은 경애를 임신을 시키기에 이른다. 상훈이 조 의관을 중개자로 삼아서 여성을 욕망한 것은 욕망의 성격이 변화되는 과정을 보여준다.46) 정치적 욕망이 좌절되자마자, 그는 이런 좌절을 대

44) 조남현, 「『삼대』의 재해석」, 『한국문학』(1987. 3.), 390면.
45) 염상섭, 「文學少年時代의 回想」, 『民族文化讀本(上)』(양주동 편), 문연사, 1955. 119면. "문학을 하면야 일본놈과 아랑곳이 무어랴 하는 생각으로, 제 딴에는 超然(초연)·恬然(염연)한 생각으로, 다소의 囑望(촉망)을 가지고 주위에서 말라는 것도 물리치고, 급기야에는 문학에 끌리고 만 것이다."
46) 지라르, 위의 책, 140-141면. 주체과 중개자의 사이가 가까울수록 주체는 대상을 손에

체할 수 있는 대상을 찾아 나선 것이고, 그의 첫 희생양이 경애가 된 것이다. 경애로 인해 자신의 명예가 실추될 것을 두려워한 상훈은 경애 모녀를 방치하고, 또 다른 여성인 학생첩 김의경과 살림을 차리게 된다. 흥미로운 점은 이런 양상이 덕기에게도 반복된다는 것이다. 덕기는 사회주의자인 병화를 동정하고, 경제적으로 원조하면서 독립운동의 '간호졸' 격으로 변호사를 지망하는 일본 유학생이다. 그는 과도기적 세대인 상훈을 연민할 뿐 아니라 구한말 세대인 할아버지에 대해서도 비판적이기보다는 연민의 시선을 보낸다. 그의 운동가들에 대한 동정은 아버지 조상훈의 욕망을 그대로 모방한 것이다. 상훈이 운동가를 도움으로써 간접적인 정치활동을 했던 것처럼, 덕기는 아버지를 따라 독립지사의 딸인 필순을 돕고자 한다.

덕기가 부친의 욕망을 모방한 연애를 지향하는 것에 반해서, 병화와 경애의 연애는 '붉은 연애'의 전형을 보여준다. 이들은 사랑의 감정을 키워가기는 하지만, 조씨 가문의 축첩의 방식이 아니라 순결한 연애를 지향한다. 이는 사랑의 순결성을 지향하는 작가의식을 드러내고 있으면서[47] 동시에 조씨 가문의 실패한 연애와 대조된다.

경애는 지금 무슨 볼일이 있는 것은 아니나 병화를 끌고 집으로 가기는 싫었다. 인제는 그만큼 하여 주었으면 저희끼리 만나든 말든 내버려두리라는 생각이다. 그러나 주의(主義)를 떠난, 일을 떠난 병화의 몸뚱이와 마음만은 그래도 아직 한끝이 자기 손에 붙들려 있는 것 같았다. 지금까지는 피혁이의 심부름을 하느라고 친절히도 하고 실없는 농담도 하여 왔지만 그러는 동안에 어쩐둥 자기 마음의 한끝이 병화의 마음에 말려들어간 것 같다. 아니 병화라는 남자가 자기 마음속에 마치 옷자락이 수레바퀴 밑에 말

넣을 가능성이 많아지기 때문에 더욱 고통을 받는다. 그러므로 주체는 중개자와 가까워질수록 더욱 열정적이 되는 것이다.
47) 김미지, 앞의 책, 45면.

려들어가듯이 말려들어온 것이라고 하는 편이 옳을지 모른다. 경애는 그 옷자락을 탁 무질러 버릴까 하는 생각도 해보았으나 차마 그러기에는 용기가 부족하다.(『삼대』, 268면)

경애는 "일을 떠난 병화의 몸뚱이와 마음"을 상상하며, "자기 마음의 한끝이 병화의 마음에 말려들어간 것같이" 느끼지만, 그녀의 사랑은 주의자들에 대한 대대적인 검거 사건에 휘말려 흐지부지되고 만다. 그렇지만 이들의 연애는 이념을 매개로 하는, 조건이나 환경에 얽매이지 않은 사랑이기 때문에 조씨 집안의 모방적 연애와 대조되고 있다. 엥겔스는 남녀 모두 노동시장에 나가 있었던 무산계급 사이에서 최초로 연애결혼이 가능했다고 주장하는데, 그것은 여성들이 경제적으로 남성들에게 덜 의존했기 때문이라고 한다.[48) 이 주장에 따르면, 경애가 '바커스'의 여급으로 일하기 때문에 병화와의 자유연애가 가능했던 것이다.

필순에 대한 덕기의 호감은 병화에 의해 폭로되고, 어머니의 저지로 인해 좌절되는데, 덕기의 연애가 지연되는 것은 조부의 독살 사건과 밀접하게 연결된다. 수원집은 낙상한 조의관을 간호를 하면서도 자신과 딸의 몫으로 더 많은 재산을 물려받기 위해 덕기 모친과 덕기 처를 모함하고, 매당집을 드나들면서 자기 욕망에 충실한 모습으로 살아간다. 조의관의 죽음 뒤에 독살의 흔적을 발견하기까지 서술자는 상훈과 수원집의 타락상을 번갈아 가며 서술함으로써 독자들에게 추리의 재미를 선사한다. 조의관은 죽음이 가까움을 느끼고 살아 있는 동안에 재산을 상속하기 위해 덕기에게 몇 번이나 편지

---

48) Engels, F., *The Origin of the Family, Private Property and the State*, Lawrence and Wishart, 1972, pp.133 – 135.

와 전보를 보내지만, 회신을 받지 못한다. 상훈은 "아버니의 병이 그렇게 침중"하지 않으니 그대로 내버려 두라고 하여 조의관의 노여움을 사기도 한다. 덕기의 여동생 덕희가 기지를 발휘하여, 덕기가 귀국하게 되고, 덕기에게 보낸 편지와 전보가 누군가에 의해 전달되지 못했다는 것을 알게 된다. 그리고 조부의 죽음을 앞두고 덕기는 집안의 분위기가 수상하다는 것을 알게 된다.

> 이 음산한 공기가 모두 안방에서만 흘러나오는 것이 아니라 사랑이고 뒤곁이고 그 몇 연놈들의 몸뚱어리가 슬쩍하는 데서면 풍기어 나오는 것일지도 모를 것 같다. 웬일일꼬? 돈? 돈 때문에? 돈 동녹 냄새가 욕기의 입김이 서려서 쉬고 썩고 하여 나오는 냄새 같기도 하다. 그러나 돈을 어떻게 하겠다는 것인고? ……생각하면 뉘 집에서나 열쇠 임자의 숨이 깔딱깔딱할 때가 돌아오면 한번은 겪고 마는 풍파가 이 집에서도 일어나려고 뭉싯뭉싯 저기압이 끓어오르는 것일지도 모른다. 덕기는 정신을 바짝 차려야 하겠다고 생각하였다.(『삼대』, 331면)

덕기는 "열쇠 임자의 숨이 깔딱깔딱할 때가 닥쳐오면 한 번은 겪고 마는 풍파"라고 하면서 집안의 썩은 냄새를 당연한 것으로 받아들인다. 썩은 냄새는 조의관의 죽음을 앞두고 그 돈을 차지하려는 집안사람들 간의 갈등과 반목에서 나오는 것이다. 이는 돈의 속성과 관련된 것으로, 자본주의 사회의 개인들은 경쟁에서 밀려나는 것에 대한 두려움과 불안을 화폐를 획득하는 것으로 보상하려 한다. 그들은 화폐를 획득하기 위해 사기나 거짓말, 공갈이나 위협 등 비양심적이거나 비합법적인 수단과 방법을 가리지 않기 때문이다.[49] 이는 후기에 이르기까지 횡보 소설에서 변하지 않는 주제이기도 하다. 횡

---

49) 이종영, 앞의 책, 81면.

보의 중기소설은 돈의 이런 속성을 강조하기 위해 가족 관계를 설정하고, 가족 간의 살인을 주요 모티프로 삼아서 자본제적 경제구조에서는 공동체가 존립하기가 어렵고,[50] 범죄가 만연할 수밖에 없음을 보여준다.

덕기는 수원집의 태도가 예전과 다르다는 것을 알게 되고, 지주사를 통해 최참봉과 수원집이 매당집을 사이에 끼고 계획적으로 조의관에게 접근했다는 사실을 알게 된다. 독자들은 덕기의 조사과정을 통해서 최참봉과 수원집이 전보 사건에 관여되어 있고, 조의관의 죽음에도 관련되어 있을 것이라고 추측하게 된다. 조의관이 사망하자 죽음의 원인이 자신들에게 돌아올까 염려한 의사들은 시체 해부를 권했으나, 덕기는 "일가의 시비가 무서워서 대담히 입을 벌리지 못하고", 시체 해부에 찬동의 뜻을 표시한 상훈은 사촌 종제인 창훈에게 비난을 받을 뿐 아니라 독살의 혐의를 받기에 이른다. 덕기가 범죄의 수사에 적극적인 태도를 보이지 않은 것은 조부의 죽음이 자연사에 가까운 것이기도 했지만,[51] 또 다른 한편으로는 자본제적 질서 속에서는 누구나 돈에 대한 욕망을 억제할 수 없다는 덕기의 동정적인 태도에서 기인한다. 그것은 조의관이 사망하기 전에 집안의 분위기를 묘사한 앞의 인용문에서 드러나고 있다. 즉 돈이 있는 곳에는 어디든지 범죄의 그림자가 따라다닐 수밖에 없다는 인간에 대한 연민이 깔려 있는 것이다. 이처럼 『삼대』는 비교적 긍정적인 인물들과 부정적인 인물들이 선명하게 나뉘는 가운데, 주의자들에 의

---

50) 김학균, 「'가족살해 모티프'와 가족 공동체의 붕괴 – 1930년대 염상섭 장편을 중심으로」, 『인문논총』 56집, 2006. 12. 219 – 241면.
51) 김윤식, 『염상섭 연구』, 서울대출판부, 1987. 543면.

해 가족들의 속물적 욕망을 폭로한다. 특히 상속자인 덕기가 동경에 있는 사이, 조의관의 재산을 둘러싸고, 가족들 간에 암묵적인 경쟁이 심화되고, 결국은 조의관의 이른 죽음을 불러왔던 것이다.

3) 미완의 수사와 사회주의자의 자살

미스터리소설이 범죄가 발생된 뒤에 탐정의 조사를 통해 범인을 찾는 것에 목표를 두고 있다면, 범죄소설은 범인이 누구인가를 찾는 것이 중요한 것이 아니라 왜 범죄가 발생했는가에 더 많은 관심을 기울이고 있다.[52] 범죄의 발생 원인에 관심을 기울이기 때문에 범죄소설은 필연적으로 부르주아 사회에 대해 의심을 품게 되고, 마침내 사회적인 모순을 발견하고 폭로하기에 이른다.[53] 미스터리소설은 죄책감을 범죄자에게 전가시킬 수 있지만,[54] 범죄소설은 부르주아 사회의 구성원들을 잠재적인 범죄자로 규정하기 때문에 독자들은 범죄자들을 자신과 동일시할 가능성이 높다.

> 첫째로 드러나는 것은 범죄소설에서 모든 사람들은 살인자(애초에는 무고했던 자들, 수임자들, 탐정들, 경찰 등)가 될 수 있다는 것이다. 그것은 아마 독자들의 허를 찌르기 위한 표시라기보다는 개인적이든 혹은 집단적이든 폭력이라는 것이 그만큼 우리와 근접해 있다는 것을 알려주는 현상일 것이며, 이를 통해서 심지어 폭력에 빠진 사회에 대한 비판을 표현하는 것이기도 할 것이다.[55]

---

52) Symons, op. cit, p.182.
53) 만델, 앞의 책, 222면.
54) Symons, ibid, p.14.
55) 뢰테르, 앞의 책, 125면.

누구나 범죄자로 판명날 수 있는 가능성은 누구나 범죄를 저지를 수 있음을 의미하며, 이것은 사회적으로 만연된 폭력에서 기인한 것이다. 이것은 간음한 여인을 붙잡아 온 군중들을 향해 "죄 없는 자가 먼저 돌로 치라"는 예수의 말에, 양심을 가책을 받은 군중들이 "어른으로 시작하여 젊은이까지" 돌아간 사건에 비유된다.56) 그런 이유로 횡보 소설의 범죄자들은 사회적인 타자로 규정되어 처벌되기보다는 수사가 미완으로 끝나는 경우가 종종 발견된다. 이것은 이해조의 '정탐소설' 『쌍옥적』(1911)에서 범죄자들이 반드시 탐정들에 의해 체포되고, 처벌되는 것과 대조되고 있다.57)

횡보의 중기 소설의 배경인 중산층 가정은 부르주아 사회의 모순을 드러내는 데 가장 적합한 환경을 제공한다. 자신의 욕망에 충실한 적대자들은 내면이 묘사되지 않는 반면에, 가정 안에서 안식을 누리지 못하는 주인공들은 고독과 우울로 인해 고통을 받는다. 『광분』의 민경옥은 유학을 마치고 조선으로 돌아온 뒤에도 가정 안에서 어떤 안식이나 가족 간의 친밀감을 느끼지 못한다.

> 경옥이는 동무들과 떠들기는 하면서도 웬일인지 좀 풀이 **빠져** 보였다. 어젯밤에 정거장에서 직각한 어떤 막연한 불안감이 마음에서 깨끗이 개지를 못하기도 하거니와 그보다도 **모친의 한층 더 냉연한 눈치**가 몹시 불쾌하였다. 겨울방학에도 다녀갔으니 불과 삼사 개월 만에 돌아온 집이건마는 유난스레 '우리 집'이란 기분이 나지를 않았다. 집안 공기가 마치 객쩍은 손님이 튀어든 것 같았다. 자기는 자기대로 방 속에 들어앉았으면 고만이겠지마는 경옥이의 변화한 성격으로는 이러한 공기 속에서는 한시도 견디기 어려웠다.(『광분』, 17면. 강조: 인용자)

---

56) 요한복음 8:3 – 11절.
57) 이해조, 『쌍옥적』, 『한국개화기문학총서』 4권, (서울: 아세아문화사, 1978), 532면.

경옥이 집으로 돌아온 뒤에도 편안한 느낌을 받지 못하는 이유는 모친의 "한층 냉연한 눈치" 때문이다. 그녀의 계모인 숙정의 냉연한 태도는 앞으로 일어날 사건에 대한 암시를 제공할 뿐 아니라 부르주아 사회의 인간관계를 단적으로 드러낸다. 자본주의 사회에서 상품의 소유자는 교환을 통해서만 타인과 관계를 맺음으로써 이들 사이의 관계는 소외되고 물신화된다.[58] 경옥과 숙정은 모녀간이지만, 민병천의 재산을 사이에 두고 경쟁해야 함으로 경옥은 계모의 냉정한 시선을 견뎌야 한다. 이는 조부의 재산을 두고 가족 간에 경쟁이 본격화되기 시작한 『삼대』의 조덕기가 겪는 고통과 유사하다. 덕기는 조부와 부친이 갈등하고, 조부의 재산으로 인해 서조모와 모친이 갈등하는 것을 보면서 괴로워한다.

> "소위 동지애 – 동지의 우정이란 점으로는 자네게 불만일지 모르네. 그러나 어쨌든 자네만이 괴로운 것은 아닐세……"
> 덕기도 **침울한 표정**이었다.
> "그런 건 부르주아의 호사스러운 – 호강스러운 고통이요, 쎈티멘틀한 눈물이겠지."
> 병화는 또 비꼰다.
> "자네 같은 사람의 눈에는 그렇게 보일지 모르지만 위선 우리 집안 – 삼대가 사는 우리 집안 속을 모르니까 그런 소리를 하는 걸세……"(『삼대』, 65면)

병화는 덕기의 우울증을 부르주아의 '호사스런 고통'이라고 치부하지만, 덕기는 가정 내에서 가족들과 어떤 친밀감도 형성할 수 없는 고독과 외로움을 호소한다. 『광분』에서는 모녀가 한 남자를 차지하기 위해 경쟁하고 『삼대』에서는 조부의 재산을 놓고 서조모와 덕

---

58) 만델, 앞의 책, 41면.

기 모친, 수원집과 덕기, 아버지와 아들이 경쟁하는 처지에 놓인다. 부르주아 사회의 화폐경제체제는 공동체를 붕괴시키고, 인간을 개인으로 고립화시키면서 화폐 경제구조를 만들어 낸다. 짐멜의 주장에 따르면, 사람들은 화폐에 의해 인격적인 자유 및 고유 영역을 포기할 필요 없이 다른 사람과 결합이 가능하게 되었다. 관심이 화폐로 집중되고 재산이 화폐로 구성되는 한, 개인은 자신이 사회 전체에 대하여 독립적인 의미를 갖고 있다는 감정과 경향을 갖게 되며, 사회에 대하여 하나의 독립된 힘으로 존재한다.[59] 개인은 이제 사회와 독립된 개체이다.

그러나 화폐경제는 결코 긍정적인 의미의 개인을 생산하지 못한다. 이제 개인은 각자의 독립성을 유지하면서 타자와 관계를 맺는 것이 가능해졌으나, 개인들은 화폐를 얻는 데 인생을 허비함으로써 공허한 개인성을 가지기 쉽다.[60] 조상훈이 화폐를 획득하기 위해 안간힘을 쓰는 것은 중산층으로서의 자기 정체성을 잃고 노동자로 전락하는 것에 대한 두려움 때문이다. 그러한 두려움은 중산층으로서 누리는 정체성과 생활양식의 향유를 잃게 되는 것에서 나오는 것이다.[61] 결국 중산층들에게 문제가 되는 것은 중산층으로서 살아남아야 하는 것인데, 화폐를 확보하는 경쟁에서 밀려나게 되면, 그들은 결코 자신의 지위를 유지할 수 없기 때문이다.

이처럼 중산층 가정에서 벌어지는 살인 사건의 전조는 주인공들이 겪는 고독과 우울증에서 나타나고 있다. 이들은 가족관계 내에서

---

59) 짐멜, G. (안준섭 외 역), 『돈의 철학』, 한길사. 1983, 432면.
60) 위의 책, 77면.
61) 이종영, 앞의 책, 36면.

도 경쟁을 해야 하는 불안과 초조를 견뎌야 한다. 그렇다면, 이들 가정 안에서 벌어지는 살인 사건은 필연적이고, 이 살인 사건을 수 사하는 것은 살인 사건이 벌어진 이유에 비하면 중요한 것이 못 된 다. 그렇지만 『광분』과 『삼대』에서 경찰들의 수사 과정을 방해하는 것은 아이러니하게도 가족을 가장 높은 가치로 놓는 가족주의적 가 치관이다. 민병천은 경옥의 죽음을 밝힐 수 있는 결정적인 정보를 쥐고 있으면서도 자신과 딸의 명예가 더럽혀질까 두려워 수사에 적 극적으로 임하지 못한다.

> 사실 민병천이는 또 한 가지 번민에 늙은 가슴을 쥐어뜯으나 그것을 뉘 게도 하소연할 데는 없었다. **자기 체면과 가문과 장성한 자식을 생각할 제 모든 것을 눈감고 꿀꺽 참는 수밖에 없었다.** 꿀꺽 참자니 앞길이 머지않은 자기 목숨을 없애버린든지 딸의 원수를 갚을 생각을 단념해버린든지 두 가 지 중에 한 길밖에 없으나 딸의 원수를 갚는대도 이 대문 안에서 또 송장 하나둘은 쳐내야 할 것이다. 지긋지긋한 노릇이다! 모든 것을 감쪽같이 속 여 버리고 자기만 자결을 해버릴까? 하는 생각이 그동안 몇 번이나 들었었 는지 모른다. 거기에는 또 한 가지 자기의 파산이 압두하여왔다는 번민과 초조가 부채질을 하여 자기의 정신을 믿을 수가 없이 눈앞에 칼끝만 보여 도 가슴이 서늘하고 가느다란 오라기만 보여도 겁이 펄쩍 나는 것이었다. (『광분』, 452면. 강조: 인용자)

체면과 가문의 이름에 누를 끼치는 것이 병천으로서는 두려운 일 이고, 딸의 죽음을 적극적으로 수사하자니 딸의 사생활이 파헤쳐짐 으로써 딸의 명예를 더럽힐까 두려운 것이다. 경옥은 유부남인 주정 방과 깊은 관계를 맺고 있었을 뿐 아니라 정방이 삐라 사건으로 검 거된 이후로는 일본인 청년인 중촌과 사귄 적이 있었으므로, 그녀의 죽음의 배후를 수사하자면, 딸의 부끄러운 과거를 파헤치지 않으면

안 되기 때문이다. 딸의 살인범을 찾아내려는 노력은 결국 민병천 자신의 부끄러운 치부를 드러내는 일과 다름없다. 그러므로 병천은 자신이 운영하는 회사의 파산과 더불어 딸의 죽음 앞에 자살 충동을 느끼며 수사에 적극적으로 임하지 못한다.

이에 비해 형사들의 태도는 철저하게 단서들과 증언에 의지한 수사를 진행한다. 형사들은 경옥의 실종 사건을 수사하는 중에 변원량과 숙정의 거짓 진술에 의거해 주정방과 이진태를 의심하다가 경옥이의 방에서 교살된 경옥의 시체를 발견하게 된다. 여기에서부터는 미스터리소설의 규칙이 적용된다. 독자들은 온양온천에서 요양하던 숙정이와 그녀를 찾아온 변원량과 자동차 운전수 김진수와 관련된 정보를 이미 알고 있기 때문에 살인 사건 이후의 수사 과정은 범인을 찾아내느냐에 있는 것이 아니라 얼마나 논리적이고 과학적인 방법으로 범인을 찾아내느냐에 있는 것이다.[62] 형사들의 검시과정은 과학적인 지식에 근거해 있다.

> 얼굴을 싼 비단수건을 벗겨졌다. 그러나 첫째로 여러 사람을 놀랜 것은 모가지에 뺑 돌아가며 피가 흘러서 굳어버린 것이었다. 전신은 물론 굳었다느니보다도 얼었다. 그러면 그 피도 언 것인지 모를 것이다. 그러나 어쨌든지 그 피가 옷깃으로 가슴께로 흘러내리기는 하였어도 그 분량이 그다지 많지 않은 것으로 보아서 최후의 치명상이 경동맥이 끊인 데에 있지 않은 것만은 용이히 판단할 수 있었다. 그리고 목을 맨 실로 짠 허리띠의 자국은 칼자국 위로 새긴 자국 같은 것이 뚜렷이 보였으나 끌러낸 허리띠에는 그처럼 피가 묻지 않고 군데군데 약간 묻었을 따름이다.
>
> 출혈이 적고 경동맥이 끊어지지 않은 것으로 보아서 처음에는 멱을 따서 죽이려다가 실패하고 목을 맨 것이라고 볼 수 있다. 그러나 그렇다면

---

62) 송덕호, 앞의 글, 41면. 이를 도서형(倒敍型) 추리소설이라고 분류할 수 있다. 소설의 서두에 범인과 살인행위의 전모가 드러나고, 이것을 탐정이 추적해 들어가는 것이다. 독자는 탐정의 사건 해결 능력에 관심을 모은다.

현장에 칼이든지 못이든지 있어야 할 터인데 그런 것이 보이지 않는 것이
이상하다. 만일 흉기가 이 자리에서 나오지 않는다면 그것은 타살이거나
적어도 죽은 뒤에 이 방에 누구든지 다녀 나갔다고 볼 수 있다.(『광분』,
431면)

목맨 경옥이의 시체를 검시한 경찰들은 그녀의 사망 원인이 자살이
아니라 타살이라는 확신을 가지게 된다. 경찰들은 유서와 흉기를 찾
을 수 없는 점, 교의에 떨어진 핏방울의 흔적 등으로 자살을 가장한
타살임을 확신하게 된다. 이처럼 경찰들의 수사과정은 과학적이다.
이것은 『사랑과 죄』나 『삼대』에서 살인 사건을 수사하는 과정과
유사하다. 『삼대』에서 조의관의 죽음의 원인을 추적하는 것은 의사
들이다. 입원한 조의관이 죽었을 경우에 그 원인이 자신에게 있다
는 의심을 받지 않기 위해 이들은 치밀한 방법으로 조의관의 비소
중독 과정을 추리한다. 먼저 의사들은 각기 그동안 투약한 처방전
을 검토한 뒤에 중독의 가능성이 없다는 것을 알게 되고, 한방의의
약재를 검사하려 하였으나 약 찌끼를 찾을 수 없게 된다. 이들의
추리과정은 과학적으로 진행되었으나 증거가 남아 있지 않고, 죽은
조의관을 검시할 수도 없는 상태이므로 수사가 더 이상 진행될 수
없었던 것이다. 조의관의 죽음의 원인을 밝힐 수 없는 이유는 "일가
의 시비가 무서"운 것도 있지만, 또 다른 이유는 시체를 훼손하는
것이 곧 죽은 사람에 대한 커다란 모욕이라는 유교적인 가치관이
놓여 있다.[63]

---

63) 身體髮膚 受之父母 不敢毁傷 孝之始也. 효경(孝經)에 의하면 신체를 상하지 않게 하는
것이 효의 시작이라 하였으므로, 함부로 훼손하지 않는 것이 유교적인 전통에 부합하
는 것이다.

나이 오십이나 된 놈이 지각 반 푼 어치 없이, 어서 분별을 해서 시체를
모셔다가 발상을 하고 안장할 도리를 차리는 게 아니라, 푸줏간에서 소 잡
듯이 부모의 시체를 갈갈이 찢어발기려는 그런 놈의 집안 망할 자식이, 천
지개벽 이후에 있겠느냐고 욕설이 빗발치듯 하고 구석구석이 모여서는 대
격론이 일어나는 것이었다.
　　부모가 아니라 원수더란 말인가? 생전에 삐진 소리를 좀 하셨다고 돌아
가시기가 무섭게 칼질을 해서 부모를 욕을 보이자 하니 성한 놈이면 육시
처참을 할 일이요, 미쳤다면 그놈부터 우릿간을 짓고 가두어 두든지, 아주
조씨 문중에서 때려잡아 버려야 할 일이라고 떠들어 놓는 사람도 창훈이었
다.(『삼대』, 370면)

　　창훈은 시체를 해부하는 것이 부모의 욕을 보이는 것이라고 주장
함으로써 자신들의 치부를 숨기고자 하고, 상훈은 나중에라도 "그
뒤에 숨기 큰 죄악"을 밝힐 수 있으리라고 벼른다. 이처럼 살인 사
건을 수사하는 경찰들이나 의사들의 태도는 과학적이고 논리적인
순서를 밟고 있으나, 그것은 자신과 가족의 체면을 먼저 생각하는
가족주의적 가치관에 의해 방해를 받게 된다.

　　『광분』에서는 경옥의 죽음의 배후에서 살인을 지시한 숙정의 범
행을 밝히지 못한 채 수사가 종결되지만, 그녀의 죄의 일부를 밝히
게 되고, 죄의 값을 치르는 것으로 마무리가 된다. 경찰들은 그녀의
죄를 완전하게 밝히지 못하면서 과학적 수사의 한계를 보이는 것처
럼 보이지만, 여기에는 부르주아 사회에 대한 깊은 통찰을 숨겨 놓
고 있다. 즉 부르주아 사회의 구성원들은 숙정과 같은 처지에 놓일
경우 살인의 유혹을 쉽게 뿌리치지 못할 것이라는 통찰이다. 경쟁에
서 밀려난 자들은 『사랑과 죄』의 정마리나 『광분』의 노숙정처럼
살인자로 돌변할 수 있다. 또한 과학적 수사의 과정에서 독자들의
예상을 빗나가는 결과를 제시함으로써 폭력이 만연되어 있는 부르

주아 사회의 구조적인 특성을 고발하고 있다.[64]

『삼대』는『광분』과 다르게 조의관이 죽은 뒤에 병화의 활동을 서술함으로써 조씨 가문의 몰락을 대체할 또 다른 대안 세력을 제시하고 있다.[65] 조의관의 죽음이 '일대의 영결'이라면, 병화가 피혁에게서 받은 자금으로 반찬가게 '산해진(山海珍)'을 여는 것은 '새 출발'에 해당하기 때문이다.[66] 병화는 산해진을 운영하여 필순의 가정을 돌보고, 동료들의 활동자금을 만들 궁리를 한다. 자본주의 사회에서는 화폐 자체가 목적이 되고 있으나, 병화는 화폐 자체에 목표를 두는 것이 아니라 사용가치를 먼저 생각한다. 이처럼『광분』과『삼대』에서 등장하는 사회주의자들은 중산층의 끝없는 욕망의 추구와 대조되면서 새로운 대안 세력으로 등장하고 있다. 이들은 중산층 가정의 도덕적 타락을 고발하고 연애에 있어서도 남녀 간의 평등을 실현하고 있는 것으로 보인다.[67]

또한 병화는 그의 동료이자 라이벌인 장훈 일당에 의해 테러를 당해, 필순의 부친은 심한 부상을 당하고, 경애는 납치를 당해 병화에게 들어온 자금의 출처를 심문당하고, 병화 자신도 심한 부상을 당했으면서도 그들을 비난하지 않고, 오히려 그들의 테러를 자신을 보호하기 위해 선수를 친 것으로 평가한다. 부르주아 사회의 폭력이 구조적인 것이라면, 사회주의자들의 폭력은 상대방을 배려하기 위한

---

64) 뢰테르, 앞의 책, 125면.
65) 권영민, 『한국 현대소설에 나타난 가족』, 『한국 가족상의 변화』(하용출 편), 서울대출판부, 2001. 권영민은『삼대』에 나타난 사회주의 운동의 이념이 그 자체의 한계를 지녔음에도 불구하고, 혈연중심의 왜곡된 가족주의의 모순에 대응할 수 있는 가능한 이념축으로 상정되고 있다고 분석한다.
66) 조의관의 죽음의 서술한 장의 제목이 '일대의 영결'이고, 병화의 활동이 시작되는 장면이 '새 출발'이기 때문에 대조를 이루고 있다.
67) Engels, op. cit, p.133.

수단이다. 이들은 비록 부르주아 사회를 대체할 수 있는 실질적인 능력을 검증받지는 못했지만, 염상섭은 부르주아 사회의 한계를 일찍부터 간파하였고, 이에 대한 대안을 고민하고 있었음을 보여주고 있다. 장훈의 죽음이 조의관의 죽음과 다르게 장엄하면서도 영웅다운 풍모를 지니고 있고, 결코 비극적이지 않은 것은 이런 세계관을 배경으로 하기 때문이다.

> (전략)'나는 다만 조그만 시험관 하나를 죽음으로 지킬 따름이다. 그 시험관은 자기네 일의 결정적 운명을 좌우하는 것이요, 지금 이 시각도 몇몇 우수한 과학적 두뇌를 가진 동지들이 머리를 싸매고 모여 앉아서 연구를 계속하는 것이다. 이 연구와 시험도 미구불원에 **성공할 것이다.** 이것을 죽음으로 지켜 주는 것이 지금 와서는 나의 **거룩한 천직이다.** 그것 하나만으로도 내 죽음은 값이 있는 것이다. 그러나 그 시험관의 결과를 못 보는 것만은 천추의 유한이다. 하지만 그 역시 내 눈으로 보자던 것도 아니었다. 그것은 벌써 각오하였던 것이 아닌가……'(『삼대』(1931년 『조선일보』판), 522면 강조: 인용자)

장훈은 병화를 테러한 사건으로 인해 금천 형사에게 체포된 상태에서 동료들을 지키기 위해 코카인을 흡입하여 자살하면서 그의 내면은 내적 초점화에 의해 서술되고 있다. 내적 초점화는 그의 죽음의 의미를 밝히면서 그를 영웅으로 변모시킨다. 그가 지키려는 '시험관'은 단순히 폭탄 실험을 위한 것 이상의 의미를 내포하고 있으며,[68] 현실을 극복할 수 있는 대안 세력의 출현을 보여주고 있다. 1931년의 신문소설본에서 장훈의 독백은 1948년에 출판된 단행본에서 약간 수정되었다.

---

68) 김경수, 앞의 책, 113면.

나는 다만 조그만 시험관(試驗管) 하나를 주검으로 지킬 다름이나 그 시험관은 자기네 일의 결정적 운명을 좌우하는 것이요, 지금 이 시각도 몇 몇 우수한 과학적 두뇌를 가진 동지들이 머리를 싸매고 모여앉아서 연구를 계속하는 것이다. 이 연구와 시험도 미구 불원에 성공할지도 모른다. 이것을 주검으로 지켜주는 것이 지금 와서는 나의 맡은 책임이다.(『삼대』(1948년 을유문화사 발행본), 민음사, 1987, 395면)

여기서 '조그만 시험관'은 좁은 의미로는 폭탄 제조실험이지만, 넓은 의미로는 사회주의 정치체제를 상징한다. 그러므로 이 실험의 성공에 대한 기대는 자본주의 사회 이후에 대한 기대를 의미한다. 그런데 동지들의 연구와 실험이 '성공할 것'이라는 확신이 1948년에 이르면 '성공할지도 모른다.'는 불확실한 태도로 돌아서고, 자신의 죽음에 대해서도 '거룩한 천직'에서 '나의 맡은 책임'이라는 중립적인 용어로 수정된다. 이처럼 횡보의 사회주의적 전망은 1931년보다 1948년에 더 약화된 것으로 확인된다. 그러므로 『광분』과 『삼대』에 드러난 중산층 가정의 갈등과 몰락은 부르주아 사회에 만연한 범죄와 폭력을 보여주고 있으며, 사회주의자들의 활동은 이런 근대사회를 극복할 대안을 모색하고 있었음을 보여주고 있다.

2. 중산층 몰락의 반복과 '세대 모티프'

1) 환멸적 현실과 하드보일드형 탐정: 『無花果』

『무화과』(1932)는 『삼대』의 후속작이면서 자매편이라고 할 수 있는 작품으로서 염상섭 장편소설 중 가장 길다.[69] 작품의 분량뿐 아니라 『삼대』의 연작이라는 점에서도 『무화과』는 문제적이다. 작가는 애초부터 삼부작을 예고하면서 "속편처럼 보아도 좋고, 독립한 작품으로 읽어도 좋은 작품"이라고 말하지만,[70] 두 작품을 연결시켜서 살필때 작가의 의도가 더 분명하게 드러난다. 그래서 『무화과』에 대한 연구는 김종균의 작품론[71]을 제외하면, 대부분 『삼대』와의 관련성을 논의의 출발점으로 삼고 있어서[72] 『무화과』는 『삼대』 연작으로 논의하는 것이 일반적이다.

이 소설에는 『삼대』에 등장하는 인물들이 그대로 다시 등장하고 있고, 3대 조덕기에 해당하는 이원영이 신문사 사업에 손대면서 신문사에 관계된 인물들이 다수 추가된다. 『무화과』의 내용을 살펴보면, 작가가 『삼대』의 후속작을 쓴 이유를 짐작할 수 있다. 그것은 크게 두 가지의 내용으로 요약되는데, 첫째는 『삼대』의 조덕기와 이필순의 연애가 성사되지 못했기 때문이고, 둘째로는 조선의 중산층의 몰락을 보여주려 했기 때문이다. 그러므로 『무화과』는 『삼대』의 덕기의 연애의 후일담이자, 그의 몰락에 대한 이야기이다. 이들의 몰락과정은 현실은 교활하고 인간은 복잡하다는 사실에 민감한 염상섭만의 감각에서 나올 수 있는 것이다.[73]

『무화과』를 『삼대』의 연장선에서 읽게 되면, 조덕기의 후신인 이

---

69) 작품의 분량으로만 본다면, 『무화과』는 다른 작품들에 비해 압도적으로 긴 장편소설이다. 비교적 긴 장편인 『사랑과 죄』가 257회 연재되었고, 『광분』이 231회 연재된 것에 비해 『무화과』는 329회에 걸쳐 연재되었으므로 평균적인 장편보다 100회 정도 더 긴 셈이다.

70) 「작자부기」, 『조선일보』, 1931. 9. 17.

71) 김종균, 「『무화과』와 아이러니 세계인식」, 『염상섭 소설연구』, 국학자료원, 1999.

72) 김정진, 「염상섭 장편 『무화과』 연구」, 『한국문예비평연구』, 1997.
    김성연, 「염상섭 『무화과』 연구」, 『한민족문화연구』 16집, 2005.

73) 류보선, 앞의 글, 855면.

원영의 몰락과정에 초점을 맞추게 되지만,『삼대』를 전제하지 않는다면, 속임수와 계략을 동원하여 두 남매를 몰락시킨 악한 김홍근의 이야기로 읽을 수도 있다. 홍근은 원영을 부추겨서 몰락에 이르게 할 뿐 아니라 원영의 여동생 문경을 위협하여 돈을 빼앗는 간교함을 보여준다.『무화과』는 홍근의 간교한 계략과 이를 추적하고, 폭로하는 여기자 박종엽의 활동을 2차 서사로 삼고 있다. 홍근과 종엽 간의 대결은 비교적 일찍 성사된 원영의 연애를 대체하여 서사적 긴장을 제공한다.

박종엽은 이 소설에서 탐정과 중재자의 역할을 한다. 원영은 부친과의 재산상속 문제로 신문기자들의 주목을 받게 되자, 재정난이 심한 신문사에 투자함으로써 세인들의 이목을 피하려고 한다. 원영은 신문사에 투자를 한 뒤에 열린 이사회에서 김홍근을 해고할 것을 건의하고, 이 일로 인해 홍근은 재력가인 이탁을 끌어들여 원영의 일에 사사건건 훼방을 놓으려고 한다. 원영은 홍근의 해고를 건의한 일로 이사회에서 결의한 15명의 기자를 해고했다는 오해를 받게 되고, 몇몇 기자들에게 봉변을 당할 위기에 처한다. 원영의 무고함을 알고 있던 종엽은 위험에 처한 원영이 도망갈 수 있도록 배려해 준다. 그녀는 원영이 오해를 받을 때마다 그것을 풀어주는 중재자가 된다.

또한 원영이, 죽은 조부가 정혼한 채련을 만나고, 그녀를 첩으로 맞아들이는 과정에서 적대자인 홍근의 방해는 지루할 정도로 반복된다. 가정이 몰락하고, 노서아 댄서에서 조선의 영화배우로 이름을 날리다가 기생으로 전락한 채련의 과거는 원영의 동정심을 자극한다. 조부가 정혼해 준 여자라는 말을 듣고 원영은 그녀를 즉시 첩으로 맞이하려고 결심하지만, 홍근은 이탁을 앞세워 이들의 결합을 방해하기 위해 다양한 방법을 동원한다. 홍근의 거짓말은 『사랑과 죄』에서 정마리아의 거짓말과 같이 혼사 장애로 작용하지만, 결국은 이들의 연애를 성사시키는 결과를 초래한다. 여기에서 원영은 채련의 정조를 조사하는 탐정의 역할을 맡게 된다. 홍근은 채련을 이용하여 이탁의 돈을 뜯어내려고 할 뿐 아니라, 원영과 채련을 이간질시키기 위해 채련에게 시계를 선물하여 원영의 의심을 받게 한다.

여성의 육체를 이용하여 돈을 벌려는 홍근은, 『이심』의 좌야생과 닮은 인물로, 자본제적 경제구조가 만들어 낸 인간형들이다. "그들은 충동적으로 남을 속이는 것이 아니라 남을 속이는 것을 원칙을 삼고" 있다.[74] 이들의 사기행각은 자본주의 사회의 마케팅과 유사하다. 상품을 가진 자는 화폐를 가진 자로부터 화폐를 빼앗기 위해 온갖 전략을 다 꾸민다. 그것이 마케팅이다. 구매자들은 기만적인 마케팅에 따라 필요하지도 않은 물건을 산다는 점에서 사기를 당하는 것이며, 판매자가 구매자를 단지 화폐획득의 수단으로 이용하는 것도 일종의 기만인 것이다.[75] 그러므로 『무화과』의 홍근과 『이심』의 좌야생은 자본주의 사회의 상품 판매 방식을 보여준다. 이들은 범죄자이면서 동시에 부르주아 사회를 대표하는 인물형이다.[76] 채련은 홍근의 거짓말로 인해 원영이 종엽을 얻기 위해 태섭을 상해에 보냈다고 믿는다. 원영이 편에서도 홍근의 거짓말로 인해 채련이가 호텔에서 이탁을 만났다는 의혹을 품고, 채련이의 정조를 의심하면서

---

74) 아도르노, T. W(최운규 역), 『한줌의 도덕』, 솔, 1995, 36면.
75) 이종영, 앞의 책, 81–82면.
76) 차원현, 앞의 책, 256면.

괴로워한다. 종엽이는 양자의 의혹을 풀어주는 결정적인 역할을 맡고 있다. 『삼대』에서 등장하는 서술자의 목소리가 『무화과』에서는 최소화되는 것은 종엽과 같은 중재자의 역할 때문이다. 중재자는 주인공들 사이에 일어나기 쉬운 오해를 풀어주고, 서술자가 제공해야 할 정보를 대신 제공함으로써 독자들의 호기심을 해결하는 역할을 맡고 있다.

> "일전에 이탁이란 이하고 조선호텔에를 갔었지요……."
> 종엽이는 무슨 우스운 생각이 난 듯이 이런 소리를 하면 혼자 웃는다.
> "허 조선호텔에?"
> 원영이는 자기 생각이 있는지라 무심중에 놀라는 소리를 하고는 저편이 어찌 알까 보아 도리어 무색하였다.(중략)
> 홍근이가 호텔 호텔 하고 다니던 것이 결국 저희들의 일이었구나 하는 생각을 하니, 어이도 없거니와, 인제 안 것은 아니나 홍근이란 하우불이(下愚不移)라고 분개도 하였다. 그러나 채련이가 호텔로 맞췄다는 것과는 별 문제이었을 것이라는 생각도 든다.(『무화과』, 두산동아, 1997, 277면. 이하 면수만 표기)

원영은 종엽과 대화를 나누면서 채련이의 정조에 대한 의혹을 어느 정도 해결한다. 종엽은 원영과 채련의 연애 관계에 연루되어 있을 뿐 아니라 문경의 연애와 이혼 과정에도 관여하는 중재자이다. 중재자로 인해 서술자에 의한 정보의 전달은 줄어들고, 요약적 제시보다는 장면 제시가 우세해지는 경향을 보인다. 이처럼 서술자의 역할을 최소화하려는 작가의 의도로 인해, 서술시간과 스토리 시간이 일치되면서 서술의 양이 늘어나고, 이야기의 전개가 느려지는 결과를 초래하였다. 그런 이유로 『무화과』는 다른 장편에 비해 많게는 1/3 이상 길다. 횡보는 일찍부터 소설에서 서술자의 목소리를 최소화하려고 노력한 작가이다. 서술자의 역할을 축소하는 것은 독자들의 추리와 상상을 유도하지만,[77] 동시에 주제를 분산시키고, 세부묘사에 함몰될 위험성을 낳는다.

또한 중재자의 등장으로 인해『무화과』에서는『광분』이나『삼대』에서 나타나는 살인 사건이나 독살 사건이 보이지 않는다.『무화과』에서는 원영의 모친이 화병(火病)으로 사망하는데, 이는 남편이 딸의 통장을 몰래 가져간 것에 대한 분노를 이기지 못한 결과이다. 본래 자본주의 사회 이전에는 죽음이 자연스런 것이었으나, 상품 생산이 발전되고 일반화되자 죽음에 대한 태도가 근본적으로 변화한다.[78] 생산과 교환가치의 순환에 기초한 사회에서는 경쟁이 극에 달하기 때문에, 노인들은 점점 쓸모없는 존재가 되고, 인간은 노동을 통해 돈을 벌면서 돈을 벌기 위한 도구인 육체에 얽매이게 된다. 그러므로 죽음은 불가피한 삶의 종결이 아니라, 파국적인 사고(事故, accident)가 되고 만다.[79] 육체가 사라진다는 것은 곧 돈을 벌 수 있는 도구가 사라진다는 것이고, 돈을 벌 수 없다는 것은 부르주아 사회에서 더 이상 쓸모없는 존재가 된다는 의미이기 때문이다. 원영 모친의 죽음도 결국은 남편에 대한 원망과 분노로 인한 사고(事故), 즉 부부의 경쟁으로 묘사되면서, 간접적 살인이 된다.

『삼대』의 김병화와 달리『무화과』에서 김동국과 그의 동생 동욱의 활동은 암시적으로 처리되며, 이들을 돕는 동정자들의 모습만이 명시적 플롯으로 진행된다.[80] 그런데 동정자들은 적대자들의 계략에

---

77) Dove, op. cit, p.35.
78) 만델, 앞의 책, 79면.
79) 위의 책, 79면.
80) Watts, C., op. cit, pp.35 - 36.

말려들어 점점 더 어려운 상황에 처하게 된다. 원영은 신문사에 투자한 뒤로 4백 원의 수익을 기대하였으나, 그것이 거짓 정보였음을 알게 되고, 이탁에 대한 경쟁심으로 3만 원[81]을 더 투자하게 된다. 그가 3만 원을 투자하는 과정은 그의 속물적 욕망을 보여준다. 이탁은 원영에게 연적이자, 신문사의 경영권을 놓고 경쟁하는 라이벌이다. 이 라이벌의 욕망이야말로 원영이 모방해야 할 욕망이다.[82] 원영은 신문사의 수익성이나 자신의 능력은 생각하지 않고, 경쟁자들을 이기기 위해 신문사 사장에게 투자를 약속한다. 이 사건에 대한 작가의 태도는 종엽을 통해 드러난다. 원영을 비롯한 그의 주변 인물들은 상해의 동국을 도왔다는 이유로 검거된다. 종엽은 홍근이 원영을 일본 경찰들에게 밀고하였다고 추리하고, 사회부 기자 병호의 도움을 받아 홍근을 '탑골 승방'으로 불러다가 심문한다. 그녀는 사무실에 앉아서 범인을 추리하는 것이 아니라 범인을 잡기 위해 적대자들과 대결하고, 적대자들에게 위협을 가한다는 점에서 행동파 탐정이다.

> "이놈아, 네 죄를 네가 알겠지?"
> 하고 밖에 들릴까 보아 수군수군 쥐어짜는 소리를 한다.
> "이거 미쳤나? 술 주정두…… 술, 술 주정두……."

---

81) 3만 원을 오늘날의 화폐가치로 바꿔, 1원당 사만 원으로 계산하게 되면, 12억 원에 해당한다.

82) 지라르, 『낭만적 거짓과 소설적 진실』, 46면. 이것은 스탕달의 ≪적과 흑≫에서 레날 씨가 쥘리엥 소렐을 가정교사로 삼는 장면에 비유할 수 있다. 레날 씨는 쥘리엥을 고용하는 유리한 조건을 제시하지만, 꾀 많은 농부 소렐 영감이 "우리는 다른 데서 더 나은 자리를 찾을 수도 있는데요."라고 대답한다. 레날 씨는 마을에서 가장 부자이고 영향력 있는 발르노가 쥘리엥을 가정교사로 삼으려 한다고 확신하고, 그리하여 그의 욕망은 두 배로 증가한다. 허영심이 많은 사람이 어떤 대상에 대한 욕망을 품기 위해서는, 그 대상이 명성이 높은 제삼자에 의해 이미 욕망되었다는 사실을 확인하기만 하면 된다.

홍근이는 목이 눌려서 얼굴이 퍼렇도록 뻘개지며 씨근벌떡한다.

항거는 아니 하나 제대로 말을 하는 것을 보고 병호는 찍소리도 못 하게 한층 더 누르며,

"절에는 이 바쁜데 왜 나온 줄 아니? 너 술 사 먹이러 나온 듯싶으냐? 이놈! 바른 대로 자백을 아니 하면 네 목에 칼 들어갈 줄 알아라. 경찰서에 밀고한 놈이 너지? 이놈!"

깍깍 소리를 내면서 홍근이는 머리를 벽에 기대고 네활개짓만 한다.(『무화과』, 463면)

미스터리소설에 등장하는 탐정들이 책상 앞에서 사건을 추리하는 것으로 사건을 해결한다면, 하드보일드형 탐정들은 범인에게 직접 가해를 하거나 범인들에 의해 공격을 당하면서 사건을 해결한다.[83] 이때까지 원영과 채련의 연애를 방해하고, 원영의 여동생 문경을 속여서 돈을 갈취하는 파렴치한 일들을 벌인 홍근에 대한 종엽의 징벌은 통쾌한 복수이다. 홍근을 폭행한 사건은 일본 형사들에 의해 발각되어 종엽 일파도 검거를 당한다. 종엽은 홍근을 폭행한 일로 사장에게 책망을 듣고 신문사의 패거리들이 모두 미워진다.

'요놈들 땅두더지 모양으로 해만 떨어지면 요릿집 기생집으로 앙금앙금 기어들고, 그렇지 않으면 돈 있고 권세 있다는 사람 앞에 가서는 살살 대다가, 햇발만 뻔히 보면 제가 제로라고, 월급 한푼 못 얻어먹고 얼굴에 누런 진이 낀 가엾은 사원들만 제 집 종놈같이 달달 볶는 요 따위들 밑에서 언제까지 가만있을 줄 아니?'

종엽이는 두 번째 유치장에 다녀 온 뒤로, 사장 이하 모든 사람이 홍근이같이 미워졌다.

낮에는 민중을 속이고, 밤에는 시수(屍水)가 흐르는 상여에 꼬이는 파리처럼 기생의 무릎으로 꼬여들고, 그리고는 그 죄악을 감추려고 좌청우촉을

---

83) 송덕호, 앞의 책, 38면. 송덕호는 탐정이 범인에게 공격을 받기도 하고, 범인에게 해를 입히면서 사건을 수사하는 추리소설을 하드보일드형으로 분류한다. 이는 폭력이 난무하는 범죄세계를 묘사하기 때문에 범죄소설로 불리기도 한다. 『무화과』는 전체적으로 범인과 탐정 간의 대결을 보여주고 있다는 점에서 하드보일드에 가깝다고 하겠다.

하러 권력자의 집 문턱이 닳도록 댁대령을 하는 것이 밉다는 것이다.(『무화과』, 538면)

그녀의 현실 비판은 시대일보 사건에 대한 횡보의 내면묘사일 것이다. 『무화과』는 시대일보가 보천교에 넘어가는 실제 사건을 모델로 쓴 소설로, 여기에 등장하는 원영의 모델은 최남선으로 알려져 있다. 시대일보에서 기자로 일을 하던 염상섭은 보천교 측과의 싸움에서 패한 뒤에 진학문과 함께 사표를 낸다.[84] 이 시기에 횡보는 돈에 의해 신문사가 좌지우지되는 현실에 환멸을 느꼈을 가능성이 크다.

표면적 서사로 보면 『무화과』는 악인이 승리하고, 선인이 패배하는 것으로 마무리된다. 김동국에게 자금을 보낸 일로 인해 원영이 검거된 사이에, 홍근과 이탁 일당은 원영의 자리를 빼앗게 되고, 원영은 투자한 보람도 없이 재산을 모두 잃고 몰락하는 처지에 이른다. 그는 재산을 잃은 상태에서 다음과 같이 장탄식을 늘어놓는다.

> "아, 할아버지께서는 아버지보다 나를 믿으시고 그대로 물려주셨것다! 할아버지 혼령이 계시다면 무슨 벌역이 내릴꾸……? 그러나 신문사를 탓할 것도 없고 삼익사를 탓할 것도 없다. 하나는 우리네의 몰락해 가는 대세요, 조선의 시운이요, 또 하나는 돈푼 있는 집 자식들의 교육이 그랬던 것이라고도 할 것이다."(『무화과』, 828면.)

아들을 믿지 못해 손자에게 재산을 물려준 조부의 사려 깊은 노력에도 불구하고, 손자는 조부의 재산을 신문사에 투자하여 모두 날렸을 뿐 아니라, 신문사에서 쫓겨나게 되고, 김동국에게 활동자금을 보낸 일로 투옥되기에 이른다. 조선의 대부호인 원영의 집안이 한순

---

84) 김윤식, 『염상섭 연구』, 서울대출판부, 1989, 594면.

간에 몰락한 것이다. 그 원인을 서술자는 조선의 중산층이 가진 운명으로 돌리고, 다른 한편으로는 어려움 없이 자라서 돈을 쓸 줄만 알았지 벌 줄은 몰랐던 가정의 교육 탓으로 돌리고 있다.

그러므로 이 소설은 횡보의 30년대 소설에서 반복되는 중산층의 몰락을 보여주려 한 것이다. 『광분』의 민병천 일가, 『삼대』·『무화과』 연작의 조씨 일가와 한인호의 가족, 『모란꽃 필 때』의 신성이 가족, 『불연속선』의 김진수의 가족은 중산층이었다가 어느 날 갑자기 몰락하는 비운을 겪는다. 이는 가족의 몰락을 보여주는 가족사 소설의 일반적인 형태이지만,[85] 여기에는 또 다른 의미가 내포되어 있는 것으로 보인다. 『광분』에서는 그 이유를 일본의 앞선 생산력에 밀리기 때문이라고 분명하게 몰락의 원인이 제시되어 있으나,[86] 다른 소설들에서는 이들의 몰락에 대한 구체적인 언급이 없다. 『무화과』에서 원영의 몰락의 원인을 '우리네의 몰락해 가는 대세요, 조선의 시운'으로 본 것은 허무주의적 태도[87]이거나 일제에 대한 비판이라기보다는 횡보의 계급주의 역사관을 반영한다. 그의 의식 속에는 앞선 문명인 일본이 있었고, 일본과의 경쟁에서 앞서려는 조급함이 있었다. 그 조급증은 조선 부르주아지의 몰락을 상상하는 것으로 나

---

85) Yi-ling Ru, *The Family Novel: Toward a Generic Definition*, New York: Peter Lang, 1992, p.125.
"Novelists tend to concentrate on the chronological history of the family from its rise to its fall."

86) 염상섭, 『광분』, 프레스21. 1996, 367-368면. "그러나 그것은 하여간에 일이 이렇게 된 근본이 어디 있었나? 자기 회사에서 경영하는 두 가지 사업, 즉 고무신 공장과 비단 짜는 공장이 도저히 조선 사람의 손으로 지탱하여 나가지 못하는 큰 원이 어디 있느냐는 것은 연구해 보려고도 아니하였다.(중략) 병천이 회사의 고무신이 조선 사람 중에서는 가장 큰 공장에서 가장 튼튼히 지어내는 것은 사실이지만 그보다 더 큰 회사에서 일본 사람의 손으로 지어내는 고무신은 그 품질이 약하기는 하지만 값이 싸다."

87) 김윤식, 앞의 책, 596면.

타난 것이다. 마르크스의 이론에 의하면 시민계급의 몰락은 곧 사회주의 사회를 예고하는 것이기 때문에,[88] 소설에서 중산층 계급의 몰락은 조선이 일본보다 한발 앞선 것을 상상한 것이다.

또한 다음 시대에 대한 횡보의 전망이 계급주의자들과 유사한 것은 중산층을 대체할 수 있는 인물로 채련의 조카이자 철공소 노동자인 김완식을 내세운 것에서 나타난다. 그는 원영의 몰락과정이 거스를 수 없는 시대의 대세라고 믿으며 그들을 대체할 수 있는 인물이 자신과 같은 인물임을 은근히 강조하고 있다.

> 그러나 우리가 그이와도 또 다른 것은 그이는 몰락해가는 중산계급이요, 무기력한 인텔리가 아닙니까? 만일 그이에게서 돈을 뺏어 버리면 그는 아무 데도 쓸데없는 룸펜입니다. 그러므로 우리는 당신이 추축(追逐)하시는 그들과도 다르지만, 그렇다고 아저씨와 유사하면서도 아저씨와도 다릅니다. **통틀어 그이 네들은 두 가지 방면을 앞서가는 이들이나, 우리는 그 뒤에서 가야 할 새사람이 아닌가?** 그리고 우리의 길은 그들이 걷지 않은 새 길이 아닌가 - 이렇게 생각하는 것입니다.(『무화과』, 819면.)

김완식은 작가의 관념에서 나온 인물이지만,[89] 그는 적어도 중산층의 운명을 대체할 수 있는 인텔리 노동자이고, 그런 점에서 사회주의적 전망을 가진 인물로도 볼 수 있다. 그는 추상적이고 이상적이라는 점에서 새로운 세대들에 대한 횡보의 막연한 기대감을 보여준다. 부패한 현실과 고독하게 싸우는 여성 탐정 박종엽과 함께 완식은 새로운 시대를 책임질 인물이다. 이는 신구 세대의 등장과 퇴장을 보여주는 '세대 모티프'이다.[90] '세대 모티프'는 1950년대 횡보

---

88) Gerhard Bartsch(이상훈 외 역), 「경제적 사회구성체들의 발전으로서의 역사」, 『역사적유물론』, 동녘, 1992, 165면.
89) 위의 책, 같은 면.

의 소설에서 자주 등장하는 것으로, 막연한 전망으로서의 다음 세대에 대한 기대이다. 완식이 동경에서 잠입한 조정애를 돕고, 그녀를 숨겨주는 일에 힘쓰는 것은 횡보가 여전히 사회주의적 전망을 붙잡고 있다는 증거이다.

원영의 몰락이 진행되는 동안, 암시적 플롯으로 전개되던 상해파의 활동은 후반부의 조정애의 등장으로 전면에 나타난다. 정애는 동욱의 지령을 받고 국내에서 활동하는 조직원들과 접선한다. 『삼대』의 이필순의 후신인 정애는 원영의 후원을 받아 동경유학을 하고 있다가 김동국의 동생인 동욱의 지령을 받고 국내에 몰래 잠입하여 '조일 사진관'을 중심으로 활약한다. 그녀가 조일 사진관에서 사진을 찍고 나서 전달하는 상자에는 『삼대』의 장훈이 목숨을 걸고 지키려던 '시험관'(폭탄)이 들어 있었던 것이다. 『무화과』는 이 상자로 인해 『삼대』의 연작이 된다.[91] 정애가 가지고 들어온 이 상자 속의 폭탄은 누군가의 실수로 서울의 한복판에서 터진다.

『무화과』의 서사의 다른 한 축을 구성하고 있는, 원영의 여동생 문경의 이혼과정에도 종엽은 중재자의 역할을 한다. 『이심』의 박춘경이 어떤 방패막이도 없이 남편의 분노에 의해 죽음에 이른 것에 비하면, 문경은 원만한 이혼의 과정을 밟는다. 문경은 파산 직전에 있는 시댁에서 만이천 원을 만들어 오라는 명령을 받고 남편과 함께 동경에서 돌아오면서 비극이 시작된다. 사돈댁의 요구에 대해 해

90) 방민호, 『채만식 문학에 나타난 식민지적 현실 대응 양상』, 서울대 박사논문, 2000. 175면. 1940년을 전후로 해서 채만식의 문학작품에서도 신구 세대의 등장과 퇴장에 관련된 '세대' 모티프가 다수 등장한다고 한다. 이는 염상섭보다 늦은 시기이기는 하지만, 채만식과 염상섭이 추리소설에 관심을 기울이고 있었고, 이어서 다음 세대에 대한 관심도 공유하고 있었음을 보여준다.
91) 김경수, 앞의 책, 113면.

결의 열쇠를 쥐고 있는 오빠 원영은 차일피일 시간을 미루고, 이에 실망한 문경은 종엽의 소개로 해고된 신문기자 김봉익을 만나서 사랑의 감정을 키워간다. 문경은 동경을 방문하여 경제적으로 파산한 상태에 놓인 남편을 보게 되고, 그가 문경의 친구와 간통을 한 사실을 알게 된다. 그동안 남편 인호는 편지를 보내 문경이 간통을 저지르고, 이혼을 위해 일부러 낙태한 파렴치한 여자로 치부하였으나, 자신도 아내의 친구와 혼외 관계를 맺고 있었다. 문경의 동경 방문은 원영의 검거 사건을 암시적인 플롯으로 처리하기 위한 장치이고, 다른 한편으로는 공간이동이 환멸적인 체험과 관련되어 있음을 보여준다. 『보봐리 부인』이 공간의 이동을 통해 새로운 자극과 삶을 추구했지만, 그녀의 삶은 결국 몰락에 이르게 된 것처럼, 문경은 남편과 새로운 관계를 형성하기 위해 남편을 찾아 동경을 찾았지만, 결국은 파경에 이르는 결과를 초래한다. 그녀는 동경에서 남편의 외도를 알게 되고 서울로 돌아온 뒤에는 오빠가 김동국 사건에 연루되어 재차 검거된 것을 알게 된다. 이처럼 이원영 남매의 끊임없는 고통과 고난은 작가의 비극적 세계관을 보여준다. 횡보는 「배울 것은 기교」에서 "침통한 고뇌에 부대껴보지 못한 국민에게는 깊은 문학이 나오기 어렵"다고 전제하고, 그런 이유로 일본문학에는 희망이 없으나 조선 민족은 좋은 문학을 가질 수 있는 가능성이 많다고 주장한다.[92] 이런 주장으로 미루어볼 때, 횡보 소설의 주인공들이 겪

---

92) 염상섭, 「배울 것은 기교」, 『동아일보』 1927. 6. 8. - 6.12. "이 말은 현대의 일본이 자본주의 발달의 극점에 달하지 못하였다는 말이다. 또 다시 이 말을 번역하면 중산계급이 완전히 몰락하지 않았다는 말―중산계급의 존재가 엄연하다는 말이다. 그러면 중산계급이 엄연히 존재한 이상 계급의식이 철저화하기 어려운 것도 당연한 일이요, 신시대 창조의 갈망과 의기가 저상(沮喪)될 것도 물론이다." 횡보는 일본의 경제발달 단계를 자본주의 발달의 극점에 달하지 않은 상태, 즉 중산층이 여전히 득세하는 상태로

는 고통은 '부정을 위한 부정'이 아니라 '긍정을 위한 부정', 즉 근대사회의 부정성을 통해서 새로운 사회가 도래하리라는 믿음에 기초한 것이다. 그러므로 그의 소설에서 나타나는 범죄와 그로 인한 고통은 조선에 대한 긍정적 전망에서 비롯된 것이다.

결국 인호는 자신의 간통과 친가의 부당한 요구로 인해 이혼에 이르렀으면서도 문경에게 천 원의 위자료를 청구한다. 그는 봉익과 홍근을 통해서 문경에 대한 오해를 풀었지만, 정작 문경은 자신의 깨끗하지 못한 양심을 토로하기도 한다. 여기서 특이한 점은 실제 간통을 저지른 남편은 위자료를 챙기는 데 반해 아내는 남편과 이혼한 이후로 봉익이와 더 깊은 관계로 나가지 못한다는 것이다. 이는 선과 악의 경계가 모호해진 세태를 반영한 것이 아니라, 남성보다 여성에게 더 엄격한 성윤리를 적용하는 남성 중심적인 사회를 반영한다.[93] 이처럼 『무화과』의 종엽은 환멸적 사회를 고발하는 탐정이면서 가족 내부의 갈등을 중재하는 역할을 맡고 있다.

2) 조직범죄에 의한 중산층의 약탈: 『白鷗』

횡보 소설의 통속성을 논할 때 그 기준으로 삼는 것은 주로 식민지적 현실에 대한 총체적인 인식을 담고 있는가의 여부와 그런 현실을 통렬하게 인식하고 있는 인물, 즉 '주의자'가 등장하는가의 여부이다.[94] 이는 루카치의 소설론에 기대어 소설을 평가하려는 태도

보면서, 사회주의적 역사관을 드러내고 있다.

93) Chodorow, N, op. cit, p.207 여성들은 성장 과정에서 자신을 어머니와 동일시하면서 자연스럽게 가정 내의 성역할을 익히게 되고, 사회생활에서도 모성적인 역할을 담당할 것을 요구받는다.

이기 때문에 횡보가 정의한 '통속소설'의 개념과는 차이가 있어 이 글에서는 '예술소설'이라는 용어를 사용할 것을 제안하였다. 횡보의 정의에 따르면 『사랑과 죄』(1928)를 출발점으로 하는 그의 중기소설은 예술소설에 해당한다고 할 수 있다. 횡보의 예술소설은 대중소설과 본격소설의 중간에 위치하고 있어서 본격소설이 아닌 것은 아니다.[95] 이것은 통속적인 양식에 작가가 말하고자 하는 바를 충분히 담고 있다는 의미이다. 소설의 표면에는 통속적인 소재와 모티프, 통속적인 서사가 전개되지만, 그런 통속성에 주제의식을 담는 장르가 바로 예술소설이다.

예술소설에 대한 작가의 정의를 충분히 감안한다면, 주의자의 등장 여부로 대중소설과 본격소설을 나누는 것은 단순한 도식일 가능성이 있다. 특히 『백구』(1933)와 같은 작품을 본격소설에서 대중소설로 넘어가는 과도기적인 작품으로 보는 것은[96] 이런 이분법의 구도로 작품을 분석한 결과일 것이다. 이런 이분법의 구도를 넘어서서 작가의 이념이 플롯과 인물을 통해서 드러나고 있는가를 따져보아야 한다. 결론을 미리 말하자면, 『백구』, 『모란꽃 필 때』(1934) 그리고 횡보가 만주로 떠나기 직전에 발표한 『불연속선』(1936)은 추리소설의 구조가 약화되고, 연애 서사가 주를 이루는 경향을 보이지만, 여전히 중산층의 몰락이라는 주제의식을 견지하면서 혼사 장애의 서사 속에 작가의 이념이 드러난다. 그렇지만 중산층의 몰락이라는 주제만으로 이를 횡보가 정의한 예술소설에 포함시킬 수 있는가는

---

94) 유종호, 「결혼의 사회경제적 기초」, 『염상섭 전집』 6권, 민음사, 1987, 323-324면.
95) 염상섭, 「통속·대중·탐정」, 『매일신보』 1934. 8. 17~21.
96) 위의 글, 370면.

또 다른 문제인데, 왜냐하면 통속적 소재와 사건들이 작가의 이념을 드러내는 데 기여하고 있는지를 면밀하게 검토할 필요가 있기 때문이다. 통속적 소재들이 단순히 독자들의 흥미와 재미를 유발하는 데 그치고, 작가의 이념과 동떨어져 있다면, 이것은 예술소설이라기보다는 대중소설에 가까운 것이기 때문이다.

이 장에서는 『백구』와 『모란꽃 필 때』를 비교하면서 범죄 사건이 작가의 이념을 드러내는 데 기여하고 있는지 여부를 분석함으로써 이 소설들이 횡보가 정의한 예술소설의 기준에 이르고 있는지 살펴보고자 한다. 특히 『백구』의 경우, 횡보 소설이 대중소설로 넘어가는 분수령으로 보는 것은 전반부에서 혼사가 차단되고, 후반부에는 사회주의자들의 활동이 전개되면서 소설이 두 개의 이야기로 나뉘기 때문이다. 주인공이 스스로 혼사를 차단함으로써 서사가 두 개로 나뉘는 것은 작품의 완성도를 떨어뜨리는 결정적인 요인이 된다.[97] 이 소설의 핵심은 전반부에서 주인공이 자신을 찾아온 여성을 거절하는 사건과 후반부에서 전개되는 사회주의자들의 범죄 이야기이다. 그러나 주인공 박영식의 입장에서 보지 않고, 중산층인 은행과장 이형식의 입장에서 본다면, 이 두 사건이 어떤 연관성을 찾을 수 있게 된다. 『무화과』에서는 중산층이 주인공이었으나, 『백구』에서는 중산층이 적대자로 등장하면서 다른 주제를 다루고 있는 듯이 보이지만, 실상은 앞서 창작된 작품들의 주제를 이어받고 있는 것으로 보인다.

『백구』의 전반부는 연애서사로, 후반부는 범죄 서사로 전개되면서 통속적인 성격이 강한 소재를 끌어들이고 있다. 다만 범죄를 저지르

---

97) 유문선, 「이상과 희망, 자유와 평화 그리고 현실대응」, 『염상섭 전집』 5권, 민음사, 1987, 376면.

는 인물들이 사회주의자이고 이를 중재자인 제3의 인물이 조사한다는 것이 특이한데, 이전의 작품에서는 '주의자'들이 탐정의 역할을 맡아서 중산층의 속물적인 욕망을 파헤치는 구성이었기 때문이다. 다시 말하면 주의자들이 도덕적인 우위에서 타락한 중산층의 속물적 욕망을 파헤치는 것이 이전의 작품의 구성방식이었다면, 이제는 주의자들도 목적을 위해서라면 수단을 가리지 않는 모습을 보고 있다. 사회주의자들의 도덕적인 타락은 주동자와 적대자의 구분을 모호하게 하면서 소설적 긴장을 이완시키는 결과를 초래한다. 선과 악의 모호성은 범죄소설의 특징이기도 하다.[98]

『백구』는 딸의 궁합을 보기 위해 장님을 찾아가는 원랑 모친을 묘사하는 것으로 시작된다. 그녀는 '삼취'로 시집을 와서 남편을 잃고 난 뒤에는 술로만 살아온 여인이다. 원랑 모친은 상제의 뒷모습을 보고는 딸의 결혼이 성사될 조짐이라고 생각할 정도로 미신적이다. 그녀는 중요한 일을 결정할 때마다 장님을 찾아가는 점쟁이의 '단골손님'이다. 『사랑과 죄』에서 해주집이 딸의 미모를 이용하여 한 밑천을 잡으려고 하듯이, 원랑 모친은 딸을 은행과장의 재취로 보내어 가난을 면해 보려 한다. 점을 보고 있는 그녀에 대한 작가의 시선은 풍자적이고, 비판적이다.

> 생일을 물어본대야 월건(月建)까지는 알겠지만, 장님이 천 세력을 외오지 못할 바에야 사십년 전 유월 보름날의 일진(日辰)까지, 선듯 알아낼 리는 없을 것이나, 제 아무리 그럴듯이 푹꺼진 눈꺼풀을 휘번덕여가며 웅얼거려야, 사주를 보는 것이 아니라 삼주(三柱)를 보는 것이다.(『백구』, 『전집』 5권, 13면.)

---

98) 뢰테르, 앞의 책, 125면.

장님이 점을 보는 모습은 점을 보러 온 원랑 모친과 점쟁이가 동시에 풍자되는 장면이다. 장님은 근거가 없는 점을 치고 있고, 원랑 모친은 그런 근거 없는 선택에 딸의 장래를 맡기려는 것이다. 횡보가 속한 근대적인 논리성에 비춰볼 때, 원랑 모친의 선택은 미신에 빠진 속물일 뿐이다. 택일을 한 뒤에 백화점에서 일하는 딸을 찾아간 모친은 신랑이 보낸 반지를 보여주면서 딸을 사직시키지만, 원랑은 모친이 주선하는 결혼을 거부하고, 사촌오빠인 종호가 소개시킨 영식을 찾아가 도망갈 궁리를 한다. 원랑은 신랑이 준 지참금을 가지고 달아나지만, 영식은 학교 교원으로서의 체면과 원랑 모친의 강경한 태도에 굴복하고 만다.

　　　영식이는 이런 생각이 든 것이었다. ……만일 도망해 나온 뒤에, 신랑의 내력을 들었다면 이 혼인을 절대 반대하고 이런 극단의 수단을 취한 것이, 전연히 영식이에게 대한 의리와 애정 때문이라고 볼 수 있으나, 그 전에 신랑의 험절을 알았다는 것으로 미루어 볼진대, 처음에는 그런대로 다소곳이 시집을 갈 작정이었다가, 동리 노파들이 씩둑거리는 말을 듣고서, 다시 마음이 뒤집혀서 뛰어나온 것이니, 그렇다고 하면, 이번 일의 동기나 원인이, 영식이에 대한 순정(純情)에 있지 않고, 신랑감이 부족하다든가 자기 일신상 이해를 타산한 데에 있다고 볼 것이다.(『백구』, 69면)

　인용문에 의하면, 박영식이 원랑을 거부한 것은 원랑의 애정의 순수성을 의심했기 때문이다. 영식은 원랑이 자신에게 도망쳐 온 이유를 예비신랑이 자식까지 딸려 있는 재혼남이라는 사실을 알았기 때문이라고 생각한다. 영식이 자발적으로 욕망하는 법을 알았다면, 자신이 원랑을 사랑하고 있는지에 대해서 따졌어야 했는데, 그는 원랑의 사랑을 거부하는 이유를 자신보다는 원랑에게서 찾으려 한다.[99)]

99) 지라르, 『낭만적 거짓과 소설적 진실』, 230면.

그러나 영식의 의심은 원랑을 거부한 실제 이유를 교묘하게 감추고 있다. 그것은 원랑의 예비신랑보다 영식의 월급이 적은 데 있고, 이것이 원랑 모친을 만족시킬 수 없기 때문이다. 그는 원랑을 연모하면서도 자신의 경제적인 형편으로 인해 원랑을 거부한 것이다. 이것이 후반부에서 사회주의자들의 범죄에 그가 동참하게 된 원인이다. 자본주의 사회에서는 인간관계뿐 아니라 결혼의 전제 조건도 교환가치에 의해 결정되는 물신성에 기반하고 있다.[100]

영식의 사람됨을 잘 알고 있는 원랑의 이종오빠인 조종호는 영식의 가정과 원랑 모친 사이를 중재하면서 원랑 모친을 설득하려 하지만, 실패하고 만다. 그러므로 영식의 결혼 거부는 원랑 모친의 속물성을 고발한다. 이때 종호는 중재자의 역할을 하면서 원랑의 결혼이 원만치 못한 결말에 이르지 못할 것을 예측하고 추리한다.

> (그러케 우물주물 해버리는 결혼이 지금 세상에 없지 않고 그러저럭 사노라면 이것저것 다- 잊어버리고 작은마누라에 만족하고 살기야 하겠지만, 그런 결혼생활이 행복할 것인가? 무슨 법률상 수속이 없다고 작은 마누라라 해서 불행하다는 것이 아니라, 그렇게 만난 사람이 길게 갈 것인가? 또 길게 가는 것만이 행복이 아니오, 헤어질 형편이면 한 달을 살고라도 헤어지는 자유가 있는 것이, 도리어 좋겠다고 할 사람도 있겠지만, 그러노라니, 그 풍파는 어떻게 격고, 그 풍파를 치르는 동안에는 사람이 얼마나 버려질 것인가? 백화점에서 물건 파는 것을 몇 번 보고 혼인이라니, 남자편에서 당장 반한 것도 사실이라 하겠지만 그것이 얼마나 갈 것인가? 더구나 이 경우에 신부의 의사는 전연 무시되었다면, 결코 길지도 못할 것이요, 행복스러울 것 같지도 않다!……)(『백구』, 31-32면)

종호의 추리는 정략결혼을 한 사람은 행복하지 않은 결혼생활을 하게 될 것이라는 규칙과, 한 여자가 정략결혼을 하게 되었다는 결

---

100) 만델, 앞의 책, 41면.

과와, 그러므로 그 여자는 행복하지 않은 결혼생활을 할 것이라는 사례에 이르게 된다.[101] 이런 추리는 누구나 예상할 수 있는 것이어서 검증할 필요도 없다. 결혼이란 결혼 당사자들의 자의와 사랑에 기반을 두어야 하는 것임에도 이런 과정이 없이, 여성의 미모에 이끌린 남성의 선택에 의해 이루어지는 결혼이란 결과가 좋지 못할 것이다. 이처럼 원랑 모친의 정략결혼은 딸과 그녀의 친척, 그리고 그녀의 연인이었던 영식을 고통으로 몰고 갔으며, 영식은 이에 대한 반발로 형식의 전첩인 춘홍과 사귀게 된다.

이처럼 초반부에 경제적인 이유로 파혼이 되는 '파혼 모티프'는 『모란꽃 필 때』(1934)에서도 반복된다. 신성의 집안은 진영식의 집안과 약혼을 한 상태에서 파산을 하게 되고, 신성에게 보낸 진호의 연애편지를 약혼자인 영식이 우연히 발견하게 되어, 신성은 영식의 집안에게 일방적으로 파혼을 통보받는다. 신성은 진호의 편지로 인해 영식에게 오해를 받는다. 파혼 모티프의 반복은 결혼에 있어서 경제적인 요건을 중요시하는 세태를 반영한다. 자본제적 경제구조에 있어서는 결혼의 신성성이나 순수함이 파괴되고, 여성은 몸을 팔듯이 결혼 시장에 나서게 되고, 자신의 가정형편에 따라 결혼이 성사되거나 실패한다. 이렇게 소설의 서두에서 파혼에 이르는 것은 적대자들의 속물성을 고발하기 위한 장치인데, 『모란꽃 필 때』의 진영식은 신성의 가정이 파산했다는 것을 알고, 신성의 라이벌인 문자를 따라 동경으로 유학을 떠나게 되고, 신성도 이들을 따라 동경으로 건너가서 여자사범학교에 입학하게 된다.

---

101) 카를로 긴즈버그, 「단서와 과학적 방법: 모렐리, 프로이트, 셜록 홈즈」, 『논리와 추리의 기호학』(김주환 외 역), 인간사랑, 1994, 218면.

『백구』의 박영식이 원랑을 거부한 뒤에 형식의 첩이었던 춘홍과 사귀는 것은 그의 라이벌인 형식을 징벌하기에는 미약하다. 춘홍은 영식의 신사적인 태도에 마음을 열고 영식에게 적극적인 애정공세를 펼치지만, 그것은 연애 이상으로 나아가지 못한 채, 후반부의 서사는 사회주의자들이 이형식의 재산을 갈취하는 범죄소설로 전개된다. 종호는 주의자들이 원랑과 영식을 사주하여 이형식의 돈을 빼돌리는 과정을 조사하고, 파헤치는 역할을 맡는다. 주의자들은 이형식이 금광을 개발하면서 얼마간의 금괴를 빼돌린다는 정보를 입수하고, 영식을 사주하여 빼돌린 금값의 얼마를 내놓을 것을 요구하지만 성공하지 못한다. 이들은 원랑을 불러내어 자살소동을 벌이고, 형식이 정신을 차리지 못한 사이에, 금고에 넣어 둔 돈을 빼돌리는 데 성공한다. 이런 일련의 과정은 종호에 의해 조사된다.

> 그러나 그 유서라는 것은, 나는 죽으니 모친과 누이의 뒤를 잘 보아달라는 부탁뿐이요 어째 죽는다는 말도 없고 그 심리상태와 감정의 자최를 엿볼 만한 말은 한 마디도 없다. 그러나 첫대백이로 종호의 눈에 띄이는 것은 소위 유서를 쓴 종이가 두루마지를 찌쩌내인 당지(唐紙)인 것이요, 더구나 서투른 먹글씨인 것이다. 형식이가 그런 지필묵에 고전적 취미(古典的趣味)를 가진 사람이라면 사랑 가튼 데 나가서 형식이의 책상에서 몰래 쓰느라고, 그런 종이에 모필로 써 가지고 나왔다고도 할 수 있겠지마는, 요새사람 처놓고 그런 편지나 붓글씨 쓰는 사람이 별양 드물 것이다. (중략) 그뿐 아니라 몇 줄 안 되는 간단한 글발이지만 이것을 동무들 앞에서 썼다는 말도 안되고, 사무실에 가서 썼을 리도 만무하고 딴 방에 가서 숨어 쓰고 약을 먹고 하는 것을 몰랐다 하기로 왜 집에 들어와서 못하고 하필 그 당장에서 쓰고 먹고 하였을까? ……(『백구』, 354면.)

종호는 원랑이 쓴 편지의 재질을 보면서 그녀의 자살 기도가 누군가에 의한 사주에 의해서 이루어졌다는 것을 추측하고, 또 한편으로 유서를 쓰면서 동시에 약을 먹었다는 것도 이치에 맞지 않는다고 추리한다. 그의 추리에 의해서 사건의 전말이 밝혀지는 것은 아니지만, 사회주의자인 유경호와 최만석 일당의 계략에 의해 이형식의 돈이 사라졌다는 것이 밝혀진다. 이처럼 사회주의자들이『무화과』의 김홍근과 이탁처럼 속임수를 사용하여 다른 사람의 돈을 갈취함으로써 도덕적 우위를 상실하는 것은 횡보의 이념적 퇴색을 의미하는 것은 아니다. 1930년대 중반의 계급주의 운동은 일제의 억압에 의해 지하로 숨어들 수밖에 없는 형편이었고, 이들의 활동이 범죄조직과 다름없는 상태가 된 것은 시대적 현실을 반영한 것이다.[102] 그렇지만 이전의 소설에 비해 소설적 긴장이 떨어지는 것은 사실인데, 그것은 사회주의자들의 범죄를 사설탐정이 조사한다는 구도 때문이다. 만약 사회주의자들의 범죄가 일제에 의해 조사되면서 검거의 위협 속에 놓여 있거나, 주인공이 위협에 놓여 있는 상태였다면 또 다른 긴장이 생성되었을 것이다. 사설탐정인 종호의 조사 과정은 범인을 잡기 위한 것도 아니고, 추리를 통해 적대자들과 대결하는 양상도 아니다. 단순히 추리를 하고 있다는 것만으로는 소설적 긴장을 생성하기에는 역부족이다. 다만, 서술자에 의해 간단하게 밝힐 수 있는 내용도 중재자가 등장하면서 장면적 제시 기법이 정착되었음을 알 수 있다.

또 하나 중요한 것은 이형식이 금광을 통해 큰돈을 벌어들였으나 이것을 주의자들의 의해 약탈당하고 만다는 것이다. 『백구』에서 등장하는 유일한 중산층인 형식의 몰락은 또 한 번 이전 작품들의 모티프를 반복하고 있다.

---

102) 권영민, 『한국 계급문학 운동사』, 문예출판사, 1998, 347면.

나이 사십이라는데, 그보다 더 먹었으리라는 것이 또 손님들의 뒷공
론거리가 되었다. 어쨌든 신랑의 인기가 손님 사이에 좋지 못한 것은 사실
이다. 얼굴이 늙기도 하였지만 해사하고 명랑하다거나, 그렇지 않거든 후덕
스럽고 점잖고 사내답게 생겼드면, 여자들의 입이 그렇게 납실거리지 않을
것이나, 까마잡잡하고 강파롭게 생긴데다가, 무섭게 생긴 눈을 똑바로 뜨고
젊은 여편네들을 말똥말똥 면구스럽게 치어다 보는 데에서, 여자들의 마음
은 고만 돌아서고 만 것이다.(『백구』, 111면.)

　이처럼 횡보 소설은 긍정적 인물과 부정적 인물, 주동자와 적대자
가 선명하게 갈라지면서 인물들을 이분법적으로 그리고 있는데,『백
구』에서는 주의자들이 범죄자이지만 긍정적인 인물로, 중산층인 이
형식은 형식적인 의미의 적대자로 등장한다. 그는 은행과장으로 첩
을 들이면서도 거창한 결혼식을 올리고, 부당한 방법으로 부를 축적
하는 부정적인 인물로 그려지면서,『삼대』나『무화과』의 중산층과는
사뭇 다른 인상을 풍기지만, 그의 재산이 주의자들에 의해 몰수된다
는 것은 주목할 만한 대목이다.『삼대』나『무화과』에서도 조씨 가문
이나 이씨 가문의 인물들이 주의자들을 후원하는 동정자로 등장하
지만, 실제로 이들은 자신의 욕망에 충실한 인물들로 그려지고 있고,
자신의 이익과 배치되는 것에는 냉정한 모습을 보인다는 점에서 이
형식과 유사한 인물들이다. 그러므로 앞선 작품들에 등장하는 조상
훈이나 이원영의 부친의 연장선상에 이형식이 놓여 있다고 볼 수
있다. 소설의 전반부에서 원랑이 영식과의 자유연애에 실패하고, 영
식의 원랑에 대한 진실한 사랑과 연민은 돈을 매개로 한 형식의 결
혼과 대조되고, 형식이 경제적으로 파탄에 이르면서 원랑 모친의 속
물적 욕망도 고발된다.
　이에 비해『모란꽃 필 때』의 신성은 자수성가한 삶을 통해 파혼을

주도한 약혼자를 고발한다. 신성의 가정은 보증을 잘못 선 탓에 파산에 이르게 되고, 그녀의 약혼자였던 진영식은 결혼 상대자를 잘못 고른 탓에 몰락의 길을 걷게 된다. 그렇지만 이 소설에서는 중산층의 속물적인 성격을 파헤치는 것에 중점을 두기보다는 파혼당한 한 여성이 동경 유학을 통해 자립적인 개인으로 성장하는 과정에 중점을 두면서 이전의 소설들과 다른 주제의식을 보인다. 그렇지만 주동자와 적대자 간의 선명한 대립 구도를 통해서 적대자들이 주인공에 대한 거짓 소문을 퍼뜨려 곤란에 빠뜨리고, 이것으로 인해 고난을 받던 주인공이 이를 극복하는 과정이 반복되면서 고난을 극복하고 자수성가하는 영웅이 탄생한다. 이는 미스터리소설에서 풀리지 않을 것 같은 사건을 해결하는 영웅적인 탐정의 풍모를 닮아 있다.[103]

또한 『백구』의 종호와 같이 『모란꽃 필 때』에는 신성의 사촌오빠인 원석이 등장하여 진영식의 오해를 풀어주며 중재의 역할을 하려 한다. 그는 김진호를 찾아가 신성에게 보낸 편지에 대해 영식에게 해명할 것을 요구하지만, 진호는 이를 거부하고, 영식은 마침 동경으로 떠나려는 문자의 뒤를 쫓아가 동경에서 신혼살림을 차리게 된다. 원석이 진호를 찾아가 신성에 대한 오해를 풀어주려는 것은 진영식의 선택이 순전히 자신의 책임에 있다는 것을 분명히 한다. 그가 신성의 순결한 사랑을 의심한 상태에서 문자를 선택했다면, 신성에게도 책임이 있는 것이지만, 신성이 잘못이 없는 상태에서 문자를 선택했다면, 그의 선택은 오로지 신성의 집안이 경제적으로 파산했기 때문이다. 이처럼 원석은 진영식의 속물성을 고발한다.

신성은 동경에서 고학으로 사범학교를 다니다가 진호의 추천장을

---

103) Symons, op. cit, p.182.

받고 방천추수 화백을 찾아가 도움을 요청하게 된다. 추수 화백의 소개로 삼포(미우라) 청년의 집에서 아이를 가르치며 평온한 생활을 하던 신성은 문자의 거짓말로 오해를 받지만, 영식의 중재로 신임을 회복한다. 추수 화백은 신성을 그린 그림의 수익금을 장학금으로 주기로 약속하여 문자의 시기를 받기도 한다. 진영식의 몰락 과정은 박신성의 자수성가의 과정과 대조된다. 아내인 문자와 장모가 씀씀이가 헤픈데다가, 문자가 외국인 청년과 외도하는 것을 알게 된 영식은 문자와 자주 다투다가 자기 앞에 나타난 신성에게 미안한 마음을 표시하게 된다. 영식은 그녀에 대해 사죄하는 마음으로 추수화백이 그린 신성의 초상화를 칠백 원에 사게 되고, 이것이 문자에게 알려지자, 동경 생활을 청산하고, 조선으로 돌아간다. 신성은 그림이 특선에 뽑혀서 동경으로 온 진호와 연애 감정이 깊어진다.

『모란꽃 필 때』의 후반부는 문자의 이간질로 진호와 신성이 사이에 오해가 생겼다가 풀어지는 과정이 중심 사건을 이룬다. 이것은 소설의 서두에 진호가 보낸 연애편지를 영식이 발견하면서 약혼이 틀어지는 과정을 재연하고 있으나 이번에는 오해가 풀리는 방향으로 진행되면서 적대자들을 물리친다.

　　진호는 더 흥분이 되어 극구 변명을 한다. 신성이는 얼굴빛 하나 고치지 않고 가만이 듣고만 앉았으나 들을수록 사리가 그러할 것이요 무루체나 쑥 뚤린 듯이 남자의 힘있는 말의 구절구절이 시원하다. 그러나 문자를 그만큼 겪어보고도 또 속은 것이 분하였다.
　　"나도 다른 것은 어쨌든지 문자가 나선 것이 더 심사틀려 그대말에는 잇샀도 어울지 않고 헤어저 버렸읍니다마는 실상은 선생님만 되레 오해했었에요"
　　오해했었더라는 자백은 인제는 오해를 풀었다는 말보다도 진호의 귀에 반갑게 들렸다. 그러나 신성이 말 같애서는 좋다 싫다 아무 말 없이 헤어진 모양이니 이것도 문자가 전하던 말과는 너무나 딴판이다.(『백구』, 304면.)

　문자의 이간질로 잠시 오해가 생기기도 하지만, 이것은 곧 밝혀지고, 신성은 고등사범학교의 학업을 계속하고, 진호는 프랑스로 유학을 갈 계획을 세웠다가 결혼을 한 뒤에 학업을 계속할 것을 계획한다. 영식의 속물적인 욕망은 신성의 성공을 통해서 고발되고 있으며, 그것은 또 다른 한편에서는 진호의 진실한 사랑이 승리하는 것을 보여준다. 『모란꽃 필 때』는 연애 서사가 중심을 이루면서 추리소설의 구조가 약해지고 있는데, 이는 공간의 이동과 밀접한 관련이 있어 보인다. 조선이 아닌 동경에서 자립적 개인으로 성장하는 여성과 이와 대조적으로 가정생활이 파탄에 이르는 남성의 삶에는 어떤 중재자나 탐정의 활동이 개입될 수 없었다. 『무화과』의 박종엽처럼, 영식과 문자 사이를 중재할 만한 인물이 존재하지 않으며, 다만 신성의 성실하고 진실한 삶을 통해서 이들의 속물성이 고발된다.

　『백구』와 『모란꽃 필 때』는 소설의 초반부에 두 남녀의 가정 형편과 오해로 인해 파혼에 이르게 되면서 새로운 삶을 모색하는 사람들의 이야기다. 특히 초반부에 이들의 사랑을 맺어주기 위해 노력하는 중재자의 등장은 시시비비를 분명히 가려주고 있으면서도 대세를 돌리지 못함으로써 자본제적 체제의 견고함을 보여준다. 『백구』의 후반부에서는 주의자들의 범죄 사건이 등장하면서 이것을 종호가 밝혀내는 과정이 서술되고, 『모란꽃 필 때』의 후반부는 신성에 대해 적대자인 문자가 거짓 소문을 퍼뜨리면서 곤경에 처했다가 회복되는 과정이 반복된다. 여기에서 또 하나 공통적인 것은 중산층이었던 이형식이 주의자들의 음모에 의해 돈을 빼앗김으로써 몰락하게 되고, 신성의 가정은 보증을 선 이유로 파산을 하고 아버지가 죽는 불운까지 겹치는 것이다. 이렇듯 중산층의 몰락은 횡보의 중기 소설에서 끈질기게 반복되면서 작가의 미래의식을 보여주고 있다. 그렇지만 이들의 몰락은 필연적인 과정이라기보다는 어떤 논리나 추리의 과정 없이 우연성에 연루되어 있기 때문에 주제의식이 역시 퇴색되어 있다. 『삼대』의 조의관의 몰락은 구시대적인 가족주의적 가치관의 몰락이요, 시대착오적인 선택에 의한 것이었고, 『무화과』의 이원영의 몰락 역시 적대자들을 물리치기 위한 적극적인 투자에서 그 원인을 돌릴 수 있다면, 『백구』와 『모란꽃 필 때』의 중산층이 몰락하는 과정은 논리적이거나 필연적인 것이 아니라 우연한 사건이다. 그런 점에서 이들 작품을 횡보가 정의한 예술소설의 범주에 놓기보다는 '대중소설'에 가까운 작품으로 보는 것이 타당할 것이다.

3) 거짓 이미지의 추리와 혼사의 성립: 『不連續線』

『불연속선』(1936)은 횡보가 만선일보 편집부장으로 초빙되어 만주로 떠나기 전에 발표한 소설이다. 횡보의 통속소설의 개념을 면밀하게 검토한 뒤에, 『백구』, 『이심』, 『모란꽃 필 때』를 검토한 김경수는 이 작품들의 인물들은 평면적이지만, "동시대 현실을 이야기의 무대로 설정하고 그 위에서 활발한 이야기를 진행시켜 나간다."는 점에서 현실과 동떨어진 작품은 아니라고 평가하고 있다.[104] 김경수는

---

104) 김경수, 「염상섭 통속소설의 세계」, 앞의 책, 170면.

그런 논의의 연속선상에서 『불연속선』(1936)을 통속소설이나 대중소설로 치부하지 않고 횡보가 초기 소설에서 문제 삼은 '자아의 각성'과 그것을 토대로 한 진정한 사랑의 완성이라고 하는 세계관의 일단을 보여준다고 평가한다.[105] 이런 논의들은 염상섭의 1930년대 중반의 장편소설들을 새로운 시각으로 접근할 수 있는 가능성을 제공하고 있다는 점에서 의미가 있다. 소설에서 현실을 반영하거나 주의자의 등장 여부로 통속성의 기준을 삼는 것은 횡보의 소설을 논할 때에 크게 의미를 가지기 어렵다. 왜냐하면 횡보가 통속적인 구성과 소재로 창작한 작품들이라고 할지라도 김경수가 논의한 대로 현실을 반영하고, 주의자들이 등장하고 있기 때문이다. 『불연속선』을 예로 들더라도 여주인공의 과거가 드러나는 중에 주의자가 등장하고 있고, 이것이 혼사 장애의 중요한 요인으로 작용하고 있다. 그렇다면 횡보 소설의 통속성은 다른 시각에서 접근을 하거나 더 미시적인 차원에서 구분해야 할 것이다. 즉 통속적인 소재를 사용하는가 여부가 아니라 통속적 소재 속에 작가의 이념이 부여되고 있는가 하는 점이다.

　『불연속선』의 통속성은 발표지면의 특성에 영향을 받았다고 볼수 있다. 『모란꽃 필 때』나 『불연속선』이 주의자를 주인공을 삼거나, 주의자들의 활동을 그릴 수 없었던 것은 당시 총독부 기관지로 알려져 있는 『매일신보』에 실렸기 때문일 것이다.[106] 매체의 특성상 사회주의자들의 활동을 전면적으로 그리거나 이들을 옹호하는 입장

---

105) 위의 책, 186면.
106) 김윤식, 앞의 책, 615면. 횡보는 매일신보가 총독부 기관지였다는 것으로 인해 이 신문사에 정치부장으로 근무한 사실을 숨기려 했을 정도였다.

을 드러내기에는 곤란했을 것이다. 이는 이전에 『매일신보』에 연재되었던 『이심』이나 『무화과』에도 어느 정도 적용된다. 『이심』은 사회주의자인 남편이 등장하지만, 그가 활동하는 모습은 전혀 그려지지 않았고, 『무화과』의 경우에도 주의자들은 해외에서 활동하는 암시적 플롯의 주인공들이며, 명시적 플롯에서는 이들을 지원하는 국내의 동정자들이 검거되는 사건만 서술된다. 특히 이들의 지원은 막강한 언론 재벌인 안달외사에 의해 비판되면서 주의자들에 대한 작가의 태도가 애매해지는 결과를 낳았다. 또한 김완식이라는 건실한 청년이 등장하여 몰락한 중산층을 대체하려고 시도하고 있으나, 그는 노동자의 이미지보다는 이상적인 인간형에 가깝다.

또한 소설 속에서 사회주의자들의 부재는 일제의 탄압으로 인해 주의자들의 활동이 불가능한 시대적인 현실을 반영하는 것이다. 1925년 염군사와 파스큘라가 통합하여 '조선프로예맹'이 결성되었고, 1927년 9월에는 1차 방향전환이 이뤄졌으며, 1934년에는 백여 명의 프로 문인들이 검거되면서 프로문단이 해체될 위기에 처한다. 그리고 1935년 5월에는 경찰의 강압에 의해 임화가 카프 해산서를 제출하게 되면서 공식적인 프로문단의 해체가 이뤄진다.107) 이들은 『무화과』에서 드러나듯이 중국과 소련, 하와이, 미국 등으로 망명하거나 일제의 승리를 확신하면서 친일로 접어들거나 아니면 우회적인 방법으로 현실을 비판하는 방법을 택해야 했다. 이처럼 횡보는 미래에 대한 전망을 소설에 반영하는 것뿐 아니라 현실에 대한 충분한 관찰을 통해서 미래를 예측하는 시각을 보여주고 있다.

『불연속선』은 자동차 운전수와 카페 여급 간의 사랑을 소재로 하

---

107) 권영민, 앞의 책, 338–347면.

고 있다. 이 소설은 주의자나 이념적 인물의 부재로 인해 『모란꽃 필 때』와 더불어 대중소설로 분류되고 있지만, 중산층의 몰락을 보여주고 있다는 점에서 중기소설의 주제를 여전히 지속하고 있다. 그리고 『백구』나 『모란꽃 필 때』와 다르게, 중산층의 몰락이 우연적인 것이 아니라 필연적인 인과 관계에 의한 것으로 처리된다는 점에서 작가의식이 뚜렷하다. 또한 『백구』나 『무화과』에서는 부차적 인물들의 적극적인 중재를 통해 혼사를 성립시키려는 노력을 통해서 적대자들의 속물성을 폭로하고 있지만, 『불연속선』에서는 혼사 장애를 거쳐서 혼사의 성립에 이르는 과정을 주된 서사로 삼기 때문에 중재자는 사라지고, 연인들이 서로 내면을 탐구하는 것으로 서사가 진행된다. 『사랑과 죄』의 이해춘처럼, 우연하게 한 여성을 사랑하게 된 남성이 탐정의 역할을 맡게 된다.

동경에서 비행기 조종술을 배우고 귀국하여 자동차 운전을 하고 있던 진수는 변호사가 된 옛 친구 최영호와 카페 여급으로 보이는 한 여성을 자신의 자동차에 태우게 된다. 진수의 여동생들은 오빠가 자동차 운전수라는 것을 수치스러워하고, 진수 자신도 비행사 자격증을 가지고 있으면서도 자동차 운전을 하고 있는 자신에 대해 열등감을 가지고 있다. 영호는 "삼등 비행사가 자동차를 타면 사등 운전수밖에는 안 된다."며 진수를 놀리고, 진수는 자존심이 상해 영호와 말다툼을 하고 난 뒤에, 마주오던 버스와 부딪쳐 교통사고를 낸다.[108]

---

[108] 도시의 발달과 함께 도시의 인구가 늘어나고 자동차가 늘어나면서 교통사고가 발생되었다는 것은 그것 자체로 문제적인 사건이다. 이런 복잡한 도시에서 일어나는 교통사고가 추리기법에 의해 조사되는 것 또한 당연한 수순일 것이다.

경관의 조사에 의해 진수가 운전하기 전에 술을 마신 사실이 드러나면서 사고의 원인이 진수에게 있는지 아니면 그의 감정을 상하게 한 최영호에게 있는지를 가리는 재판이 예고된다. 또한 영호와 함께 자동차를 타고 있던 여자가 일본 유학을 하고 돌아와 카페 '폼페이'를 운영하고 있는 송경희라는 것을 알게 된다. 경희는 스물다섯의 독신으로, 폐가 약한 까닭에 아직까지 결혼을 생각하지 못하고 있고, 건강상의 이유로 동경유학도 중도에 그만두고 삼 년 전에 귀국하였다.

> 독자는 의당, 그까짓 종로 바닥 네온 거리에 얼마든지 디굴디굴하는 일개 다방의 마담 따위가 하상 무엇이기에 그다지 장황하게 내력을 캐고 앉았느냐고 멀미를 낼 듯하다. 그러나 사람의 호기심이란 옆집 부엌에서 된장찌개 끓이는 것도 구경이거든 하물며 교양 있고 미인인데 스물다섯이나 되도록 이때껏 독신이라니 병신인가 하고 의심하는 사람도 있고, 또 혹은 공교히 경희가 돌아오던 해에 형은 겨우 남편의 소상을 마치고 난 터이라, 젊은 과수댁이 제 생각만 하고 동생의 혼인을 저해한다는 괴악한 풍설도 돌던 한편에, 아니 그런 게 아니라, 동생이 형을 동정해서 결혼을 연기하고 있다 하여 경희를 무던하다고 칭찬도 하여왔던 것이었다. 그러므로 필자는 그 진상을 알리기 위하여 경희가 동경서 와서 다방 폼페이를 개업할 때까지의 경과를 잠깐 소개하려는 것이다.(『불연속선』, 김경수 감수, 프레스21, 1997, 41면)

서술자의 개입으로 경희의 지난 삼 년간의 내력이 소개되면서 경희의 과거에 어떤 비밀이 있을 것이라는 암시가 주어지고 있다. 이것은 그녀의 연인인 김진수가 풀어야 할 수수께끼로 던져지면서 미스터리소설의 구조를 취하고 있다.[109] 『사랑과 죄』에서 해춘이 순영의 출생의 비밀을 탐구해 가듯이 진수는 경희의 과거를 탐구함으로써 그녀의 진실을 파헤친다.

---

109) Dove, George N., *The Reader and the Detective Story*(Ohio: Bowling Green University, 1997), p.35.

진수는 사고 뒤에도 영호의 편을 들지 않고, 꽃다발을 선물하는 등의 친절을 보이는 경희에게 호감을 가지게 된다. 진수의 가정 내력도 그리 순탄한 것만은 아니어서, 교통사고를 계기로 진수는 그동안 서모로 알았던 개성집이 그의 친모라는 것을 알게 된다. 또한 일본에서 금광을 하던 아버지는 부자가 되어 돌아와, 그는 하루아침에 백만장자의 아들이 되어 주위 사람들의 부러움을 받는다. 진수와 경희가 병원 안에서 사랑을 키워가는 것을 알게 된 최영호는 임필영과 함께 이들의 뒤를 쫓아다니면서 헤살을 놓지만, 이들의 거짓말과 방해는 역설적으로 둘 사이의 신뢰를 쌓는 역할을 한다. 진수는 퇴원한 뒤에 경희의 집에 초대되어 그녀의 앨범을 구경하다가 현재 수감 중인 사회주의자 강종묵의 사진을 발견하게 된다. 강종묵은 '조선인 측의(사회주의자 그룹의) 유력한 두목'이자, XX대학 경제과 학생으로, 삼 년 전에 동경에 마지막 검거 선풍이 일어날 때 잡혀 들어갔다. 그의 사진으로 인해 진수는 경희의 사랑을 의심하게 되고, 경희 쪽에서도 자신의 과거가 드러날까 우려하게 된다. 이처럼 남성과 달리 여성의 경우, 과거의 애정관계는 현재의 사랑을 방해하는 장애물이 된다. 그리고 이어지는 이들의 대화에는 이들이 적어도 사회주의 이념의 세례를 받은 지식인들임을 암시하고 있다.

"나두 비행사를 지망하지 않았으면 지금쯤 어찌 됐을지 모르죠."
"왜요……?" 하고 경희는 놀라는 소리를 한다.
"그때쯤 한참 마음이 달뜨서 떠돌아다니던 판이라, 요행 비행장에를 가게 되었기에 망정이지 그런 위험성은 다분히 있었죠."
경희는 이 청년도 문학소년 시대와 맑스 보이 시대를 경험하였구나 하는 생각을 하며, 고개를 끄덕끄덕해 보이다가, "그래 지금은 어떠세요?"
"어떠긴 무어 어때요, 애초에 미성품이니까 말도 안 됩니다마는, 경희

씨야말로 어떠세요?"

"나요? 호호……폼페이를 경영하니까, 무슨 카무플라주 회산 줄 아십니까?"

"혹 그런지도 모르죠." 하고 진수는 웃어 보이며, 그래도 미심쩍은 듯이 빤히 쳐다본다.

"내게 그런 사람 사진이 있으니까, 이상히 생각하시겠지만, 참 정말 그리 친한 사람두 아니요, 더구나 주의(主義)로 사귄 사람은 아니에요. 그랬다면 이때껏 그 사진을 두었겠습니까. 무서워서라도 찢어버리든지 했겠죠."

경희는 이런 소리를 하면서도 그 당시 이 사진 한 장을 둘 데가 없어서 큰 사진 밑에다가 겹붙여서 감추어두던 것을 생각하고는 감개가 무량한 것을 깨달았다. 그러나 지금 와서는 모든 것이 한때 꿈이었다.(『불연속선』, 143면.)

경희에게 사회주의자와 사귀었던 과거가 있었다는 것, 그리고 그것이 현재 진수와의 사랑을 가로막는 혼사 장애로 작용한다는 것에서 통속적인 서사가 이념과 만나는 장면을 연출하게 된다. 이런 기법을 통해 횡보의 예술소설은 단순히 독자들에게 흥미와 재미를 주는 것에서 그치지 않고, 작가의 이념을 담을 수 있는 것이다. 이들은 시대적인 상황으로 인해 드러내놓고 사회주의 활동을 할 수 있는 자들은 아니지만, 적어도 자본주의의 모순에 대해서 학습한 바 있고, 계급주의 운동의 본질을 알고 있는 지식인들이다. 다음 장에서 논의할 『효풍』(1948)은 서스펜스소설의 기법을 통해서 작가의 이념을 드러내는 서사전략의 전형을 보여주는데, 『불연속선』은 이를 예비하고 있는 작품임을 알 수 있다. 최영호와 임필영은 거짓 이미지를 유포하여 진수를 경희에게서 떼어 놓으려고 한다.

당장으로 경희에게 달려가서 전후 사실을 분명히 따지고 양단간 귀정을 내고 싶은 생각이 불현듯이 났으나, 그렇게 경솔할 수야 있나 하고 참아버렸다.

'정말 데긴데긴(남녀가 관계를 끊을 때 주는 돈: 인용자)을 경희가 주었을까……? 첫째 그 자가 부자 자식 아니라나? 설사 관계 있는 계집을 못 살게 굴려는 악의를 가졌기로 데긴데긴을 요구할 리야 있나. 달라면 여자 편에서 청구할 일이지…… 그러나, 부자의 자식이 아닌지도 모르지. 그러기로 설마……'

진수는 경희의 인품을 이리저리 생각하여 보았으나, 결코 그럴 리가 만무할 것 같다. 영호가 보복으로 일부러 들어보라고 자기 앞에서 그런 말을 꺼낸 것이라고밖에 생각할 수 없다. 그러나 또 어떻게 생각하면 사람의 일이란 모를 것도 같다.

하지만 데긴데긴이 아니라면 그 이백 원은 무슨 명목의 돈인가? 진수는 집에도 들어가기 싫고 어두운 밤길을 정처 없이 헤매여 혼자 속을 끓이는 것이다.(『불연속선』, 183면)

진수는 처음에는 임필영과 최영호의 말을 믿으려 하지 않다가 경희가 강종묵에게 '데긴데긴'을 주었다는 말에 경희를 의심하게 된다. 그 의심은 진수의 친모인 개성집의 부탁으로 경희가 절교를 선언하면서 증폭되지만, 진수는 경희의 집을 찾아가 그것이 모두 거짓이고, 절교를 선언한 것도 본인의 의사가 아님을 밝혀낸다. 또한 진수의 교통사고도 최영호가 자신의 실수를 인정함으로써 "육 개월 징역에 일 년 간 집행유예"로 판결이 난다. 이렇게 거짓 이미지들을 극복하고, 장애를 함께 극복한 주인공들은 요릿집과 남산공원에서 사랑을 속삭이고, 비행기를 타고 평양 여행을 떠난다.

"누가 자기 연애를 그런 후마지메(참되지 못함: 인용자)나 놀이로 생각하는 사람이 어디 있어요. 생명이 최고봉으로 향하야 비약하는, 가장 창조적 생활 - 그런 것이 연애가 아닌가 늘 생각해요."

진수도 열심으로 이런 소리를 하였다.

"언제든지 그런 경건한 생각이 없다면 우리의 사랑은 진정한 연애가 아니겠죠. 아무리 우리가 실없이 놀 때라도 그런 생각이 없다면 그건 뭐예요? 한때 행락으로 사람 눈을 피해 다니는 화류계 남녀나 다를 게 뭐예요?"(『불연속선』, 242 - 243면)

두 사람의 대화를 통해서 횡보가 연애 이야기를 끊임없이 창작하게 된 동기를 알 수 있다. 그것은 연애가 단순한 '놀이'의 수준에 그치는 것이 아니라 "생명이 최고봉으로 향하"는 '창조적 생활'을 의미하는 것이기 때문이다. 그러나 이런 이상적인 연애는 한때의 타락이나 범죄로 인해 균열이 발생한다. 그런 범죄의 그림자는 주인공의 내면에 고통을 일으킨다. 경희는 자신이 진수처럼 육체적 순결을 지키지 못한 것에 대해 양심의 가책을 받는다. 그녀의 고통은 독자들과 공유되면서 서스펜스적인 긴장을 형성한다. 이들의 사랑이 깊어갈수록 오히려 독자들의 긴장은 심화된다. 그것은 진수의 출생의 비밀에 있어서도 동일하다. 본인을 제외한 등장인물들과 독자들이 알고 있는 진수의 비밀은 그것이 언제 밝혀질 것인가에 대한 긴장을 생성시킨다.[110] 또한 적대자들의 거짓말은 탐정의 역할을 맡은 주인공에게는 풀어야 할 수수께끼이고, 이것이 해결될 때까지 독자들은 호기심을 품게 된다. 진수는 적대자들의 '거짓 이미지'에 속지 않고 그 거짓말의 '가장 취약한 고리'를 문제 삼아 사건의 전모를 밝혀야 하는 탐정의 역할을 맡고 있다.[111] 진수는 서모인 개성집이 자신의 결혼을 서두르면서 경희와의 교제를 말리는 것에 대해 이상하게 여기면서 서모와 자신과의 관계도 의심을 품기 시작한다.

부친과 개성집은 그에게 부친의 친구인 이 변호사의 딸과 결혼할

110) 미케 발, 『서사란 무엇인가』, 한용환 역, 문예출판사, 1999, 208-209면.
111) 슬라보예 지젝(김소연·유재희 역), 『삐딱하게 보기』, 시각과 언어, 1995, 109-115면. 지젝은 탐정이 마주 대하게 되는 살인 장면은 살인자가 자신의 범행 흔적을 없애기 위해 짜맞춰 놓은 '거짓 이미지'라고 보았다. 따라서 탐정의 임무는 그 '거짓 이미지'라는 구조가 필연적으로 보유하고 있는, 표면적인 이미지의 틀에 맞아 떨어지지 않지만 주의를 끌지도 않는 세부들(단서)을 처음으로 폭로함으로써 그 자연스러움을 벗겨내는 것이라고 했다.

것을 권한다. 개성집은 『사랑과 죄』에서 등장한 해주집과 같이, 진수의 출생의 비밀을 간직한 인물이다. 진수는 아버지의 둘째 부인인 개성집이 자신의 생모인 것을 알게 되는데, 이 같은 서사는 작가의 식과는 동떨어져 있다. 『사랑과 죄』에서 출생의 비밀은 남녀 주인공의 혼사를 방해하는 결정적인 비밀이지만, 『불연속선』에서는 혼사장애와는 전혀 상관없는 사건으로 처리되고 있다. 진수의 혼사를 방해하는 인물은 경희의 경쟁자로 등장한 이 변호사의 딸 경옥이다. 그녀는 진수를 따라 동경으로 건너가서 진수의 여동생 정애와 함께 지내고, 진수는 경희와 신혼살림을 차리고 경옥과 경희 사이를 오가면서 마음을 잡지 못하는 생활을 이어간다. 이렇게 둘 사이를 오가면서 마음을 정하지 못하는 주인공의 모습은 결말에 대한 독자들의 긴장감을 높이는 효과를 낳는다. 몇 달 후에 진수가 경희와 신혼살림을 하고 있다는 소식이 조선에 전해지면서 이 변호사가 진수와 경희를 찾아온다. 경희는 이 변호사의 꾸지람에 자신의 당찬 의견을 제시하면서 위축되지 않는 모습을 보인다. 그녀가 이 변호사와 나누는 장면은 신여성들의 자유연애 사상이 실현되는 모습으로 보인다.

경희도 거기 지지 않게 말을 끊고 가만히 앉았다가, "하실 말씀이 계시건 다 하세요. 동기가 불순하다 하시니 누가 유인자제를 하였다는 말씀인지? 재산에 허욕이 나서 그랬단 말씀인지? 또는 아내 있는 남자를 남 못할 일을 하여놓았다는 말씀인지 분명히 일러주셨으면 좋겠습니다."
"요새 젊은 사람들은 소위 연애를 한다는 것을 예전으로 말하면 알성급제나 한 듯이 명예로 아는 모양이지만, 그 동기라든지 경로가 부도덕하다는 반성은 조금두 없으니 말하는 사람만 미친 사람이 되지."
이 변호사는 생각이 완고한 것도 사실이기는 하나 자기 말이 어떤 신념에서 나왔다느니보다도 꽁무니를 빼면서 어쨌든 저편으로 밀어붙이려는 듯한 인상을 주었다.

눈치 빠른 경희는 신시대에 나선 사람으로는 의외로 사람이 고루하다고 생각하면서 자기의 입장이 얼마쯤 유리해진 것을 속으로 기뻐하였다. 그러나 그 고루한 의견이라는 것도 자기 딸과의 관련만 없었으면 그렇지도 않았을지 모르리라는 것을 생각하면 동기가 불순하다는 그 말은 결국에 자기 말을 욕하는 것이요, 야비하기 짝이 없어 보인다.(『불연속선』, 325면.)

진수와의 연애를 양심 없는 행동이라고 질책하는 이 변호사의 말에 대해 경희는 논리적으로 반박하면서 그의 고루하고 완고한 사상을 폭로한다. 이 변호사의 추리는 다음과 같다. 부모의 허락 없이 자유연애를 사람들의 동기는 모두 불순하다.(규칙) 경희(진수)는 자유연애를 하고 있다.(결과) 그러므로 경희(진수)의 자유연애의 동기는 불순하다.(사례)[112] 이 변호사의 논리는 전제가 되는 규칙에서 단순화의 오류를 범하고 있다. 이 단순화의 오류는 상대방을 공격하기 위해 마련된 거짓 이미지의 일종이다.[113] 부모의 허락 없이 자유연애를 하는 남녀들의 동기가 불순하다는 것은 모든 경우에 적용할 수 없다. 그런 점에서 이것은 실제 사례를 통해서 검증되지 않으면, 사실로 증명할 수 없다고 하겠다. 그가 경희의 반박에 답변을 할 수 없는 것은 이와 같은 논리적인 오류 때문이다. 경희의 자유연애가 비극적인 결말에 이르지 않고, 당대의 기성세력들을 제압하고 있다는 점에서 이 장면은 새로운 세대의 출발을 알리고 있다. 이 변호사는 딸과 정옥을 데리고 먼저 귀국을 하고, 진수는 나중에 귀국을 하여 아버지가 병이 들어 누운 것을 보게 된다. 부친이 금광을 팔아 얻은 오만 원은 주식점 사업을 하다가 거의 탕진을 하게 되었고, 사위인 영호와 회사의 회계담당은 사업이 망해가는 중에도 몰래 자금

---

112) 카를로 긴즈버그, 앞의 글, 218면.
113) 지젝, 앞의 책, 109면.

을 빼돌려 파산을 재촉한다.

진수 부친은 사업이 실패와 아들에 대한 염려로 병이 악화되어 사망하고, 진수는 경희를 데리고 동경으로 떠나면서 소설은 마무리 된다. 부친의 죽음은 진수와 경희의 사랑의 성사시킬 뿐 아니라, 진수의 여동생이 일본에서 고시에 합격한 청년과 결혼하는 계기를 마련한다. 구세대의 몰락과 새로운 세대의 탄생이라는 점에서 '세대 모티프'이다. 횡보 소설에서 아버지의 부재나 죽음은 중산층의 몰락과 밀접한 관련이 있다. 가정 내에서 아버지는 구시대적인 부정적 인물이거나 무기력한 인물로 그려지는 것은 다음 세대에 대한 횡보의 기대와 전망 때문이다. 횡보의 전망에 따르면, 이전 세대의 봉건적이고 관습적인 삶과 세계관은 폐기되어야 할 것이고 풍자되거나 조롱될 것들이기 쉽다. 이것은 일견, 그의 전통 옹호론이나 시조 부흥론과 배치되는 것처럼 보이지만, 이것은 당시에 지식인들 사이에 만연해 있던 사회주의 사상에 대한 한국문학인들의 한 반응이다.114) 이것은 횡보가 초기 평론에서 강조한 '개성론'의 연장선에 있는 것으로서, 민족 고유의 민족성은 개인의 개성의 발현과 같은 것이다. 그러므로 『불연속선』에서 아버지의 죽음이 연인들의 혼사가 성립되는 계기를 제공한 것은 상징적이다. '자아의 각성'과 '개성의 발견'의 차원에서 전개되는 자유연애가 성립되기 위해서는 구시대적인 사고가 폐기되어야 하고, 구시대적인 가족주의나 결혼관도 폐기되어야 할 것인데, 이런 구시대를 대표하는 아버지의 죽음은 자립적 개인의 탄생을 가능케 한 것이다.

---

114) 김현·김윤식, 『한국문학사』, 민음사, 1991, 158면.

Ⅳ. 전쟁의 예측과 공포에 나타난 서스펜스의 양상

횡보가 탁월한 직관에 의지하여 미래를 전망하고, 그런 전망 속에서 소설을 창작하였다는 가설을 통해서, 2장에서는 신여성들의 자유연애를 통해 개성적 자아를 실현하려는 노력을 추적하였고, 3장에서는 중산층의 몰락과 세대 모티프를 통해 사회적인 차원에서 작가의 예측을 분석하였다. 이는 개인적인 차원과 사회적인 차원에서의 미래상을 상정하고, 그런 통찰들을 연애 사건과 추리소설적 형식에 담은 결과물이다. 이어서 해방 후 횡보는 민족적인 차원에서 미래상을 상정하고, 당대의 문제와 대결하는 모습을 보여준다.

『불연속선』(1936)을 발표한 뒤, 『만선일보』의 주필로 초빙되어 만주로 가게 된 횡보는 그곳에서 해방을 맞이하고, 신의주를 거쳐서 서울로 돌아오게 된다. 그가 신의주에서 몇 개월간 머물게 된 사정은 그의 단편 「이합」과 「재회」를 통해 암시되고 있다. 자유연애를 통한 근대적이고 자립적인 개인으로 거듭나는 것이나 중산층의 몰락 이후를 상정하면서 신세대의 출현을 갈망하는 것은 비교적 먼 미래를 상정하고 있다면, 『효풍』에 나타난 민족통일의 의지는 비교적 가까운 미래를 상정하고 있다. 횡보는 남한 단독정부의 수립이 곧 민족상잔의 비극으로 이어질 것을 통찰하고 이를 거부하는 운동에 참여하기도 했고, 그런 의지를 『효풍』에서 피력한다.

초기작들에서는 신여성의 과거에 대한 비밀을 풀어가는 방식의 미스터리소설의 서사구조를 사용하고 있고, 이는 결과에서 원인을 찾는 것으로 나아가고 있어 독자들의 호기심을 자극하였다. 중기의 장편소설은 범죄자를 찾는 것보다는 범죄가 발생된 사회적인 배경에 더 관심을 기울이고 있어서 범죄소설로 분류할 수 있고, 원인에서 결과로 나아가고 있다는 점에서는 독자들에게 긴장을 유발하는 효과를 낳는다. 이번 장에서 검토되는 작품들은 주인공이 외부의 위협 속에서 자신의 의지를 관철시키려고 한다는 점에서 서스펜스소설의 서사구조를 취하고 있다. 서스펜스소설의 거장인 패트리샤 하이스미스(Patricia Highsmith)는 서스펜스소설을 "폭력적인 물리적 행동과 위험이 가져다주는 위협을 보여주거나 위험이나 행동 자체를 서술한 이야기"로 다소 폭넓게 정의한다.[1] 서스펜스소설은 독자들이 무슨 일이 있었는가에 대한 의문뿐 아니라 무슨 일이 일어날 것인가에도 흥미가 있다.[2] 여기서는 과거의 사건이 어떻게 설명되는가에

---

1) Highsmith, Patricia., *Plotting and Writing Suspense Fiction*, USA: The Writer, 1966, p.1 그녀의 소설 중 『Strangers on a Train』은 용의 선상에서 벗어나기 위해 두 범죄자가 공모하여 서로 상대방이 죽이려고 계획한 인물을 살해하는 '교환' 살인의 이야기다. 한편으로는 살해의 위협을 보게 됨으로써 긴장감을 주고, 다른 한편으로는 범죄의 미스터리를 풀어야 하는 서스펜스소설의 전형적인 형식을 보여준다.
2) 토도로프, 앞의 책, 57-58면.

대한 호기심과 함께, 앞으로 주인공에게 무슨 일이 벌어질 것인가에 대한 긴장감이 살아 있다.[3] 이것은 추리소설의 세 요소인 탐정, 범인, 희생자 중에 희생자를 중심에 놓기 때문이다.[4]

> 독자는 죽음의 위협을 받고 있는 희생자의 감정 상태를 들여다볼 수 있다. 위험은 언제나 어디서나 도사리고 있다. 그 위험이 눈에 보일 때 희생자는 그것을 피하려고 노력한다. 희생자가 직접 탐정이 되기도 하고, 희생자를 보호해 주는 탐정이 나타나서 범인을 쫓는다. 따라서 위협, 기다림, 추적이 서스펜스소설의 세 요소이며, 그 과정에서 생기는 '두려움'이 독자에게 전달하고자 하는 효과가 된다. '서스펜스'는 바로 그 기다리고 추적하는 시간과 희생자에게 다가오는 위협의 팽팽한 긴장관계를 이룬다. 희생자는 결백하다. 희생자에게 공격 능력이 없을 때 그 결백함은 독자의 가슴을 파고드는 것이다.[5]

송덕호의 정의에 따르면, 서스펜스형의 추리소설은 희생자를 중심에 놓고 있기 때문에, 언제 어디서나 위험이 도사리고 있고, 이것이 독자들에게 두려움을 전달하게 된다. 뢰테르는 서스펜스소설의 서사적 전개를 세 단계로 요약하고 있다. (1)치명적인 위험이 선량한 인물을 위협한다. (2)종말이 가까워졌다는 사실이 소설의 서두에 알려진다. (3)독자들은 그 사실을 등장인물들보다 더 잘 알고 있다.[6] 위험에 처해 있는 희생자를 주인공으로 하기 때문에 독자들은 희생자들을 자신과 동일시하면서 '두려움'을 느끼고, 운명적인 종말이 예고되면서, 독자들은 "주인공이 그런 운명에서 벗어날 수 있을까?"에 대한 호기심을 품게 된다. 독자들은 작품의 여기저기에서 서술된 정

---

3) 위의 책, 58면.
4) 송덕호, 앞의 글, 40면.
5) 위의 글, 같은 면.
6) 뢰테르, 이브(김경현 역), 『추리소설』, 문학과지성사, 2000, 146면.

보를 통해 희생자나 그 주변인물들이 알아차리지 못한, 운명적인 종말을 피할 방법을 알고 있다. 희생자는 이 사실을 알지 못한 상태에서 점점 더 파국으로 치닫기 때문에 독자들의 긴장을 더욱 고조시킨다. 독자들은 전지전능하다는 점에서 공격자이고, 동시에 희생자들을 위해 아무것도 할 수 없다는 점에서 희생자라고 할 수 있다.[7] 서스펜스소설에서 시간과 장소는 기능적인 역할을 수행함으로써 시간은 종말의 시기를, 공간은 탈출구의 부재를 구체적으로 드러낸다. 장소는 닫혀져 있거나 감추어져 있거나 어두우며, 시간은 한정되어 있거나 짧은 편이다. 일정한 시간이 종말로 알려지면서 시간은 소설의 핵심적인 주역으로 변신한다. 인간의 입장에서 시간은 대항하여 싸워야 할 적이 된다.[8]

뢰테르는 서스펜스소설의 구성을 다섯 단계로 정리하였다. ①독자들만이 알아챌 수 있는 위험한 상황의 설정 ②위험의 구체화 ③운명적인 종말로의 진행 ④단서들의 재구성을 통한 추리와 사건의 해결 ⑤행복 또는 불행한 결말이 그것이다.[9] 횡보의 후기소설은 당대 사회의 위협적인 환경에 의해 고통받는 인물을 그리면서 서스펜스소설의 구조와 유사해진다. 그러므로 횡보 소설은 서스펜스소설의 구성과 정확하게 들어맞지 않지만, 긴박한 현실과 그로 인한 위협이 서스펜스의 서사 구조를 만들어 낸다.

『효풍』(1948)은 남한단독정부 수립(1948년 8월 15일)을 눈앞에 두고, 이를 저지하려는 횡보의 절박한 심정을 담고 있다. 해방 후 그

---

7) 뢰테르, 앞의 책, 148면.
8) 위의 책, 152면.
9) 위의 책, 155면.

의 단편들은 남북한의 분단이 진행되는 가운데서 삼팔선을 넘는 가족들을 통해 분단이 가져다줄 고통을 예고하고, 『효풍』은 이런 인식의 결정체로써 주변의 폭력과 위협 속에서도 분단을 극복하려는 중도파들의 정치의식을 그리고 있다. 『취우』는 전쟁의 발발과 한강대교의 폭파로 인해 인공치하의 서울에 갇힌 인물들이 겪는 위협을 보여준다. 『효풍』이 시간과 대결하고 있다면, 『취우』는 공간과 대결하고 있다. 『취우』의 주인공들은 전쟁의 위협과 징병의 위협에 놓여 생존을 위해 끊임없이 공간을 이동한다. 이번 장에서는 해방 후 장편과 일부 단편에 나타나는 서스펜스의 특성을 분석하고, 여기에 드러나는 작가의 전망과 이념을 규명하고자 한다.

1. 가족 갈등에 나타난 전쟁의 위협

1) 분단의 진행과 이혼의 위기

① 체험의 서사화를 통한 긴장의 강화: 「混亂」, 「三八線」 外

1936년 만선일보 편집국장으로 초빙되어 홀연히 만주로 떠났던 횡보는 1939년 9월에 편집국장을 사임하고 안동(安東)의 대동항건설주식회사(大東港建設株式會社) 홍보담당 사원으로 일했고, 그곳에서 해방을 맞이한다. 해방 후 10개월이 지난 후에야 서울로 돌아온 횡보는 만주에서 서울로 돌아오는 여정을 「삼팔선」, 「이합」, 「재회」 등의 단편소설을 통해 형상화했다. 「混亂」(1949)은 만주에서 해방을 맞은 조선인들을 묘사하고 있다. 만주인들은 사흘 밤낮으로 해방의 기쁨을 즐기는 춤과 음악 속에서도 질서 정연한 절도를 잃어버리지 않았고, 일본인들은 비록 패전한 망국민들이기는 하나 "자숙과 단취(團聚)로 은밀한 경계망을 치고 집집마다 첩을 박고 끽 소리도 없이" "평온 무사하며", 중국인 측도 자국인이 치안을 담당하고 배급에 차별을 받지 않게 되어 좋아하는 판인데, 오로지 조선인들만 "아침부터 주정군의 단속과 싸움 말리며 다니기에 눈코 뜰 새가 없었고, 그 싸움이라는 것도 일본 사람과의 문제가 아니라 조선 사람끼리 아귀다툼이요 그중 일이 할은 중국 사람과의 충돌"이었다. 이처럼 「혼란」의 최창규의 눈에 해방 후의 조선인들은 타민족들과는 다르게 혼란의 상황에서 헤어 나올 줄을 모르고 있었다.

이 단편은 두 가지 점에서 흥미로운데 하나는 해방 후 횡보가 만주에서 나오게 된 배경을 설명하고 있고, 다른 한편으로는 남한 단독정부가 수립된 이후의 분단된 조국의 미래를 상징적으로 보여주고 있다. 문제는 해방 후 만주의 '조선인회'가 둘로 나뉘면서 서로 기득권을 놓지 않으려고 버티기 시작하면서 발생한 것이다. 중앙에서 약간 떨어진 사성자(四城子) 일대에 사는 조선인들이 독립된 조직을 형성하여 창규가 부회장으로 있는 조선인회의 총퇴진을 요구하며 위협한다. 창규는 그의 조직의 우두머리인 임회장을 설득하려 하지만, 임회장은 자신의 무능력을 인정하지 않고 물러서지 않으려 한다. 조선인회 사무실에 떨어져 있는 핏자국은 조선인회 간의 알력 다툼이 언제든지 폭력을 부를 수 있다는 것을 예고한다. 독자들은 주인공의 이런 인식을 공유하고, 앞으로 일어날 사건들을 예측하며 긴장하게 된다.[10]

이런 와중에 아내의 친구가 갑자기 죽는 통에, 어쩔 수 없이 일본인 장의사를 불러 장례를 지내게 되면서, 창규는 만주인들이 일본식 장의차를 보고 습격을 하지 않을까 걱정한다.

그러나 장의 마차가 떠나려니까 장의사에게 따라 온 주인 여편네가 마차부의 옆에 톡 튀어 올라앉는 것을 보고 창규는 매우 불쾌하였다. 불쾌라기보다도 불안을 느끼는 것이었다. 창규는 태우거나 묻거나 장사를 지내려 가는 마당에, 설혹 불온한 기세가 있기로 별 혹작질이야 하랴 하는 생각이면서도, 만일 만주인 측에 배일사상이 머리끝까지 올라 있다면 일본식 장의차만 보고도 무지한 노동자들은 습격을 해올지 모를 것이라는 조심이 없지 않았다. 그런데 더구나 일본 여자가 맨 앞에 댕금히 앉았으니 저희 장사속인 것을 말릴 수는 없으나 역시 마음에 덜 좋았다.(「混亂」, 『전집』 10권, 163면.)

일본식 장의차로 인해 만주인들의 습격이 우려되는 차에 일본 여자가 마차의 앞에 올라앉으면서 창규의 불안은 더욱 심해진다. 불안 속에서 마차가 무사히 화장장에 도착하였으나 거기에는 그의 반대파 조선인회에 속한 청년들이 군복을 입은 소년들과 함께 기다리고 있었다. 그의 우려와는 다르게 그들은 부의금을 내놓는 친절을 보였으나, 창규는 그것이 "소년 군복으로 조직이 튼튼한 면을 보여 가며 한편으로는 위협을 하고 회유하는 수단"이라고 생각하였다. 장례를 마치고 돌아온 그를 기다린 것은 '만인(滿人, 만주인)' 도둑이 들어, 어린 것과 함께 불안에 떨고 있는 아내였다. 그들이 무기라도 들고 왔다면 더욱 위험한 지경에 놓였을 것이라고 창규는 가슴을 쓸어내린다. 이처럼 만주에서 해방을 맞은 횡보의 상황은 한편의 소설에 고스란히 묘사되면서 그가 만주 생활을 청산하고 신의주로 옮아온

---

10) 뢰테르, 앞의 책, 148면.

이유를 설명하고 있다. 만주인들의 조선인들에 대한 위협은 1949년에 탈고된 채만식의「소년은 자란다」에서도 나타난다. 간도에서 해방을 맞은 영호의 가족은 조선으로 돌아가기 위해 정거장까지 나섰다가, 소나무 소반을 가지러 다시 집으로 돌아갔던 어머니가 만주인 강도를 만나 아기와 함께 길에서 죽음을 당한다. 이처럼 해방 후 만주에 거주하던 조선인들은 안팎으로 생존의 위협에 놓여 있었음을 알 수 있다.

소설의 서두에 갈등이 제시되면서 독자들은 주인공이 당하고 있는 위험을 알게 되고, 이 위험이 언제든지 현실화될 것이라는 예측은 독자들을 긴장시킨다.[11] 주인공은 이런 위험을 피해갈 것인가? 아니면 이런 위험이 주인공을 심각한 상황에 빠뜨릴 것인가?「혼란」에서는 조선인들 간의 알력다툼을 문제 삼으면서 분단의 상황이 초래할 미래를 예견하고 있었던 것이다. 조선인 자치구에 두 개의 조선인회가 결성되고, 한쪽에서 다른 쪽에게 권력을 내놓을 것을 요구하면서 테러를 예고하는 것은 한 민족 안에 두 개의 국가가 들어서는 것을 상징하며, 이런 일련의 과정이 전쟁으로 이어질 것이라는 통찰에 이른다. 그러므로 해방 직후 만주에서의 조선인들의 갈등은 1949년의 조선의 현실과 겹쳐지고 있다.

횡보는, 이광수와 김동인과는 다르게, 역사소설은 한 편도 창작하지 않았고, 자전적인 사실을 소설의 소재로 취하는 데도 소극적인 것으로 알려져 있으나, 해방 후에 발표한 단편소설들은 자전적인 성격이 강하게 나타난다.「혼란」이 그렇고, 만주에서 돌아온 뒤에 서울에서 발표한 해방 일주년 기념작「解放의 아들」(1946, 원제:「첫거

---

11) 뢰테르, 앞의 책, 146면.

름」)이 그러하다. 이 작품은 중국 안동에서 신의주로 이주해 온 김홍규가 옆집에 사는 일본인의 부탁으로, 해방 전 일본인으로 행세하던, 조카딸의 조선인 남편을 안동에서 데려오는 이야기다. 홍규는 조선인이면서 그동안 일본인 행세를 하던 조준식에게 조선인의 정체성을 가지고 살 것을 권유하지만, 일본인으로 취급받으면서 고생을 하던 준식은 일본으로 돌아가려고 마음을 먹는다. 홍규는 그런 준식에게 태극기를 사주면서 민족적 정체성을 잃지 말 것을 간곡히 부탁한다는 다소 낭만적이고, 민족주의적 색채가 짙은 작품이다.

「삼팔선」(1948) 역시 신의주에서 사리원을 거쳐, 삼팔선을 넘어 월남한 황보의 자전적 삶을 소재로 하면서도 뢰테르가 정의한 서스펜스소설의 구조를 취하고 있다. 먼저 '나'의 가족들은 피난민들로서 죽음의 위험을 무릎 쓰고 삼팔선을 넘어야 한다. 주인공들이 위험에 처해 있다는 사실이 알려지고, 그 위험이 구체적으로 서술된다. 주인공 '나'의 가족은 신의주에서 신막으로 부친 짐을 찾기 위해 사리원과 신막 사이를 오가는 애매한 고생을 하게 된다. 이들의 이동 경로를 요약하면, 신의주->사리원->신막->사리원->금천->삼팔선->개성의 순이다. 이들은 연안 배천(白川)에 만연하고 있는 전염병의 위험에도 노출되어 있고, 돈을 아끼기 위해 구제소에서 잠을 잘 때에는 낯선 사람들과 함께 밤을 보내야 하는 위험에도 여러 번 노출된다. 교통이 불편하고 잠자리도 좋지 않은 상태에서 사리원에서 신막으로, 신막에서 사리원으로 이동하는 동안, '나'는 삼팔선을 넘지 못할까 노심초사하게 된다. 이들은 삼팔선을 넘은 사람들의 이야기를 듣고 두려움에 빠진다. 삼팔선을 넘기 위해 여러 가지 길들을 모색하고 있으나, 배천 길은 전염병으로 인해 막히고, 신막 쪽은

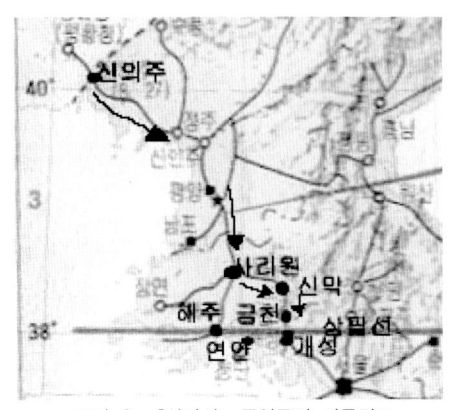

<그림 2> 「삼팔선」 주인공의 이동경로

조사가 심한데다가 산길을 걸어야 하는 위험이 있고, 동해주 쪽도 여의치가 않다는 말을 듣고 주인공의 가족들은 사리원에서 하룻밤을 보낸다. '나'는 한밤중에 어디선가 나는 총소리에 세 가지 사건을 떠올린다. 총소리와 관련된 이 세 가지 사건이 삽입되면서 긴장감이 높아지는데, 이 총소리는 곧 삼팔선을 넘을 때, 소련병사에 의해 죽을 수도 있다는 위험을 예고하기 때문이다. 내가 떠올린 것은 해방 직후 중국 안동에서 신의주로 넘어오는 다리 위에서 듣던 총소리와 피난 중에 신의주에서 있었던 '학생사건', 즉 신의주학생의거로 인해 총을 든 보안대원의 위협에 당황하던 기억이다.

> 소위 <학생사건> 당일에는 전날 밤에 아무 까닭 없이 붙들려 들어간 청년의 석방 교섭을 하려 새로 두 시쯤이던가 막 도청 문을 바라보고 들어가다가 뒤늦인 학생들이었던지 모자 벗은 중학생들이 몰려가고 기마 순사가 뛰고 하는 양에 또 무슨 일이 나는가? 하며 쫓아가자니, <으악>소리가 나자 탕, 탕 소리가 바로 열아 문간 통 앞에서 났다. 에크머니하고 길 가던 사람은 누구나 우중우중 섰다. 총소리는 끊쳤다가 또 으악 소리에 뒤달아 났다. 여기서도 유탄(流彈)이 무서워서 뒷길로 새어나왔다. 시립병원 앞이다. 벌서 저 위편 골목에서는 넘어진 학생들을 업고 껌언떼가 쏟아져 나왔다.(「삼팔선」, 『전집』 10권, 69면.)

신의주학생의거는 1945년 11월 23일 광복 후 3개월 만에 일어난 반공·반소 운동으로 약탈과 강간을 일삼는 소련군들과 소련을 등에 업고 북한을 공산화하기 위해 강압정책을 펼치는 김일성에 반대하며 일어난 사건이다.[12) 당시 소련군과 북한 공산당은 시위대를 향해 기총소사를 자행하여 23명의 사상자와 700명의 부상자를 냈다. '나'는 신의주학생의거를 경험하면서 갑신정변에 일어났던 우정국 사건을 떠올렸다. 이렇게 총소리를 통해 일어나는 자유연상은 작가 염상섭의 자전적 경험과 일치하며,[13) 삼팔선을 넘는 동안 주인공의 가족들이 겪는 죽음의 위협을 예고하고 있다.

사리원에서 연착된 기차를 타고 신막에 도착한 가족들은 트럭을 빌려 금천으로 간다. 이들은 밤늦게 금천에 도착해서는 보안서원의 취조를 받지 않기 위해 지체하지 않고 소달구지에 짐을 싣고 '암야행진'을 하게 된다. 이들은 금천으로 가는 길에 물을 건너기도 하고, 소련병의 포위를 당하기도 하면서 마침내 삼팔선 근처에 이른다. 드디어 이들의 운명을 결정하는 결정적인 사건을 향해 이야기가 전개되면서 주인공들은 삼팔선을 넘는 위협과 정면으로 마주한다.[14) 삼팔선을 넘는 길은 다양한데 이들 가족이 택한 길은 산등성이를 넘는 것이었다. 소달구지로는 짐을 옮길 수 없는 산길이기에 어른들은 각자 짐을 하나씩 맡은 상태이고, 세 살짜리 동생을 업은 육학년 딸

---

12) 강준만, 『한국현대사 산책』, 인물과사상사, 2006. 140−141면. 조만식이 이끄는 조선민중당의 인기로 학생들과 공산당원 간에 갈등이 일어나고, 이 갈등은 신의주에서 최고조에 달한다.

13) 염상섭, 「별을 그리던 시절」, 『지성』 1958년 가을, 79면. "열살 前後, 나의 어린 첫 꿈은 銃소리와 함께 깼었는지 깨어졌는지 何如間 요란한 세상에 두 눈을 크게 뜨게 되었었다. 고종황제의 양위조서가 발포되던 그날(광무11년, 융희원년 7월 19일) 낮에 전조(견지동)의 시위대에서 호두닥거리며 터져 나온 총소리를, 나는 소격동 종친부(지금의 수도육군병원) 앞 개천가의 우거진 고목 밑에 혼자 우두커니 서서, 나무 위에서 선들히 울어재치는 매미소리와 함께, 선잠에서 깨인 아이처럼 멀거니 듣고 있었다." 횡보가 어린 시절 들었던 총소리는 생명의 위협보다는 국가의 멸망을 알리는 소리였다.

14) 뢰테르, 앞의 책, 155면.

은 힘에 부쳐서 엉엉 운다. 이들 가족에게 언제 날아올지 모르는 총탄의 위협은 긴장을 넘어서서 두려움을 일으킨다. 이 총탄은 주인공의 기억 속에서 생생하게 살아 있는 죽음의 위협과도 같은 것이다.

> 길치로 비켜 세우고 어린 것을 내려놓았으나 업을 사람도 안을 사람도 없다. 앞에서 끌어 올리고 뒤에서 엉덩이를 떠받들며, 걸리기 시작하였다. 세상에 나온 지 삼 년 남짓 해서부터 죽을 고생이다. 어린마음에도 이밖에는 살길이 없는 줄 알았던지 몇 번이나 겪은 노서아병정이 무서운 줄은 아는지 눈만 껌벅거리며 찍소리 없이 지치발지치발 끌려 올라간다. 어쩐둥 산등성이까지 기어올러는 왔다. 그러나 땀 드릴 새도 없이 얼른 몸을 감추지 않으면 어디서 팽하고 탄환이 날아올지 모를 것만 같다.(「삼팔선」, 『전집』 10권, 92면.)

이렇게 이들 가족은 생존의 위협 속에서 삼팔선을 넘었으나 막상 삼팔선을 넘고 보니 철책도 없고, 보이지도 않는 삼팔선에 허탈해한다. 가족들이 삼팔선을 무사히 넘게 됨으로써 소설은 잠정적인 행복에 도달하게 됨으로써 서스펜스소설의 구조가 완성된다. '나'는 삼팔선이라는 지울 수 없는 선을 넘은 오늘의 일을 후손들이 어떻게 받아들일까 생각하면서 심각해지기도 한다.

> 다음날에 자식들이 자라서, 소위 三八선이라는 역사에서 지울 수 없는 검은 줄을 오늘에 이렇게 넘었더라는 사실을, 기억에서 찾아내고 기록에서 본다면, 어떠한 감개가 있고 저의 선대(先代)를 어떻게 생각할고? 하는 생각을 하면 분한 것이 지나쳐 어이없는 웃음이나 커닿게 웃었으며 조금은 시원할 것 같으나, 그런 웃음조차 나오지를 않는다.(「삼팔선」, 94면.)

횡보답게 주인공은 삼팔선을 넘으면서도 다음 세대가 자신이 겪은 사건을 어떻게 해석할까 예측하면서 감회에 젖고 있다. 이처럼 횡보는 늘 미래의 관점에서 현실을 해석하고, 다음 세대를 의식하면서 소설을 창작한다. 삼팔선을 넘은 이들 가족이 개성으로 들어가는 길목에서 처음 만난 사람들이 미국 병정이라는 것은 의미심장하다. 북한에서는 소련군의 점령으로 학생들이 시위를 하다가 총에 맞아 죽고, 남한에서는 비료가 없어서 쌀이 귀해 굶어죽을 형편이다. 이처럼 「삼팔선」은 자전적 체험을 서스펜스소설의 구조로 형상화하면서 해방 후 혼란스런 남·북한의 상황을 그리고 있다. 죽음의 위협 속에서 월남하는 가족들의 이야기는 독자들에게 두려움의 감정을 전달하고 있다. 특히 총소리로 대표되는 죽음의 위협은 소설의 긴장을 고조시켜서 두려움의 감정까지 유발하고 있다. 또한 공간의 이동 과정에서 가족들의 신변을 위협하는 갖가지 요소들도 역시 두려움의 감정을 증폭시키고 있다.

② 이혼의 위기와 자녀들의 미래: 「離合」, 「再會」

횡보는 해방 후부터 다수의 연작소설을 발표하는데, 「離合」과 「再會」(1948)가 그중 하나이다. "이남을 망치는 존재는 모리배와 탐관오리"이고, "이북에서 가장 문제되는 존재는 열성당원"이라는 주인공 장한의 주장을 조남현 교수는 "당대의 독자들은 수긍하지 않아도 미래의 독자들은 납득하는 그런 통찰력과 혜안"이라고 평가한다.[15] 이 평가는 횡보의 문학에 나타난 미래에 대한 통찰과 혜안을 예리하게 지적하고 있다. 이 연작은 남북한이 삼팔선으로 나뉘어 분단이 진행되는 과정을 부부싸움으로 형상화하고, 이를 극복하는 과

---

15) 조남현, 「'알'처럼 숨겨진 횡보 문학」, 『문학사상』 1997. 8. 133면.

정을 통해서 통일에 대한 염원을 담고 있다. 작품의 주제는 부부싸움의 원인에서 드러나고 있는데, 이는 소설적 긴장을 조성하는 데도 기여하고 있다. 「이합」은 사상 문제로 갈등을 빚던 부부가 헤어지는 이야기이고, 「재회」는 아내가 남편을 따라 월남하면서 부부가 재회하는 이야기다. 단순한 구성이지만, 해방 직후의 단편소설들이 자전적인 체험을 서술하는 데 그쳤다면, 이 연작은 남한단독정부수립을 앞에 둔 횡보의 정치사상을 보여주고 있다.

1946년 남한의 문단은 좌우 세력이 첨예하게 대립하면서, 좌익 계열의 조선문학가동맹 측에서는 염상섭에게 가입을 권유하였고, 우익 계열의 전 조선협회와 조선청년문학가협회에서도 그의 태도의 표명을 요구하지만, 그는 어느 쪽에도 속하지 않으면서 중간파 또는 회색분자로 지목되어 비난을 받게 된다.[16] 권영민 교수는 당시 중간파의 정치적 입장과 중간파 문인들의 문단 내의 위치를 다음과 같이 정리하고 있다. 먼저 해방 후 정치적 상황은 미·소 양군의 주둔과 남북의 분단이라는 외적 조건에 의해 좌우되고 있었고, 남한의 경우에는 보수적인 민족세력인 한민당과 한독당이 창당되면서 좌익집단인 조선공산당과 대립된다. 이들의 이념이 충돌을 거듭하고, 미·소 양군의 주둔으로 민족과 국토의 분단이 점차 기정사실로 굳어가자, 여운형·김규식을 중심으로 '좌우합작위원회'(1946. 7)가 조직되어 좌우세력이 새롭게 규합하고 통일민주정부를 수립해야 한다는 원칙을 천명한다. 그러나 이들의 원칙은 좌우세력의 극렬분자들의 반대로 진전을 보지 못하다가 아무런 타결책을 찾지 못한 채 분단이 고착상태에 접어든다. 중간파의 입장은 바로 이러한 정치적인 소용돌

---

16) 권영민, 「염상섭의 중간파적 입장」, 『염상섭 전집』 10권, 민음사, 1987, 316면.

이 속에서 좌우세력의 중간 지대에 서 있던 정치인들을 지칭하던 말인데, 문단의 경우에도 중간파는 정치적 파당성을 비판하고 문단 조직에서 손을 뗀 문인들로 구성된다.[17] 이들 중간적 입장의 문학인들은 문단적 조직이나 단체를 따로 결성하지는 않고 자주 회동하면서, 자유롭게 문학적 담화를 즐겼다. 만주에서 귀국한 염상섭은 이들의 입장에 동조하면서, 파당적 아집을 버린 채 자유롭게 문학을 논할 수 있는 문학인들의 모임이 진정으로 문학운동의 성숙을 가져올 것이라고 말하기도 한다.[18] 이러한 횡보의 중간파적 입장은 그의 문학작품에 주제의식으로 자리 잡고 있다. 이런 횡보의 이념을 직접적으로 천명하고 있는 작품이 「이합」「재회」 연작과 자유신문에 연재한 장편소설 『효풍』(1948)이다.

「이합」의 주인공 장한은 아내가 밤마다 아이들을 방치하고 밖으로만 나도는 것에 불만을 품고 있다. 일 년 전 처남과 함께 중국 봉천에서 S읍에 정착하였다가[19] 처남은 먼저 월남을 한 상태이고, 현직 교원으로 일하던 장한은 군(郡)의 교육과장으로 있는 처고모부가 접수가옥(接受家屋)을 사택으로 내어준 덕에 여기에 발을 붙이고 살게 된 것이다. 그러나 이제는 식량 사정이 군색해 갈 뿐 아니라 이념적인 차이로 인해 아내와의 사이도 점점 멀어지는 상태이다. 오늘도 장한은 네 살짜리와 여섯 살짜리 어린애들을 남편에게 쓸어맡기고 집을 나서려는 아내 신숙과 말다툼을 하고 결국은 이혼 얘기까지 나오게 된다. 이들의 갈등의 표면적 이유는 아내가 '군지부 부위

---

17) 위의 글, 317 – 318면. 비평가로는 백철, 소설가로는 정비석, 계용묵, 시인으로는 김광균, 장만영이 중간적 입장에 선다.
18) 권영민, 앞의 글, 318면.
19) 김윤식, 앞의 책, 715면. 자전적 기록에 의하면 염상섭이 머물던 S읍은 신의주이다.

원장'이 되면서 낮이나 밤이나 밖으로 나돌게 된 까닭이다. 결국 이들은 아이를 하나씩 맡아서 갈라서자는 말까지 하고, 남편의 만류에도 불구하고, 아내는 집을 나가 외박을 한다. 남편이 집을 비운 사이, 아내가 월남을 위해 남겨 둔 돈 만 원 중 절반을 가져간 것을 보고, 장한은 이혼을 결심하게 된다. 이들의 이혼은 이제 기정사실화가 되면서, 운명적인 종말이 예고된다.

장한이 일하고 있는 학교에서는 젊은이들을 중심으로 신숙의 급진적 여성 해방론을 두고 '삼팔선의 노라'라고 칭송한다는 말이 들린다. 장한의 학교 동료인 현 선생은 이들 부부의 갈등이 민족적인 갈등을 상징한다고 말한다.

> 「무어라고들 합디까?」
> 장한이는 필시 자기네 소문이 났을 텐데 교원실에서도 전보다 다른 눈치로 자기의 얼굴만 말끔히 치어다들 보고 아무도 입 밖에 내는 사람은 없어서 겸연쩍고 궁금하고 하던 차라 도리어 반색을 하였다.
> 「아니 요새 부인과 각거(各居)를 하신다니, 아니 이건 가정의 삼팔철벽이란 말요?」
> 하고 현선생은 실소를 한다.
> 「그야 가정은 소국가(小國家) 아니요. 허허허」(「이합」, 『전집』 10권, 109면.)

장한이 부부의 별거는 삼팔선으로 이들의 갈등은 분단의 현실로 각각 상징되고 있는데, 이들의 갈등의 심층적인 원인에는 이념적 차이가 놓여 있다는 것을 알 수 있다. 현 선생은 장한에게 아내와 화합하고 학교에서도 살아남기 위해서는 겉으로라도 당의 사상에 동조하는 것처럼 보일 것을 권고하지만, 장한은 사상의 전환이라는 것이 하루아침에 가능한 것도 아니고, "인텔리로서 양심이 허락할" 수가 없다고 거절한다. 그는 남한으로 내려가기 위해 짐을 꾸리면서 새로운 계획을 세우기에 분주하다.

아내와 이혼할 것을 결심하고 짐을 꾸리면서 장한은 공부도 하고 출세도 하겠다는 야심찬 계획을 세운다. 여기서 주목되는 것은 자전적 체험을 소재로 한 「삼팔선」을 제외하고는 해방 후 횡보 소설의 주인공들의 연령이 대부분 청년이나 결혼한 지 얼마 되지 않은 신혼부부로 설정된다는 점이다. 「해방의 아들」의 홍규는 해방과 함께 아들을 얻는 감격을 맛보는 젊은 부부이고, 「혼란」의 창규와 「이합」과 「재회」의 장한도 역시 어린 아이를 둔 젊은 가장이다. 이것은 해방 후 작품들에만 해당되는 것은 아니다. 횡보 소설의 주인공들은 대부분 젊은이들이 주인공으로 등장하고 있다. 이는 중기 장편소설을 분석하면서 알 수 있었던 것과 같이, 자기 세대의 감각에 머물지 않고 다음 세대들을 통해서 현실 문제를 해결하려는 횡보의 시각과 관련이 있다. 그것은 횡보의 미래에 대한 희망과 기대를 담은 것으로써 다음 세대가 현재의 문제를 해결하고, 민족과 국가를 이끌어갈 것이라는 기대를 내포한다. 해방 후 문단의 원로로 대접받고 있는 50대의 횡보가 미래에 대한 기대를 장한의 계획을 통해 드러내고 있다.

「이합」은 부부가 헤어지는 것으로 마무리되면서 분단이 공고해지는 현실을 상징하고, 「재회」는 아내가 딸과 함께 월남하면서 횡보의 분단 극복의 의지를 드러낸다. 이들 부부의 갈등이 남북한의 분단을 상징하는 것처럼, 이들의 재회 역시 부부 간의 재결합 이상의 의미를 띤다. 이들 부부의 이별과 만남은 분단 극복의 알레고리인 셈이다.[20] 장한이 삼팔선을 넘는 모습은 앞서 발표된 「삼팔선」을 재현하고 있는데, 이 작품에서는 월북하는 처남을 만나는 장면이 추가되어 작가의식을 드러내고 있다. 장한은 처남인 진호에게 월북하는 이유를 묻자 "시골 있자니 시끄럽고 서울서는 할 일이 없어 밥을 굶을 지경"이기에 고향을 찾아 나선다는 것이다.

> 「내 주제에 무얼 했겠나마는 틈바구니에 끼어서 한참 볶여댔네. 조그만 지방에서 신문 지국장이라면 그래도 유지라고 좌우에서 제각기 낄라는 데 아무 데도 낄리지 않고 소위 중간노선을 걷자니 결국은 좌우에 다 실인심을 하고 미움을 받게 될 수밖에! 이번에도 결국은 안팎 곱사둥이가 돼서 이 지경일세」
> 하며 진호는 웃으면서도 그 눈만은 여전히 날카롭게 신경질로 앞뒤를 경계하는 눈치다.
> 「한편에서는 가담 안한다고 노려보구 또 한편에서는 가담 안했을 리가 없으리라고 시달리고 추궁을 하니 이거야 살 수 있나……」
> 「허허허 자네게두 인제 정치 노선이란 것이 섰네그려? 아뭏든지 해방이 좋기는 하이」(「재회」, 『전집』10권, 119면)

월북하는 처남의 푸념 속에는 남한의 좌우대립 속에서 중간노선을 걷고 있는 횡보의 내면이 그대로 드러나고 있다. 진호가 늘어놓는 사건의 전말은 조선문학가동맹이 염상섭의 의사와는 상관없이 그를 중앙집행위원에 지명하였으나, 이를 수락하지 않고 다른 중간파 문인들과 보조를 같이하면서, 민족계열의 문학단체와도 일정한 거리를 둔 것이다.[21] 염상섭이 좌익 문단의 조직요원으로 이름이 오르내리자, 민족계열의 문인들이 가담하지 않았을 리 없다고 추궁을

---

20) 알레고리(Allegory)는 일차적 의미(표면적 의미)와 이차적 의미(이면적 의미)를 모두 가지도록 고안된 이야기이다. 「이합」·「재회」 연작에 나타난 부부의 이별과 만남은 표면적으로는 사적인 갈등을 다루고 있는 것처럼 보이지만, 이면적으로는 분단의 현실의 문제를 다루고 있다. 『문학비평용어사전』, 한국문학평론가협회 편, 국학자료원, 2006, 406면.
21) 권영민, 앞의 글, 316면.

하고, 좌익계열의 단체에서는 가입하지 않는다고 노려보는 상황이다. 횡보는 좌우의 틈바구니에서 회색분자로 몰리면서 진호처럼 다시 월북을 하고 싶었던 것인지도 모른다. 이처럼 장한이 삼팔선 근처에서 처남을 만나는 장면은 남한과 북한이 분단의 상황으로 인해 모두 좋지 않은 쪽으로 흘러가고 있을 뿐 아니라 그것이 결국은 민족 전체의 문제로 확산될 것이라는 예측을 보여준다. 이것은 부부의 이혼이 부부의 문제로 그치지 않고, 그들의 자녀들에게 이어질 것이라는 횡보의 미래에 대한 통찰로 이어진다. 처남에게 중간노선의 이론으로 아내를 데려와 보라고 장한이 냉소를 할 때, 진호는 다음과 같이 장한을 질타한다.

> 「그 왜 남의 말 하듯이 비웃기만 하나? 말하자면 이게 자네 집일만이 아니요 어느 가정에서든지 있는 분란이요 조선 전체의 문제가 아닌가. 뉘게나 남의 일 같지 않은 자기 일 아닌가. 일시적 감정으로만이 아니라 그 소위 대소고소(大所高所)에서 허심탄회하게 볼 수도 있고 말할 수도 있을 거 아닌가? 그래 고집 악지를 서루 부리고 끝끝내 헤어지면 신통할 게 뭔가? 우선 자식들은 어떡할 텐가? 그래두 자식들의 장래란 것은 염두에 있겠지? 팔아를 먹을 텐가? 고아원 신세를 질 텐가? 고작해야 계모 시하에 들볶일 것밖에! 조선 형편이 꼭 자네 형편일세!」
> 진호는 길 갈 생각도 잊은 듯이 열고가 나서 주워섬기다가 제 아비의 손에 매달려서 먼산만 바라보는 생질 놈의 머리를 쓰다듬어 주며
> 「이놈 혼났다! 멋두 모르구 삼팔선을 껄려 넘어온 이놈의 신세가 조선놈의 팔자 아닌가! 삼천만이 또다시 계모 시하의 눈칫밥 먹게 되지 않았나!」(「재회」, 122면.)

이혼을 기정사실로 받아들이고 있는 장한에 대한 진호의 질타는 이들 부부의 이혼이 초래할 결정적인 문제를 지적했을 뿐 아니라 분단의 상황이 초래할 민족의 장래 문제까지 통찰하고 있다. 결국은

장한이 부부가 이념의 문제로 갈라서게 된다면 아이들이 그 고통을 떠안게 될 것이며, 아이들은 계모시하에서 눈칫밥을 먹으며 살 수밖에 없다는 것이다. 이와 같은 이치로 분단이 확정된다면 조선의 삼천만 민중은 외세의 힘에 눌려서 고통을 받을 것이라는 결론에 이른다. 이처럼 「재회」는 부부의 문제를 분단의 문제로 확장하면서 이 문제가 초래할 미래를 전망하고 있다. 이들의 이야기를 듣던 중늙은이의 입을 통해서 이제 국어가 두 개가 됐다는 탄식도 이와 같은 맥락이다.

장한은 아들을 데리고 영등포에 있는 형의 집을 찾아가는 동안 서울의 혼란스런 현실을 보게 되고, 형 부부에게 아내와 갈리게 된 그간의 사정을 털어놓게 된다. 형은 장한에게 이론은 나중이고, "가정이고 민족이고 간에 면치 못할 제 식구"를 버릴 수 없다고 주장한다. 형의 말을 통해서도 횡보의 이념이 드러나고 있는데, 결국은 이념적인 대립보다는 민족적 차원이 화합이 먼저라는 것이다. 이것이 선행되지 않고서는 좌익과 우익의 어떤 이념에도 찬성할 수 없다는 것이다.

장한이 앞으로 살 집을 수리하고 꾸미는 동안에, 그의 아내와 딸이 찾아오게 되면서 부부간의 대결은 행복한 결말로 돌아선다. 그러나 부부가 함께 도배작업을 하는 것으로 마무리되는 부부의 재회는 자연스러운 결말은 아닌 듯하다. 그녀가 월남을 하게 된 동기만 보더라도 유일한 일가붙이인 삼촌댁이 떠나게 되면서 덩달아 내려온 것인데, 그동안 북한의 이념에 충실하여 가정을 돌보지 못했던 아내가 친척이 떠난다는 이유로 월남을 선택하는 것은 설득력이 적다. 실제 현실에서도 좌우합작이 극렬한 좌우익 급진주의자들로 인해 실패로 돌아가고, 남한과 북한이 단독정부를 수립한 것에서 드러난 것처럼, 정치적 이념의 차이는 민족적 동질성으로 극복하기에는 역부족이었다. 그러므로 장한과 신숙의 재회는 민족적 동질성을 회복하여 민족의 분단을 극복하고자 하는 횡보의 중간파적 이념을 담고 있다. 「이합」·「재회」 연작에서 주목할 것은 부부의 이혼이 아이들의 장래를 기약할 수 없는 것처럼, 남북 분단의 현실이 결국은 외세에 의한 지배로 이어지고, 민중들을 고통에 빠뜨릴 수 있다는 것이다. 이런 횡보의 통찰력은 『효풍』에도 그대로 이어지고 있다.

2) 가족의 분열과 테러의 발생: 『曉風』

『효풍』은 1948년 1월 1일부터 그해 11월 3일까지 『자유신문』에 200회에 걸쳐 연재된 장편소설이다. 『효풍』은 당대의 첨예한 갈등인 좌우익의 사회적 문제나 분단 조국의 미래에 대하여 심각하게 고민하고 그 문제를 주요 질료로 삼아 집필된 작품으로 염상섭의 장편소설 중에서도 단연 두각을 나타내고 있다.[22] 그러나 해방 직후 문학에 대한 전반적인 연구가 부실한 상태에서 이 작품이 염상섭 전집에 포함되지 않고, 단행본으로 발간된 지 얼마 되지 않았기 때문에 아직까지 제대로 평가되지 못했다.[23] 이 작품은 "남북좌우를 통틀어 가장 중요한 과제가 민주주의적 통일정부수립에 있다는" 횡보의 이념을 배경으로 하고, 1948년 초부터 상황이 돌변하여 통일민족

---

22) 김정진, 「『효풍』의 인물 형상화와 그 기법」, 『염상섭 소설연구』, 김종균 편, 국학자료원, 1999, 201면.
23) 김재용, 「8·15 이후 염상섭의 활동과 『효풍』의 문학사적 의미」, 『효풍』, 실천문학사, 1998, 341면.

국가의 수립이 여의치 않게 되자 적극적으로 외세를 비판하고, 외세에 빌붙어 한몫 보려는 세력에 대해서도 강도 높게 비판한 작품이다.[24] 『효풍』은 그 문학사적 중요성에도 불구하고 여전히 연구자들의 주목을 받지 못하고 있다. 김재용이 시대와 작가의 이념을 대응시켜 고찰한 논문과 김정진이 인물들의 모습을 크게 두 가지로 분류하고, 작품 속에서 나타나는 유머러스한 대화가 중도적인 시각을 확보하고 있다는 논의 정도에 그치고 있다.[25]

『효풍』이 횡보의 소설 중에서도 단연 돋보이는 이유는 횡보 자신이 정의한 예술소설의 정의에 가장 잘 들어맞는 작품이기 때문이다. 횡보의 1930년대 장편소설들은 혼사 장애와 탐정 서사를 통해 독자들의 흥미를 유발하고, 거기에 작가의 이념을 드러내는 서사기법들을 다양하게 보여주고 있었으며, 그것은 『효풍』에 이르러서야 완성된 모습을 갖추게 된다. 이 소설은 표면적으로는 한 남자와 두 여자가 삼각관계를 형성하면서 남자 주인공이 두 여자 사이를 방황하다가 한 여자를 선택하게 된다는 통속적인 줄거리를 보여준다. 그렇지만, 이 소설에서 나타나는 삼각관계는 남녀의 연애담에 그치지 않고, 분단된 조국의 현실 속에서 민족의 통일을 열망하는 횡보의 고뇌를 담고 있다. 그런 점에서 같은 해에 발표된 「이합」과 「재회」의 연장선상에 있는 작품이라고 할 수 있다.

---

24) 위의 글, 356면.

25) 김정진, 앞의 글, 292-293면. 이 밖에도 『효풍』과 관련된 논의는 진정석의 박사논문에서 자세히 다뤄지고 있다. 진정석, 『염상섭 문학에 나타난 서사적 정체성 연구』, 서울대박사논문, 2006.

① 위험으로 설정된 반공정책

『효풍』의 줄거리를 서스펜스소설의 구성에 따라 정리하면 다음과
같다.

① 미군정의 반공정책이 강화되는 가운데 중간파 노선의 박병직이 좌익 여기자에게
   기울어진다.
② 두 집안의 이념적인 차이로 가족 간의 폭력이 예고된다.
③ 병직이 약혼녀인 김혜란과 함께 테러를 당한다.
④ 병직은 화순을 따라 월북을 시도하고, 혜란은 테러범의 인도로 병직을 추적한다.
⑤ 월북을 실패하고 돌아온 병직은 혜란의 집을 찾아 통일의 의지를 피력한다.

이 소설은 김혜란 – 박병직 – 최화순의 삼각관계를 주된 서사로 하
고 있지만, 병직이 테러를 당하게 되면서, 테러범을 찾는 것도 연애
사건 못지않은 비중을 차지한다. 삼각관계가 분단의 현실을 상징적
으로 보여준다면, 가족 간의 갈등으로 인한 테러는 분단 이후의 전
쟁을 예고하고 있다.

횡보는 대부분의 장편소설에서 초점화자를 여러 인물들에게 옮겨
가며 서술하는 가변적 초점화26)를 사용하고 있으나, 『효풍』에서는
민족주의자의 딸 김혜란을 주요 초점화자로 내세우면서 서스펜스소
설의 구조를 취한다.27) 이 소설은 혜란의 부친인 김관식의 관점으로
서술된 두 개장을 제외하고는 대부분의 서사가 혜란의 시점으로 서

---

26) 즈네뜨, 앞의 책, 178면.
27) 서스펜스소설은 범인, 희생자, 탐정 중에 희생자를 중심에 놓음으로써 독자들은 희생
   자와 자신을 동일시하게 되고, 여기에서 긴장이 발생한다. 특히 독자들은 희생자가 알
   지 못하는 위험을 미리 알게 되면서 긴장은 더욱 고조된다. 또한 희생자가 탐정의 역
   할을 동시에 수행하는 경우도 있다는 점에서 『효풍』은 서스펜스소설의 성격이 강하
   다. 토도로프, 앞의 책, 58 – 59면.

술되고 있다. 이것은 독자들이 주인공의 상황과 이념을 공유하고, 그녀가 당할 위험을 예측하도록 이끌어서 긴장감을 조성한다. 독자들은 등장인물들의 삶을 관찰하는 것이 아니라 그들의 삶을 경험한다.[28] 그녀는 여학교 영어선생으로 있다가 '빨갱이'로 몰려서 학교에서 쫓겨난 뒤에는 이진석이 운영하는 골동품 가게인 '경요각'에서 점원으로 일한다. 이진석은 하와이에서 청년시대를 보낸 사람으로, 유창하게 영어를 구사할 뿐 아니라 경요각을 매개로 미국인 손님들을 불러들여서 미국과의 무역을 통해 크게 돈을 벌어보려는 협잡꾼이자 브로커이다. 혜란의 영어선생이었던 장만춘과 함께 경요각을 찾은 미국인 무역상 베커가 경요각의 주인인 진석과 점원으로 있는 혜란과 영어로 대화를 나누는 장면은 미군정이 시작된 이래로 당대 남한의 정치적·문화적 상황과 미래의 모습을 아울러 보여준다.

> 주인이 들어오니까 네 사람은 조선말은 쑥 빼버리고 영어로만 수작이 되었다. 영어회회의 경연(競演)쉼직하나 모두들 유쾌하였다. 듣는 베커는 물론이요 그 중에도 제일 유창한─아무리 유창해도 베커만이야 못하겠지마는 어쨌든 본토는 아니나 하와이에서 청년시대를 지낸 이 상점주인 이진석이 역시 서투른 조선말보다는 서양 사람과 영어로 거침없이 이야기하니 유쾌하고 혜란이는 혜란이대로 서양청년과 회화연습을 하니까 재미있다.(『효풍』, 실천문학사, 1998, 12면.)

단편소설 「바쁜 이바지」(1948. 6 「양과자갑」(1948. 12)으로 개제)에서 영어가 유행하고 있는 남한의 흐름을 거부하려는 영문학자를 통해 현실을 비판적으로 꼬집은 횡보는 이 소설에서도 장만춘의 입을

---

28) Dove, George N., *The Reader and the Detective Story*(Ohio: Bowling Green University, 1997), p.33.

통해 영어가 위세를 떨치고 있는 현실을 개탄하고 있다. 그렇지만 혜란의 아버지가 미국에서 영문학을 공부한 지식인이고, 그의 딸이 역시 영어선생인 점을 감안한다면, 당분간은 남한에서 영어가 경제·정치·문화적인 면에서 상당한 영향력을 미칠 것을 횡보는 예견했던 것으로 보인다.

박병직은 본래 좌익계통이라고 지목받은 A신문사에서 근무하다가 그 자신도 '빨갱이'로 지목되고, 혜란이도 '빨갱이'의 여자 친구라는 이유로 학교에서 쫓겨나게 되면서 이들이 당할 위험이 예고된다. 그는 최근에 B신문사로 옮겨갔으면서도 A신문사에서 일하고 있는 최화순의 적극적인 구애에 마음이 흔들리는 상태다. 화순이는 "어디까지나 자기본위면서도 자기를 연애나 남자의 굴레 밖에 자유롭게 놓아두는 동시에 저편도 구속을 안 하려" 하는 "냉담한 것도 아나나 집착도 안 하는" '과학적 연애'를 주창하는 좌익사상을 가진 여기자이다. 혜란은 길에서 우연히 만난 병직과 화순이 이끄는 대로 '중립파 술장수 마누라'가 운영하는 술집을 찾아간다. 이 술집 주인은 일본에 가서 유학한 여류 과학자로서, 정치적으로는 중립을 표방하며 "좌우정객(左右政客)과 우국지사(憂國之士)에게 위안을 주느라고" 술집을 시작했다. 가네꼬가 운영하는 '취송정'이 진석이 미국인을 불러다가 대접하는 요릿집이라면, 이 술집은 "독립추진의 은연한 책원지"로서의 구실을 한다. 이곳에서 술을 마시던 세 사람은 화순이 형사에게 쫓기던 좌파 활동가를 숨겨주었다는 혐의를 받고 함께 경찰서로 붙들려 가게 되면서 위험은 구체화된다.

1947년 10월 제2차 미소공동위원회가 결렬되면서 한반도 문제가 유엔으로 넘어가고 거기서 가능한 남한 지역에서의 선거를 통한 정부수립이 결정되고 이에 호응하여 이승만을 중심으로 한 정치세력이 진출하자, 염상섭은 막연한 남북좌우합작이라는 전망에서 한 걸음 더 나아가 외세 주도하의 민족분단을 막아보는 데 온갖 노력을 경주하면서, 신민일보 창간에 참여하고, 그 과정에서 필화사건이 일어나 일주일간 구류를 살기도 한다.[29] 이 당시 자유신문에 연재하던 『효풍』이 1948년 5월 3일 105회가 연재되었다가 5월 10일 106회가 다시 속개되면서 독자들의 양해를 구하는 말이 실리기도 했다.[30] 횡보의 구류 사건은 그의 소설의 주인공들이 검거되는 사건이 일어난 뒤에 일어났다는 점에서 마치 자신의 미래를 예견하고 있었던 것처럼 보인다. 이처럼 1948년에 접어들면서 미군정과 이승만은 좌익세력에 대한 탄압을 강화하고, 이들을 색출하여 검거하는 데 열을 올리고 있었다. 이런 위협은 좌익세력뿐 아니라 좌파와 우파 어느 쪽에도 속하지 않는 중립적 정치노선을 걷고 있는 병직과 같은 중립파들에게도 가해지기 시작한다.

병직이와 화순은 취조를 받으면서 경찰서에서 하룻밤을 보내게 되고, 혜란은 병직의 변명으로 인해 풀려난 뒤에는 병직의 상황을 가족들에게 알려준다. 혜란을 초점화자로 내세우면서 정치적으로 민감한 상황들은 암시적 플롯으로 처리되고, 명시적 플롯은 연애 이야기로 채워진다.[31] 병직이 유치장에 갇혀 있는 동안, 혜란은 베커의 집에 배달을 갔다가 그와 대화를 나누면서 친밀감을 형성하게 되고,

---

29) 김재용, 앞의 글, 346면.
30) 『자유신문』, 1948년 5월 10일자. "필자가 전자에 월여 전에 사임한 모지의 필화사건에 연좌하여 약 일주간 집필치 못한 관계로 연일 중단되었음을 미안하오나 다행이 곧 붓을 다시 들게 되었습니다. 양해하여 주소서."(위의 글, 347면. 재인용)
31) Watts, C., *The Deception Text: An Introduction to Covert Plots*, Sussex: The Harvester Press, 1984. pp.35 – 36.

혜란과 병직 사이에 베커가 끼어들면서 또 다른 삼각관계가 만들어진다. 화순은 병직에게 "유치장의 하룻밤은 우리에게 첫날밤이었다."고 편지를 보내면서 더욱 적극적인 애정표현을 하게 되고, 병직이는 혜란과 화순 사이에서 방황하게 된다. 그의 방황은 좌익과 우익이라는 두 가지의 이념 중 하나를 선택해야 한다는 고민이 아니라 둘 중 어느 쪽도 선택할 수 없다는 고민이다. 그것은 댄스홀 '스왈로'에서 만난 미국인 청년 베커와의 대화에게 전면적으로 제시된다. 베커는 미국이 좌우익 협공에 견딜 수가 없다고 하자, 병직은 미군정이 좌익과 우익 모두에게 지지를 받지 못하는 것은 군정의 실패요, "우익끼리까지 분열시킨 것도 미국의 책임"이라고 주장한다.

> "진정한 여론이 없다는 것은 아니지만, 그 선봉은 대개가 **빨갱이** 아니요?"
> "당신 같은 분부터 **빨갱이**와 대다수의 여론의 중류·중추(中流·中樞)가 무언지를 분간을 못하니까 실패란 말요! 우리는 무산독재도 부인하지마는 민족자본의 기반도 부실한 부르주아 독재나 부르주아의 아류(亞流)를 긁어모은 일당독재를 거부한다는 것이 본심인데 그게 무에 **빨갱이**란 말요? 무에 틀리단 말요?"
> "그야 물론이죠. 독재란 금물이요. 잘 알겠습니다."(『효풍』, 115면.)

병직의 주장에 따르면, 미군정이 남한의 진정한 여론을 들으려 하지 않는 데에 문제가 있으며, 그런 까닭에 자신과 같은 중간파의 입장도 포용하지 못하는 실수를 범한다는 것이다. 횡보는 병직을 통해서 자신의 정치적 이념을 그대로 표현하고 있다. 좌익과 우익을 모두 거부하는 중간파의 이념까지 좌익으로 몰아가는 미군정의 협소한 정치가 민심을 분열시키고 있고, 남북의 분단을 더 공고하게 만들고 있다는 것이다. 이처럼 민족주의자의 딸인 혜란의 연인이었던 병직이 좌익 여기자와 유치장에서 밤을 보낸 뒤로 방황하게 되는 것은 좌익과 우익 중 어떤 이념도 선택하지 않은 병직의 중간파 노선을 상징하고 있다. 어느 쪽도 선택하지 않는 것은 기회주의나 회색적 입장과는 또 다른 분명한 정치적 입장이다.

② 가족 갈등을 통한 위험의 구체화

『효풍』에 등장하는 주인공들의 가족관계는 주제와 밀접한 관련을 맺고 있다. 먼저 혜란의 오빠 김태환은 병직의 부친인 박종렬의 회사에 소속되어 있고, 박종렬에게 소속된 청년단을 이끌고 있다. 박종렬은 일제시대에 '의원'직 벼슬을 한 바 있는 친일파 인물로, 양조 회사를 운영하면서 정치에 뜻을 두고 있는 우익에 가까운 사상적 배경을 지닌다. 이에 비해 혜란의 부친인 김관식은 미국에서 영문학을 공부하고 돌아왔지만 정치 방면에 뜻을 두지 않고 서재에 틀어박혀 있는 인물로 그려지고 있다. 병직은 아버지와 전혀 다른 좌익으로 오해를 받고 있지만, 사실은 김관식의 사상에 가까운 인물이라고 하겠다. 박종렬은 'xx청년단장'과 함께 김관식을 찾아가 'xx당 성북지구분회'의 고문을 맡아달라고 부탁을 하지만, 김관식은 "정치를 모르고 그런 데 취미가 없는 사람"이라며 완강하게 거부의 의사를 밝힌다. 이처럼 병직과 혜란 가족의 엇갈린 사상적 배경으로 인해 비극이 발생할 것이라는 암시가 주어진다.

> "그건 고사하구 회장아들이 늘 여기 오지 않아요? 박병직이라는 이 말에요. 이 양반이 여간 버티어야죠. 회에 나오지도 않고 그러다가 큰코다치죠."

수만이의 이 말은 혜란에게 무심히 들리지 않았다. 그러나 속으로는 코웃음을 쳤다. 오빠는 오빠대로 생각이 있어 청년단 사업을 하겠지마는 병직이 같은 사람이 청년단 일을 한다면 도리어 웃을 일이라고 혜란이는 생각하는 것이다.

"큰코다치다니 무슨 잘못한 일이나 있었나요?"

"별 잘못이 있다는 게 아니지마는 회장아버지 덕에 사찰부장이 되었는데 한 번도 나와야죠. 빨갱이라구 소문이 났거든요."

"온 그이더러 빨갱이라면 나더란 뭐랄구?"

하고 혜란이는 냉소를 하였다.(『효풍』, 139면.)

혜란은 경요각의 점원이자, 진석의 첩 처남인 수만을 통해서 병직에 대한 테러를 암시받게 된다. 그렇지만 박종렬과 혜란의 오빠 태환이 이끌고 있는 우익 청년단은 병직이의 중간파 사상과는 노선이 다르다. 이렇게 가족 간의 엇갈린 사상으로 인해 갈등이 깊어지는 이유는 앞에서 살펴본 대로 미군정이 좌익과 중간파에 대한 탄압을 강화하고 있기 때문이다.

병직의 테러에 대한 또 다른 암시는 이진석의 속물성에서 드러난다. 그는 혜란의 미모를 이용하여 베커를 자기의 무역사업에 끌어들이고자 하는데, 혜란의 결혼은 그런 계획에 차질을 빚게 하기 때문이다. 진석은 "병직이란 존재만 없으면 얼마든지 마음대로 주무를 수 있을" 것이라면서 병직이를 질투한다. 진석은 혜란을 이용하자는 것 외에도 혜란의 미모에 이끌리는 성적 욕망을 보이고 있는데, 이것은 그의 첩 처남인 수만에게도 전염되어 있어[32] 이들 사이에도 혜란을 두고 경쟁하는 삼각관계가 형성된다. 이들은 욕망의 주체와 중개자가 서로 닮아가는 '짝패'의 양상을 보이고 있는데, 이들은 동일한 욕망, 동일한 증오, 동일한 전략 속에서 완벽한 일치상태에 있

---

32) 지라르, 『폭력과 성스러움』, 122면.

으면서도 엄청난 차이가 있다고 믿는다. 이들의 동일성은 폭력을 유발시키고, 폭력은 희생양을 필요로 한다.[33] 이들은 동일한 욕망을 증가시키면서 이 욕망이 실현되지 않을 경우에 그에 대한 분노를 쏟을 대상을 찾게 되는데, 병직이 희생양이 될 가능성이 높다.

화순의 병직에 대한 적극적인 애정공세에 불안을 느낀 혜란은 병직에게 태도를 분명히 해 달라고 요청한다.

> 혜란이는 오늘은 귀정을 짓겠다는 생각이지마는 태도라는 데는 두 가지 의미가 있다고 생각하는 것이다. 하나는 사상적으로 또 하나는 화순이와의 관계다.
> "내가 무슨 정치가니 출처진퇴를 분명히 하란 말요? 난 결국 삼팔선 위에 암자나 하나 짓고 거기 우리 둘이 들어가 책이나 보고 있는 게 소원인데……."
> 병직이는 웃지도 않고 이런 소리를 한다.
> "그래도 나를 빼놓고 간단 말씀을 안 하시니 정신차리셨군! 삼팔선에서 한걸음 더 내딛으면 최화순을 끌구갈 거로되 삼팔선 위에 짓는 암자니까 내나 데리구 가시겠다는 거지?"
> "해석이 용하십니다.!"
> 병직이는 비로소 웃어 보인다.(『효풍』, 172면.)

혜란은 병직이가 자신과 화순 사이에서 방황할 뿐 아니라 사상적인 면에서도 분명한 태도를 취하지 않는 것에 불만을 품고 있으나, 병직은 이쪽이나 저쪽 중 하나를 택하는 것이 아니라 '삼팔선 위에 암자'를 짓고 거기에 사는 중간의 노선을 걷고 있다. 이것은 결국 혜란의 부친인 김관식이 당대의 좌우익의 분열 상황에서 어느 한쪽의 편을 들지 않고 서재에 틀어박혀 있는 것과 비슷한 태도이다. 병직은 자신의 거취와 앞으로의 계획에 대해서는 나중에 알려주마

---

33) 위의 책, 같은 면.

고 즉답을 피한다. 그러다가 병직은 혜란과 함께 행인의 발길이 뜸한 골목을 지나다가 괴한들의 습격을 받아 중상을 입게 된다.

> 털썩 엉덩방아를 찧고 나동그라지는 것을 보자 혜란이는 두 팔을 벌리고 병직에게 달겨들며,
> "에구 이게 무슨 까닭이란 말요. 이런 생트집이 있을 리가 있나!"
> 하고 쏟아지는 매를 몸을 막아내려 하였으나 번개같이 내려치는 주먹은 벌써 병직이의 콧잔등을 으스러져라고 후려쳤다. 코피가 꺼멓게 콸콸 쏟아진다. 피를 본 혜란이의 눈은 한 순간 아찔하며 정신없이 목에 두른 마후라를 푼다.
> "당신은 저리 가요."
> 팔쭉지를 잡아 후뿌리치는 바람에 혜란이는 마후라를 풀며 저편 벽에 가서 쓰러지듯이 몸을 부딪쳤다.
> 일어나려던 사람을 옆구리며 엉덩이며 가슴패기 등줄기 할 것 없이 닥치는 대로 두 놈의 발길질, 주먹질이 우박같이 퍼부으니 곤두잡이로 또 쓰러지며 땅바닥에서 맴을 돈다.(『효풍』, 179면.)

병직이는 '쌈패'들의 습격으로 이가 부러지고 코가 부러지는 중상을 입게 되고, 혜란은 "화순이와 아무래도 떨어질 순 없고 화순이만을 이북으로 혼자 떼어 보낼 수 없다는 조금 전에 들은 남자의 고백"을 생각하면서도 병직이 당한 횡액에 놀란 가슴에 울음을 꼭꼭 참고 있다. "너두 이런 놈 따라다니다가는 혼을 낼 거라"는 쌈패의 말은 혜란에게 병직을 포기하라는 말인지 아니면 병직이와 같은 사상을 포기하라는 말인지 알 수가 없다.

병직의 테러 현장에 제일 먼저 수만이 나타나 이들을 돕게 되면서 혜란은 다양한 추리들을 시작하게 된다. 이들의 부상을 제일 먼저 발견한 것은 우연하게도 진석의 첩쳐남인 수만이었다. 그는 김태환이 이끄는 청년단에 소속되어 있을 뿐 아니라 그의 누이가 혜란

에게 굴욕적으로 사과하는 모습을 지켜본 사람이다. 또 수만은 혜란을 연모하는 정이 있기 때문에 병직을 연적으로 생각했을 가능성도 배제할 수 없다. 혜란은 병직과 함께 테러를 당함으로써 희생자이자 테러범을 찾아야 하는 탐정의 역할도 동시에 수행하게 된다.[34]

병직이 테러를 당하고 병원에 입원하게 되자 병직의 가족들은 혜란을 친딸이나 며느리처럼 친근하게 여기게 된다. 화순도 병원을 찾아서 병직에게 긴한 말들을 속삭이며 혜란의 질투심을 불러일으킨다. 한편 박종렬은 아들을 이렇게 만든 범인을 수사하겠다고 발론하지만 병직은 테러의 배후에는 김태환이 있을 것이고, 결국은 범인을 검거하는 일이 '누워서 침 뱉기'가 되고 말 것이라며 말린다. 이처럼 가족 간의 엇갈린 이념으로 인해 병직의 테러 사건은 아버지가 아들을 폭행한 사건이 될 가능성이 높아진다.

이 당시 국내의 정치 인사들은 테러로 인해 죽는 경우가 많았다. 1947년 7월 19일 몽양 여운형이 미국으로 떠나는 김용중과 작별인사를 나눈 후 집으로 돌아오는 길에 혜화동 로터리에서 괴한의 저격을 받아 사망하였다.[35] 몽양은 좌우합작위원회의 좌측 주석이며 근로인민당의 당수로서, 남한에서의 단독정부 수립을 반대하는 운동을 지속하고 있었으므로, 그의 돌연한 죽음이 좌우 합작 운동과 통일운동에 상당한 타격을 주었음은 물론이다.[36] 입원한 병직과 혜란의 대화는 좌우합작 운동의 실체가 무엇인지 분명하게 드러내고 있다.

---

34) 혜란은 병직과 함께 테러를 당함으로써 희생자이면서 동시에 탐정의 역할을 맡게 된다. 그녀는 적들의 위협 속에서 범인을 찾아야 하는 '위험에 처한 탐정'이다. 토도로프, 앞의 책, 58–59면.

35) 이동화, 「8·15를 전후한 여운형의 정치 활동」, 『해방전후사의 인식』1, 한길사, 2005, 594면.

36) 위의 글, 591면.

"화순이를 그렇게까지 세상에 없는 여자라고 생각하는 것두 아니지만 화순이의 취할 점은 감연히 인습(因襲)을 타파하고 봉건적 가족주의에 반항하고 나온 데 있다 할까?"

이 말에서 혜란이는 이 남자가 자기에게 느끼는 불만이 무엇인가를 분명히 들은 것 같다.

"알았어요. 요컨대 혁명가적 소질이나 신념이 없는 데 불만이시단 말이죠? 하지만 나두 새 시대의 감각이 없다고 생각지 않는데! 내일의 메누리, 내일의 아내, 내일의 어머니란 표준이 막연히나마 없을 수 있겠어요?……"

"그야 그렇지만……."

"자기의 모든 감정이나 이념이나 행위가 그렇게 무비판적이요 무반성하고 통일이 없이 이중인격으로 보이시나 보군요. 많은 **문제의 초점**(焦點)은 **민족을 출발점으로 하느냐 한 계급만을 출발점으로 하느냐에서 갈리는 것**이 아닌가요?"(『효풍』, 191면. 강조: 인용자)

혜란이는 봉건적 가족주의에서 자유로운 화순의 모습에 끌리고 있다는 병직이의 말에 자신도 '미래의 며느리와 아내'로서의 표준을 가지고 있다고 반박하면서 '문제의 초점을 계급에 두느냐 민족에 두느냐'가 더 근본적인 것이라고 말한다. 중간파의 입장은 혜란의 이말 속에 녹아들어 있다. 현재 국론이 좌익과 우익으로 갈라서 있는 현실에서 한쪽의 이념을 앞세우는 것이 아니라 민족적인 차원에서의 화합이 필요하다는 것이다. 이것이 바로 혜란과 그의 부친 김관식, 그리고 병직이 견지하고 있는 중간파의 이념이다. 그러므로 병직이 화순을 따라 월북을 시도하는 것은 양쪽을 모두 아우르려는 민족적인 화합을 위한 것이지 결코 좌익 쪽의 이데올로기에 기울어진 것은 아니다.

③ 월북의 시도와 월북의 저지

병직이 테러범의 수사를 거부했음에도 불구하고, 혜란은 범인의 실체에 접근하면서, 『효풍』은 본격적으로 서스펜스소설의 성격에 다가간다. 서스펜스소설에서 희생자는 적대자들의 위협을 감수하면서 범인을 잡으려고 한다는 점에서 독자들에게 두려움을 유발시킨다.[37] 혜란은 병직처럼 테러를 직접 당한 것은 아니지만, 테러의 현장에 함께 있었기 때문에 희생자의 위치에 있다. 또한 혜란이 괴한들로부터 병직을 따라다니게 되면 다칠 수도 있다는 경고를 되새기는 장면은 독자들로 하여금 그녀의 두려움을 공유하도록 만든다.

이와 더불어 병직은 가족들에게 치과에 들렀다가 집으로 들어가겠다고 하고는 실종되면서 혜란은 본격적으로 병직을 추적한다. 월북을 기도하는 사람과 이를 저지하려는 사람이 시간을 다투는 대결을 하면서 긴장감은 고조된다.[38] 혜란은 취송정의 여주인 가네꼬의 소개로 박석이라는 남자를 만나, 병직의 편지를 전달받는다. 병직을 테러한 사람들이 자신까지 노리고 있을지도 모른다는 위협 속에서 혜란은 십만 원을 보내라는 병직의 편지를 읽으며 전후 상황을 추리한다.

> 혜란이는 손가방에서 병직의 편지를 다시 꺼냈다. 오래간만에 보는 병직이의 필적은 아까 그 청년 앞에서 읽던 것과는 달리 새삼스레 반갑다. 무엇에 홀린 것같이 얼떨하고 바늘방석에 앉은 듯이 송구스럽던 마음도 차츰차츰 가라앉는다. 꼭꼭 씹듯이 구절구절을 읽어가는 동안에, 윗사연을 보면 도저히 쌈패 같은 놈들의 위협을 받으면서는 그런 여유 있는 말을 쓸 기분이 아니 생기리라는 생각을 하자 얼마쯤 마음도 놓였다. 그러나 화순이를 옆에 앉혀놓고 이 편지를 썼으려니 하는 공상이 들자, 순정과 양심에 변함이 없다는 그 말을 얼마나 믿어야 좋을지 몰랐다. 대체 자기는 어째서 이 곤경을 치러가며 뒤치다꺼리를 해주어야 하는 건가?(『효풍』, 244면.)

---

37) 송덕호, 앞의 글, 40면.
38) 뢰테르, 앞의 책, 152면.

혜란은 병직이 테러범들의 위협 속에서 강제로 편지를 썼을지도 모른다고 생각했으나, 편지를 다시 읽으면서 그런 의혹을 떨쳐버린다. 그러나 곧바로 그녀는 그 편지를 화순이 옆에서 썼을 것을 상상하면서 고통에 빠진다. 욕망의 삼각형에서 주체와 중개자의 거리가 가까울수록 경쟁은 치열해지고, 질투에 빠진 주체는 경쟁자의 존재에 완전히 종속된다.[39] 혜란은 질투를 느끼면서도 가네꼬에게 오만 원을 빌리고, 진석이에게 오만 원을 빌려서 병직이 요구한 월북 자금을 만든다.

혜란은 경찰들에게 알리지 않으면서 십만 원을 병직에게 전달하기 위해 노심초사한다. 혜란에 대한 위협은 사방으로 둘러싸고 있다. 먼저 병직이의 편지를 전달한 청년을 믿을 수 있는가? 둘째로 청년과 얘기를 나누면서 사건의 전말을 추적하는 강수만을 믿을 수 있는가? 누가 그녀의 편이고, 누가 그녀의 적대자인가 하는 것도 분명히 알 수 없어서 위기는 점점 고조된다. 혜란은 취송정에서 만난 청년이 오빠가 이끄는 조직의 아지트인 고려각에서 수만과 대화를 나누는 것을 보면서 놀란다. 그 청년은 병직의 편지를 전달해 준 사람이었기 때문이다.

> 그러나 아직 듬성듬한 좌석을 휘둘러다 보다가 태환이가 고개를 끄덕하며 알은체를 하는 편으로 고개를 돌리던 혜란이는 눈이 휘둥그래지며 가슴이 뜨끔하였다. 생그레 웃고 돌려다 보는 수만이는 고사하고 마주앉은 청년이……혜란이는 무심코 앗! 하고 소리를 칠 뻔하였다.
> 실내가 좀 침침한데 서너 간통이나 떨어졌으니 잘못 보지나 않았나? 하고 혜란이는 외면을 하였던 얼굴을 다시 돌려보며 이편 구석으로 와서 앉았다. 청년도 고개를 외로 꼬으로 담배를 피우며 앉았으나, 곁모습으로 보

---

39) 지라르, R.(김치수 · 송의경 역), 『낭만적 거짓과 소설적 진실』, 한길사, 2005, 28 – 29면.

아도 틀림없이 어제 취송정에서 만난 그 청년이다.

– 희한한 일도 많다? 허릴없는 정탐소설이지…….

혜란이는 무엇에 홀린 것 같고 또 새로운 겁이 가슴에 뭉긋이 내려 앉는 것을 깨달았다.(『효풍』, 247면.)

혜란은 너무 놀란 나머지 현실이 '정탐소설'과 같이 전개되고 있다고 생각한다. 병직을 찾아내려는 혜란은 오빠인 태환과 시간을 다투며 경쟁한다. 혜란은 병직에게 돈을 전달하기 위해서 수만이 만나고 있는 그 청년이 편지를 전해 주었다는 사실을 오빠에게 숨긴다. 태환은 그런 동생을 의심하면서 수만에게 박석에 대한 정보를 알아볼 것을 명령하고, 혜란도 수만에게 박석과 만나게 해 달라고 부탁한다. 수만은 병직이 있는 곳에 대한 정보와 십만 원을 바꾸기로 박석과 약속하고 혜란에게 돈을 자기에게 맡기라고 요구한다. 혜란은 그동안 의심했던 수만이 단서들을 통해 전후 사정을 알아내고, 자기를 위해 애쓰고 있다고 믿는다. 독자들은 수만과 혜란 그리고 태환이 테러범을 잡을 것이라고 예측하지만, 결국 테러범의 실체는 드러나지 않는다.

병직을 테러한 인물이 가족도 아니고, 혜란의 주변인물도 아니라는 사실은 작가의식과 관련된다. 『삼대』에서 일가친척의 눈이 무서워서 조부의 독살 사건을 수사하지 못한 덕기와 같이, 병직을 테러한 인물이 가족 중에 하나라면 그것은 민족 내의 분열을 폭로하는 것이 된다. 병직이 미국인 청년 베커와의 논쟁에서 미군정의 반공정책이 민족적인 분열을 초래하는 요인이라고 주장한 것처럼, 횡보는 민족 내부의 갈등보다는 외세의 힘에 더 큰 문제가 있다고 보는 것이다. 이처럼 횡보는 미군정의 분열정책이 민족화합을 저해하는 가장 큰 이유로 보고, 가족 간의 갈등이 극단적으로 진행되지 않도록 배려한 것으로 보인다.

독자들은 혜란의 감정을 공유하면서 그녀의 승리를 기원하지만, 상황은 썩 긍정적이지 않다. 병직에게 돈을 전달할 시간이 다가오면서 이들 간에 물고 물리는 경쟁은 심해지고, 시간은 운명적인 종말을 향한다.[40] 수만은 병직이 있는 곳은 알아내지 못하고 박석에게 십만 원을 빼앗긴 상태에서 병직에게 돈을 전달하려는 한 여인을 미행한다. 병직이 있는 곳을 알아내려는 그의 계획은 박석 일당에게 저지당하지만, 수만이 패의 청년 하나가 가까스로 병직이 숨어 있는 곳을 알아낸다. 수만이가 병직이의 은신처를 알아낸 다음날, 혜란은 한 청년의 인도로 병직을 찾아가면서 긴장은 고조되는데, 이는 마치 카메라가 희생자 또는 피해자의 뒤를 쫓아가면서 주인공이 공격을 받을 가능성을 관찰하는 것과 같은 효과를 낳는다. 이때 독자들과 등장인물이 모두 미래에 대한 정보가 없는 상태이지만, 희생자가 언젠가는 위험에 빠질 것이라는 예상 때문에 공포의 정서가 유발된다. 이때 독자들은 희생자와 동일시되면서 희생자의 감정을 공유하게 된다.

> 앞선 청년은 연해 좌우를 휘휘 돌려다 보며 어젯밤 같은 쌈패인지 호위대인지 정체를 모를 청년들의 눈을 경계하는 모양이었다. 혜란이도 아까 집에서 나오기 전에 수만이에게 들은 말이 있는지라 행인도 드문 호젓한 길에 마음이 조마조마하였다.
> '이런 데 와서 틀어박혀 있다니, 대관절 누구 집인구?……'
> 연줄을 얻어서 화순이와 셋방살이라도 하는지? 그러나 어젯밤에 검정 두루마기짜리의 여자 하나를 호위하느라고 몇 놈씩 경호대를 풀어놓고 주

---

40) 뢰테르, 앞의 책, 155면.

먹다짐이 나고 그 법석을 했다는 말을 들으면 사랑의 보금자리라기보다는 소위 아지트라는 소굴이 이 산속에 묻혀 있는가 싶어 혜란이는 또다시 어깨가 오싹하는 듯하였다.(『효풍』 291 – 291면)

청년을 따라 병직이 은신하고 있는 곳을 찾아가는 혜란의 불안과 공포 그리고 호기심이 드러나 있다. 그녀는 병직의 은신처에서 오빠 태환과 박종렬을 만나게 된다. 그곳은 박종렬이 첩을 들이기 위해 얻어둔 별장이었는데, 병직은 이곳에 열흘 정도 머물다가 이들이 별장을 찾는 날 아침에 이미 떠난 상태이다.

태환과 수만 그리고 혜란은 자초지종을 조사하기 위해 중립파 술집주인 조정원을 찾아가 탐문 수사를 하면서 화순과 동민, 병직이 월북하게 된 경위를 알게 된다. 이제부터는 병직의 월북을 저지해야 하는 또 다른 사건이 전개된다. 병직이 먼저 삼팔선을 넘을 것인가, 아니면 태환이와 경찰들이 그를 먼저 발견할 것인가가 새로운 긴장을 제공한다.[41] 만약 그들이 병직의 월북을 저지하지 못한다면, "부자간에 총부리를 마주대"기 때문이다. 병직의 월북과 이를 저지하려는 아버지의 노력이 최종적인 대결로 설정되고, 이것이 결말을 결정하게 된다.[42]

④ '조선학' 연구에 나타난 전쟁의 예측

진석에게 월북 자금 오만 원을 빌렸기 때문에, 혜란은 진석의 부탁으로 인천에서 미국인 무역상들을 접대하게 된다. 그녀는 자신이 타락해 가고 있다고 생각하면서 술자리를 빠져나와 베커의 차를 타

---

41) 뢰테르, 앞의 책, 152면.
42) 위의 책, 155면.

고 서울로 돌아오게 되고, 베커에게 미국 유학을 권유받는다. 그녀는 병직이 숨어 있는 곳에 인도되었으나, 병직은 이미 은신처를 떠나 버린 뒤였다. 혜란은 병직에게 월북 자금을 건넨 혐의로 체포되어, 유치장에서 삼 일을 보낸 뒤, 병직의 월북 시도가 실패로 돌아가자, 곧바로 풀려나게 된다. 김관식도 딸이 병직이로 인해 유치장에 갔다 온 사실을 알고, 병직에 대한 실망감을 감추지 못한다. 화순이는 월북에 성공하지만, 병직은 삼팔선을 넘기 전에 토성역에서 붙들려 서울로 되돌아온다. 이처럼 좌익 계열의 인사들 뿐 아니라 중간파의 인물들도 월북을 시도하는 것은 미군정의 반공정책 때문이다.

『효풍』이 마무리될 시점에는 이미 남한 단독정부가 수립되고, 북한에도 이미 김일성이 정권을 잡은 뒤라고 하겠다. 이런 시점에서 소설을 어떤 방향으로 마무리할 것인가는 그렇게 중요하게 보이지는 않지만, 다른 장편들과 다르게『효풍』의 마무리는 작가의 미래에 대한 통찰이 돋보이고 있다. 김관식은 혜란을 위문하러 온 진석을 통해서 혜란이 미국으로 유학을 가게 될 것이라는 말을 듣지만, 관식은 그것이 창피한 일이라고 말한다. 관식은 혜란이 인천을 다녀온 뒤로는 '양갈보'라는 오해를 받게 된 것에 대해 크게 분노하고 있기 때문이다.

동리가 창피하다는 말은 유치장에 다녀나왔다 하여서 하는 말인가 보다고 진석이는 들었으나 실상은 그것이 아니었다. 유치장에 들어가던 전날 달 밝은 저녁에 베커와 자동차를 타고 오니까 동구 밖 아이들이 양갈보 왔다 − 하고 꼬여드는 것을 혜란이가 소리를 질러서 쫓아버렸었다. 그렇지 않아도 혜란이는 인천호텔에서 양갈보를 피해서 오던 길이라 어찌나 분한 것을 혼자 속으로 꽁꽁 앓던 것인데 아이 보는 년이 동리에 나가 듣고 들어와서 무슨 반가운 소문이나 들은 듯이 영감님 듣는 데서까지 떠들어놓았던 것이다. 그 동안은 유치장에 들어가 있은 덕에 부친의 불호령은 만나지 않았으나 지금 영감은 앓는 딸을 건드리지도 못하고 속만 꼴깍꼴깍 고이는 터이다.(『효풍』, 320면.)

혜란이 미국인의 주선으로 유학을 가게 되었다는 소문은 관식에게는 전혀 기쁜 소식이 아니요, 오히려 가문의 명예를 더럽히는 일이 되고 말았던 것이다. 그것은 미국을 등에 업고 무역업으로 돈을 벌어보려는 진석의 계략에 의한 것이지만, 관식은 그의 말이 전혀 반갑지가 않다. 그러나 진석이가 간 뒤에 찾아온 브라운과 베커의 제안은 관식의 마음을 사로잡기에 충분하다. 브라운은 관식에게 딸의 유학을 간곡하게 권하고, 관식은 이에 "약혼한 자국이 있어서 곧 성례를 시킬 작정"이라면서 즉답을 회피한다.

마침내 병직이 혜란의 집을 찾아서 관식과 면대하여 대화를 나누게 되는데, 이들의 대화는 상징적이면서도 위트가 넘치고 있다.

"자네 모스크바 갔다더니 언제 왔나?"
하고 딴전을 붙인다.(중략)
"모스크바까지는 아니고 이북에 가다가 왔습니다."
"다시 가게! 내 딸은 워싱턴으로 보내기로 됐네."
"워싱턴이고 모스크바고 갈 것 없지요."(중략)
"흠…… 무슨 공부를?"
하고 노려본다.
"우선 삼팔선이 어떻게 하면 소리 없이 터질까 그것부터 공부를 해야 하겠습니다."
"소리라니? 대포 소리 말인가?"
"그렇죠. -"
"그리고?"
"그 다음에는 두 세계가 한데 살 방도가 필시 있고야 말 것이니까 그

점을 연구하렵니다."

"허허허 어서 가서 공부하고 오게."(『효풍』, 335 - 336면.)

병직과 관식의 대화에는 중간파 노선의 이념을 상징적으로 드러내고 있다. 병직은 좌파의 이념의 상징인 '모스크바'나 우파의 이념의 상징인 '워싱턴'을 배제하고, "두 세계가 한 데 살 방도"를 연구하겠다는 포부를 밝힌다. 이것은 곧 관식의 민족주의적 사상이기도 하고, 혜란의 사상이기도 하다는 점에서 김관식과 혜란, 박병직은 같은 이념의 소유자라고 할 수 있다. 병직은 삼팔선이 어떻게 하면 소리 없이 터질까를 연구하는 '조선학'을 공부하겠다는 포부를 밝히는데, 이것은 분단이 언제든지 전쟁을 예고하고 있다는 것을 암시한다. 중간파는 남한 단독정부의 수립이 동족상잔의 비극을 불러올 것을 예측하고, 이런 비극을 막기 위해서는 외세를 등에 업은 세력들을 반대하고, 오로지 평화적인 통일만이 민족이 살 수 있는 길이라고 믿었다.

병직이 화순을 따라 월북하지 않고, 혜란에게 돌아온 것은 그가 화순보다는 혜란의 사상에 가깝기 때문에 필연적인 결과로 보인다. 그는 좌파나 우파의 이념 중 하나를 선택한 것이 아니라 혜란이나 김관식처럼 민족을 우선순위에 놓았던 것이다. 즉 김혜란은 민족의 가치를 우선으로 삼고 있는 여성이고 최화순은 좌파로 상징되는 여성이다. 혜란을 선택한 배경에는 좌파나 우파의 이념을 선택할 경우 민족적 분열이 발생하고, 민족의 분열은 곧 남한 단독정부의 수립과 더불어 분단을 고착화시킨다는 판단이 전제되어 있다. 이렇게 분단이 고착화될 경우 동족 간의 전쟁이 불가피해진다는 것이 중간파인 횡보의 예측이었다. 횡보가 남한 단독정부 수립을 반대하고, 그런 반대의 이념을 몸소 실천하고 소설로 형상화한 것은 이런 통찰과 예견이 있었기 때문이다. 횡보의 중기 소설이 주로 중산층의 몰락으로 결론이 나면서 다음 세대에 대한 기대감을 표현하고 있었다면, 해방 후 첫 장편인 『효풍』에서는 연애의 삼각관계와 테러 사건을 통해 민족의 분열 상황과 전쟁을 예견하고 있다. 이처럼 『효풍』에서 나타나는 삼각관계는 단순히 독자들에게 흥미를 제공하는 것에 그치지 않고, 작가의 이념을 드러내고 있다. 또한 희생자를 중심으로 전개된 서스펜스소설의 서사구조는 독자들에게 긴박한 현실을 환기시키는 효과를 거두고 있다.

2. 무력한 남성에 의한 혼사의 위기

1) 전쟁의 위협과 일상성의 병치: 『驟雨』

　6·25 전쟁 발발 후 서울에서 고립되어 인공 치하에서 삼 개월을 보낸 바 있는 횡보는 전쟁 중에 『취우』(1952. 7. 18~1953. 2. 20)를 조선일보에 연재한다. 이 작품의 시간 구성은 크게 두 가지 시기로 나뉘어 있다. 전반부는 전쟁이 발발하고 난 뒤에 서울이 수복되기 전까지의 삼 개월이고, 후반부는 9·28수복에서 다시 피난을 떠나게 되는 12월까지이다. 1950년 하반기의 서울을 배경으로 하고 있기 때문에 주인공들은 전쟁의 위협 속에서 희생될 위기에 처해 있고, 그런 상황 자체가 서사적 긴장을 유발하고 있다. 『효풍』의 주인공은 외부의 위협에 맞서서 자신의 신념을 실현하기 위해 행동하고 있다

면, 『취우』의 주인공들은 외부의 위협에 수동적으로 대처하고 있다는 점에서 차이를 보인다. 특히 남자 주인공의 성격에서 큰 차이가 나타나는데, 『효풍』의 박병직이 삼각관계 안에서 적극적인 행동을 보여주고 있는 데 반해, 『취우』의 신영식은 전쟁의 상황에서 무기력하고 소극적인 인물로 그려진다. 적 치하에 고립된 남성이 적극적인 행동을 보이기는 불가능하겠지만, 약혼자가 있으면서도 또 다른 여자의 애정 공세에 끌려 다니는 무기력한 모습은 작가의 내면과 관련 있어 보인다. 『효풍』이 남녀의 삼각관계를 통해 주제의식을 전달하고 있는 것처럼, 『취우』의 경우에도 적극적인 여성과 무기력한 남성이라는 구도를 통해 작가의식이 드러나고 있다는 점에서 횡보 자신이 정의한 예술소설의 성격에 부합하는 작품이라 하겠다.

이 작품에서 서스펜스소설의 특성은 한강 폭파로 인해 서울에 고립되고 이로 인해 약혼한 남녀 사이에 제3자의 개입하기 때문에 나타난다. 서스펜스는 희생자를 중심으로 전개되는 서사로, 희생자가 적들의 위협 속에서 범인이나 사건을 해결하게 되는데, 『취우』의 주인공들은 전쟁의 상황에서 생존의 위협을 당하고, 한편으로는 혼사를 방해하는 제3자의 유혹이 긴장을 유발한다. 전쟁 속에서 살아남기 위한 이들의 몸부림이야말로 서사적인 긴장을 형성하고 독자들에게 두려움을 심어주기에 충분하다. 그러므로 이 작품은 두 가지 점에서 주목되는데, 하나는 신영식이 결혼한 경력이 있는 30대 여성인 강순제의 유혹을 뿌리칠 수 있는가 하는 것이고, 다른 하나는 신영식이 징병의 위협을 피해 끝까지 살아남을 수 있는가 하는 것이다. 전자가 혼사 장애 모티프라면, 후자는 징병 모티프라고 할 수 있겠다. 이번 장에서는 『취우』와 『화관』에 나타나는 서스펜스소설의 특성을 살펴보고, 이를 통해 작가의식을 규명하고자 한다. 『취우』와 『화관』은 공간의 분리에 의해 혼사 장애가 발생하는 유사한 모티프가 반복되고, 이를 통해 전쟁과 전쟁 직후의 작가의식이 드러날 것으로 예상된다.

① 한강의 폭파와 적치하의 서울

6·25 전쟁기를 포함한 전후의 횡보 소설들은 전쟁 이전의 작품 수를 모두 합친 만큼의 적지 않은 분량에도 불구하고 연구자들의 관심이 적은 편이었다.[43] 그 이유로는 미완성으로 끝낸 장편이 적지 않고, '속편'으로 동일한 내용이 반복되는 단편들이 다수를 차지하고 있기 때문이다.[44] 횡보의 후반기 소설들은 비슷한 플롯 구조를 반복하고 있고, 모티프 역시 몇 가지로 압축될 만큼 매너리즘에 빠져 있는 것처럼 보인다. 작품의 이런 한계에도 불구하고, 이 시기에 발표된 작품들을 연결시켜 전쟁 초기의 생생한 기록으로서의 『취우』의 문학적 위상을 꼼꼼하게 살핀 연구가 있고,[45] 그 이후의 작품들에서도 미망인 문제를 통해 전후의 현실을 대변하는 전형적인 인물을 그려내었음을 밝히기도 하였다.[46] 『취우』는 전쟁기의 일상을 다루고 있다는 점에서 문제적일 뿐 아니라, 그 일상성의 묘사가 해방기에 발표된 『효풍』의 뒤를 잇고 있다는 점에서 흥미롭다.[47] 『취우』

---

43) 조남현, 「염상섭의 후기소설」, 『문학정신』 89년 8월, 303면. 작품 편수만 놓고 보면, 횡보는 세상을 떠나기 전 10년 동안 쓴 작품과 그 이전의 30년간에 걸쳐 이룩한 작업량이 거의 대등한 창작활동을 해냈다.

44) 위의 글, 304면.

45) 김경수, 「혼란된 해방 정국과 정치의식의 소설화」, 앞의 책, 232–239면.
    신영덕, 『한국전쟁과 종군작가』, 국학자료원, 2002.

46) 김경수, 위의 글, 249면.

의 일상성은 전쟁으로 인해 작가의 의도와는 상관없이 서사적 긴장을 형성한다.

> 앞창 유리를 사정없이 좍좍 내려 갈기는 굵다란 빗발에 룸 램프를 끈 컴컴한 자동차 안의 사람들은 멀거니 밖을 내다보고 앉았으나 창에 부딪쳐 튀는 물방울이 안개같이 자욱이 가리어, 보이는 것이라고는 앞차의 빨간 테일라잇밖에 없다. 좌우 양옆에서 와글거리고 벅적거리던 피난민떼도 절벽같이 캄캄한 속에서는 다만 커단 검은 그림자가 한데 엉켜서 흔들거릴 뿐이요, 그 법석 통에 빗소리조차 들리지 않는다. 차는 십 킬로 오 킬로로 뚝 떨어진 속력이 여기가 어디쯤 되는지 아주 답보를 하기 시작한다. 아마 삼각지는 넘어선 모양이나 아직 용산역 앞까지도 먼 모양이다. 그러나 뒤따라오는 대포 소리만은 점점 가까와 오며 덜미를 친다.(『취우』, 『염상섭 전집』 7권, 11면.)

전쟁의 발발로 자가용을 타고 피난을 떠난 일행들은 "사정없이 좍좍 내려 갈기는 굵다란 빗발"로 앞이 보이지 않는데다가, 피난민들은 "절벽같이 캄캄한 속에서" 엉켜 있고, 차는 점점 속력이 줄어들면서, 대포 소리가 점점 가까워져 "덜미를" 치는, 진퇴양난의 위기에 빠져 있다. 긴 호흡의 첫 문장은 주인공들의 긴장과 갑갑함을 묘사하고 있다. 이런 와중에 한강 다리의 폭파는 이들을 절망적인 위험에 몰아넣는다. 이들은 한강을 건너기 위해 마포와 서빙고로 옮겨 다니다가 결국 도강을 포기하고, 집으로 돌아가는 길에 조수 아이가 유탄에 맞는 부상을 당하면서 위험은 현실화된다. 아이의 총상으로 운전수는 차를 버려둔 채 도망가고, 차에 타고 있던 김학수 사장 일행은 거리에서 새벽을 보낸다. 신영식은 부상자에게 응급처치를 하는 한편, 운전수를 다시 불러와서 부상자를 병원으로 옮기고, 사장

---

47) 김종욱, 「염상섭의 『취우』에 나타난 일상성에 관한 연구」, 『관악어문연구』 제17집, (1999. 12. 31), 153면. 『취우』의 일상성은 작가의 이념으로부터의 도피를 보여주고 있고, 이 도피를 통해 중간파의 변신의 모습을 보여주고 있다는 것이 이 글의 주장이다.

을 자기 집으로 데리고 가서 거처할 곳을 마련해 준다.

사장의 비서 겸 첩 노릇을 하는 강신제는 지난밤에 신영식의 도움으로 목숨을 건진 일로 영식에 대해 호감을 가진다. 신제는 영식과 함께 전쟁 속의 서울을 목도하면서 그녀의 집이 있는 재동, 혜화동의 김학수의 집, 한미무역 회장의 집인 창신동 정필호의 집을 차례로 방문한다. 『효풍』이 운명적인 시간을 예고하면서 긴장을 조성하고 있다면, 『취우』는 탈출구가 없는 공간의 성격에 의해 긴장이 생성된다.[48] 이들의 시선에 포착된 서울은, 간간이 국군과 인민군 사이의 총격전이 벌어지고 있기는 하지만, 이들을 보는 시선은 어느 쪽으로도 치우치지 않고 있어, 긴박한 외부 현실과 이런 사태를 바라보는 주인공들의 내면은 대조적이다.[49] 인공 치하의 서울이 한낱 구경거리에 지나지 않는 풍경에 가깝다면, 영식의 시선을 아랑곳하지 않고, 옷을 갈아입는 순제는 도발적이고 적극적인 모습이다.

> 순제는 웃목 쪽에 걸린 체경 앞에서, 상에 입는 치마 저고리를 떼어 부덩부덩 갈아입는다. 저고리를 홀딱 벗으니, 체경 속으로 보이는 불룩한 젖가슴께와 상큼한 모가지에서부터 흘러내린 오동통한 꼭 집은 듯한 어깨짐이, 삼십이나 된 여자로는 몸을 마구 굴지 않아 그렇겠지마는 그 얼굴과 같이 아직 처녀의 몸매 같다. 보얀 토실토실한 살결에도 한참 무르익은 탄력이 있어 보였다. 검정 통치마가 스르르 흘러내리고 호루를한 자미사 속치마 속으로 환히 비치는 쪽 고른 두 가랑이의 또렷한 곡선이, 삼십 전 노총각의 눈에는 마주 보기가 도리어 겸연쩍어서 고개를 떨어뜨렸다.(『취우』, 43면.)

---

48) 뢰테르, 앞의 책, 152면.
49) 김윤식, 『염상섭 연구』, 820면. 염상섭 소설을 중산층의 가치중립성으로 보고 있는 김윤식의 시각은 중립노선과 냉소주의를 같은 것으로 보면서, 『취우』의 관찰자적인 시각이 이를 뒷받침하고 있다고 주장한다.

순제의 집으로 찾아간 영식은 옷을 갈아입는 순제를 보면서 자신의 약혼녀인 명신의 모습을 떠올리고, "기교적인 감미한 몸 전체의 표정"을 "새삼스럽게 발견한 듯" "멀거니 순제의 얼굴과 몸매를" 바라본다. 그의 약혼녀인 명신은 회장의 차를 타고 이미 한강을 건너 피난을 간 상태이고, 한강이 폭파되어 서울에 남은 영식은 순제의 집에서 김학수 사장이 누리던 호사를 맛보게 된다. 그는 자신을 위해 목욕물을 준비하고, 맥주를 내오는 세 살 연상의 순제에 대해 호기심을 품게 된다. 순제는 영식과 그의 약혼녀인 명신 사이를 알지 못하고, 그녀의 친척인 종식이를 명신에게 중매 든 적이 있었다. 그런데 이제는 영식이 이미 약혼한 줄을 알면서도 순제는 영식에게 적극적인 애정공세를 펼치고, 영식은 그 이유를 알지 못해 그녀가 "총알을 피하게 되면서 돌지는 않았나" 의심을 하게 된다.

여기까지의 서사를 통해서 알 수 있는 것은 영식은 이미 약혼자가 있는 상태이고, 순제는 그것을 이미 알고 있으면서도 영식에게 적극적으로 애정을 표현하면서, 이들의 혼사를 피난 간 명신이가 방해를 하고 있는 듯한 인상을 준다. 그렇지만, 실제로는 영식은 순제가 과감한 애정을 표현할수록 명신의 존재감을 더 많이 느끼면서 괴로워하는 것을 알 수 있다. 즉 『취우』는 피난 가 있는 여자와 피난을 가지 못한 남자 사이에 제3자가 개입하여 이들의 사랑을 방해하는 혼사 장애를 중심서사로 삼고 있다. 이는 횡보의 이후의 장편에서도 반복된다. 『화관』(1957)에서 진호와 영숙이는 결혼을 하기로 약속된 상태에서 봉순이의 갑작스런 등장으로 결혼이 방해되는 것이나, 『대를 물려서』(1959)에서 익수와 삼열이가 약혼을 준비하던 중에 박옥주 여사의 딸인 신성이가 개입하여 이들의 관계를 방해하는 혼사 장애의 서사구조를 반복하고 있다. 이때 흥미로운 것은 이미 약혼한 상태에서 그것을 방해하는 제3자의 개입이 주된 서사를 이끌어간다는 것이다. 그러므로 독자들은 결혼을 약속한 두 남녀 사이를 제3자가 깨뜨릴까 하는 긴장 속에 놓인다.

『화관』의 진호는 부산의 섬유회사의 회사원으로 근무하는 총각으로, 전쟁 통에 홀로 아이를 키우며 살고 있는 '전쟁미망인' 영숙과 결혼을 약속하고, 부모님의 허락을 어렵게 받아낸다. 중매를 든 사람들까지 이들의 혼담이 성사되었다는 소식에 기뻐하는데, 영숙이 일하던 다방에 봉순이 나타나면서 일이 꼬이기 시작한다. 그녀는 진호보다 나이는 위이지만, 진호를 영숙에게 빼앗기기 싫어서 그를 자기 집에 데리고 와서 술을 먹이고, 옷을 감추는 등 심술을 부려 자기 집에서 하룻밤을 보내게 한다. 봉순의 등장은 약혼자들의 관계를 위협하면서 위험한 상황을 연출한다. 『취우』의 영식처럼, 진호는 봉순에게 끌려 다니면서 죄의식을 느낀다. 영숙이가 근무하던 낙양다방의 사장 박인환은 영순이를 데리고 와서 봉순이의 집에 있는 진호를 만나게 한다. 박인환은 영숙이가 결혼을 하지 않고, 낙양다방에서 계속 일하기를 원했기 때문이다. 이처럼 진호는 결혼승낙을 받은 상태에서 봉순의 방해를 받으면서 혼사가 지연되고, 이 지연의 과정이 곧 서사를 만들면서 위험이 구체화된다.[50] 서스펜스는 희생자를 중심으로 전개되면서, 적대자들의 공격을 받는 희생자로 인해 긴장이 형성되는데, 여기에서는 결혼을 방해하는 제3자의 개입이 독자들을 긴장시킨다.

약혼 또는 결혼을 약속한 이들이 혼사 장애를 맞게 되는 결정적

---

50) 뢰테르, 앞의 책, 155면.

인 이유는 공간적인 단절에 있다. 『취우』의 영식과 명신은 한강다리의 폭파로 인해 한쪽은 피난을 간 상태에 있고 다른 한쪽은 인공 치하의 서울에 갇히게 되면서 공간적인 단절이 곧 혼사의 장애가 되고 있다. 『화관』의 경우도 부산에서 일하고 있는 진호가 서울에서 일하고 있는 영숙이와 헤어져 부산으로 내려가면서 본격적인 혼사 장애가 시작된다. 이런 공간적인 단절이 혼사를 방해하는 결정적인 요인이기는 하지만, 더 중요한 것은 이런 상황에 놓인 남성의 무기력한 태도이다. 『취우』의 영식은 명신을 생각하면서 죄의식을 느끼기는 하지만, 순제의 적극적인 애정공세에 흔들리기 시작한다.

> 　두 남녀는 웃고 말았다. 그러나 영식이는 그런 의논을 받는 것이 싫거나 불쾌할 것은 없어도, 무언지 저항하기 어려운 힘이 별안간 탁 실려 오는 것 같아서 겁부터 나며 도리어 마음이 무거워졌다. 이 여자의 과거라는 것을 자세히 알 수 없으니 정말 무슨 내용이 있어서 강박 관념에 벌벌 떠는 것인지? 그래서 자기를 이용하려고 이러는 것인지? 혹은 자기를 끌려는 계획적 수단으로 지나치게 서둘러 보이는 것인지? 종을 잡을 수가 없다. 잘못하다가 사장한테 의리가 서지 않고 오해나 사서 여러 사람에게 망신이나 하지 않을까 하는 생각에 정신을 차려야 되겠다고 마음을 단단히 먹었다.(『취우』, 66면.)

　순제는 서울보다는 한적한 곳에서 몸을 피하자며, 영식에게 동행을 청하고, 영식은 순제의 갑작스런 애정공세를 의심하면서, 순제와 달아나는 것이 주변 사람들에게 오해를 살 것이라고 생각한다. 순제에게는 영식이를 질투하는 김학수 사장 외에도 사상적으로 결별하여 월북했다가 전쟁 통에 서울로 내려와 있는 옛 남편 장진이 있었다. 그녀는 영식에게 자신과 김학수 사장의 관계를 청산하고, 새로운 삶을 살겠다고 천명하면서 영식에게 자신의 애정을 과감하게 표현하고, 영식은 그런 순제에게 넘어가지 않겠다고 다짐하면서도 그녀에 대해 호감을 느낀다.

혼사 장애 앞에 무기력한 남성의 모습은 전쟁이라는 현실 앞에 어떤 미래나 꿈도 꿀 수 없는 무기력한 횡보의 내면을 보여주고 있다. 『효풍』에서 남한 단독정부의 수립을 반대하며 중간파의 이념을 실천하기 위해 동분서주하던 박병직의 모습은 전쟁의 소용돌이 속에 무기력한 모습으로 이리저리 휩쓸리게 된다. 병직의 사상이 실패로 돌아가고 만 것은 순제의 회상 속에서 드러나 있다.

> 「진짠지? 얼치긴지? 하지만 선무당이 사람 죽인다구, 얼치기가 더 말썽이요, 더 무섭거던요」
> 순제는 자기 남편도 얼치기였기 때문에 중학교 선생 노릇이나 다소곳이 하는 게 아니라, 공산주의의 책 한 권도 보는 것을 못 봤는데 남북협상이니 뭐니 하고 겉몸이 달아 다니다가 살림도 계집도 다 버리고 넘어간 것이라고 코웃음을 치는 것이다.(『취우』, 82면.)

순제의 기억 속에 남은 남편은 공산주의가 무엇인지도 모른 채, 남북협상 운동을 하다가 "살림도 계집도 다 버리고" 월북을 한 사람이다. 횡보는 1949년 6월에 만들어진 국민보도연맹에 가입한 바 있는데, 그것은 그가 1946년 11월 8일에 열린 조선문학가동맹 제8회 중앙집행위원의 명단에 이름을 올린 바 있었기 때문이다.[51] 비록 횡보가 조선문학가동맹(문동)에서 적극적으로 활동한 흔적이 없고, 그의 의사와는 상관없이 문동이 일방적으로 그의 이름을 명단에 올렸을 가능성도 있지만,[52] 횡보가 이 사건으로 인해 보도연맹에 가입하

---

51) 『예술통신』, 1946년 11월 11일.
52) 김재용, 앞의 글, 344면.

게 되면서, 그는 사상적으로 위축되었을 가능성이 많고, 사회주의에 대해서도 회의적으로 돌아섰을 가능성이 높다. 순제의 남편에 대한 평가는 그런 사상적 변화를 내포하고 있다.

② 부역의 요청과 징병의 위협

『취우』의 중반부는 크게 두 가지의 서사가 전개된다. 하나는 순제의 남편 장진이 그녀의 친정집에 찾아와 부역을 요청하는 것이고, 다른 하나는 영식이 징병의 위협을 당하는 것이다. 순제는 영식에게 사장과의 관계를 청산하겠다고 선언하면서 새로운 삶을 살겠다는 포부를 밝힌다. 자신이 사장에게서 벗어나게 되면 영식이가 가책을 받지 않고 자기에게 달려들게 될 것이며, 영식이를 손에 넣고 있으면 약혼자는 얼마든 물리칠 수 있다고 믿는다. 이렇게 영식에 대한 애정을 선언한 이상, 전남편 장진의 부역 요청은 거절할 수밖에 없다. 그녀는 전남편이 다시 찾아올까 두려워, 자신의 거처를 아예 신영식의 집으로 옮기고, 김학수 내외는 순제의 큰 오빠의 집으로 옮기게 한다. 이렇게 적대자들의 눈을 피해서 공간을 이동하게 되면, 이들은 한동안 일상적인 삶 속에서 평온한 시간을 보내게 되고, 얼마간의 시간이 흐르면 다시 위험에 처하게 된다. 그런 점에서 『취우』의 시간과 공간은 서스펜스소설의 특성을 그대로 보여준다. 장소는 닫혀져 있거나 어두우며, 시간은 한정되어 있거나 짧다.[53] 즉 이들은 닫힌 공간에서 끊임없이 이동하지만, 이들이 누릴 수 있는 안전한 시간은 매우 짧기 때문에, 독자들은 긴장을 놓을 수 없다.

---

53) 뢰테르, 앞의 책, 152면.

순제가 영식의 집으로 거처를 옮긴 후에, 그녀의 필운동 집에 총을 멘 남자들이 찾아와 식량을 모두 가져가고 집까지 내놓으라는 소식을 듣게 된다. 전 남편이 부역을 할 수 없다는 그녀의 편지를 보고 화를 내며 돌아갔다는 말을 듣고, 순제는 이것이 전남편의 소행인가 의심하게 된다. 그러나 저녁에 들어온 영식을 통해서 주변의 사람들도 그런 상황에 처했다는 소식에 안도한다. 이렇게 하나의 위협이 끝나고 나면 일상적인 삶이 시작되어, 순제는 영식이의 모친과 여동생의 마음을 얻기 위해 편물을 짜거나 선물 공세를 한다. 또다시 내무서원과 반장의 방문으로 영식의 가족들은 그녀의 존재가 부담스러워진다. 영식은 그녀를 자신의 처라고 소개하며 위기를 모면한 뒤에 배급통장에 그녀의 이름을 올려준다. 이틀 후에 다시 내무서원이 찾아와 순제의 소지품을 검사하는 과정은 영식이의 가족을 공포로 몰아넣는다.

「좀 올라가두 좋겠죠?」
구두를 벗고 성큼 올라선다.
내무서원이 잡담지하고 안방으로 들어서자, 간이 콩알만해서 방문 안에 몸을 숨기고 서서 내다보던 영희는 겁결에 눈자위가 들리고 울상이 된 얼굴이 파랗게 죽어서 튀어나왔다. 모친도 펄쩍 놀라서 일어서며 딸을 끌고 건넌방으로 들어가 벌벌 떨며 건너다보고 있다. 하나는 마룻전에 총을 짚고 앉았고 권총을 찬 한 놈은 안방으로 들어갔으니, 여자들만 있는 집에 무슨 일이 날지? 마님은 혼이 다 나갔으면서도 대문을 걸고 들어온 건가? 열려 있나? 하는 의심이 떠올랐다. 그러나 대낮인데, 소리를 치면 동넷사람이라도 나올 거 아닌가 하는 생각이 들자 조금은 마음이 가라앉았다.(『취우』, 142 - 143면.)

총을 멘 내무서원들의 방문은 영식이 가족들의 생명을 위협하고 있는데, 이들은 순제의 얼굴을 한 번 더 볼 겸, 그녀가 영희에게 선물한 시계를 가져갈 겸 찾아온 것이었다. 이렇게 순제로 인해 영식의 모친이 위험에 처하자, 순제는 영식을 이끌고 친정집의 산소를 찾게 되지만 그곳에도 내무서원들이 찾아오고 의용군을 징발한다는 말을 듣게 된다. 이들은 생명을 위협받는 긴박한 상황에서도 묘지기의 집에서 육체적인 관계를 맺게 된다. 이 장면 역시 위협을 피한 이들이 평온한 시간을 보내고 있는 모습을 묘사하고 있는데, 이는 긴박한 외적 상황과 대조적이다.

> 남자도 그 말뜻을 알 듯 모를 듯한 채 싱글 웃으며, 한 팔을 세워 오른 뺨을 괴우고 비스듬히 누웠다. 순제는 얼굴이 살짝 발개지며 또 한 번 눈웃음만 치고는 류크사크를 끌어 당겨서 조그만 캰디(사탕) 봉지를 꺼내더니, 하나를 자기 입에 툭 들어뜨리고 어느 틈에 또 하나 뚱그런 것을 앞에 누운 남자의 입에다 데민다. 영식이는 웃으며 담배를 재떨이에 놓고 손을 받으려 하였으나, 그럴 새도 없이 입 속으로 매끈둥하고 쏙 들어가 버렸다. 허공에 놀던 남자의 손길이 폭신하고 잡히며, 여자의 벗은 발끝이 짧은 바지를 입은 남자의 정강이를 간질하고 건드렸다. 영식이도 머릿속과 눈 속이 화끈하였다.
> 뒤곁에서 화덕에 집힌 장작불이 톡톡 불똥을 튀기는 소리만 들릴 뿐이요, 조용한 앞뒷 뜰에 볕이 쨍쨍히 쪼여 서늘한 방안은 짙은 응달에 도리어 우중충하고 재떨이에서는 파란 담배 연기만 피어오른다.(『취우』, 149면.)

서술시간과 스토리시간이 거의 일치되면서, 두 남녀의 행동은 마치 카메라에 의해 관찰되듯이 묘사되고 있고, 이들의 행동이 묘사된 뒤에는 장작불과 담배 연기가 타오르는 장면이 이어져 카메라가 이동하는 듯한 착각을 일으킨다.[54] 이들의 사랑 행각은 오히려 긴박한 현실을 더욱 강조하는 효과를 낳고 있다. 이들에게 닥쳐올 위협에도

---

54) 즈네뜨, 앞의 책, 178면. 카메라로 대상을 찍듯이 묘사하는 것은 외적 초점화에 해당하는데, 이런 경우 "주인공은 자신의 생각이나 감정을 우리에게 알려주지 않으면서 우리 앞에서 연기"하는 영화적 상상력을 보여주고 있다는 점에서 주목된다.

불구하고 이들이 그것을 인식하지 못하는 듯한 인상을 주기 때문이다.[55] 물론 독자들도 주인공이 언제 위험에 처하게 될지 알 수 없지만, 이들이 위험 속에 있다는 사실이 이미 알려졌고, 그런 상황에서도 일상적인 삶을 계속하는 것 자체가 긴장을 유발한다. 그리고 이미 위험과 일상의 반복에 의해 이들이 다시 위험에 처하리라는 예상이 긴장을 낳는 것이다.

『취우』가 이혼의 경험이 있는 여자와 총각의 연애를 중심 소재로 다루고 있다면, 『화관』은 전쟁 통에 남편을 잃은 아이 딸린 여성과 총각의 결혼을 소재로 하고 있다. 『취우』에서 이루지 못한 사랑을 『화관』이 성취한 셈이다. 그렇지만 『화관』의 경우에도 전반부에는 이미 결혼을 승낙받고 본격적인 서사에 있어서는 혼사 장애를 맡은 제3자의 활약상을 주요 서사로 다루고 있다. 명시적 플롯은 봉순이 진호를 따라 부산으로 가서 그의 마음을 얻기 위해 분주하게 돌아다니는 것이고, 암시적 플롯은 서울에서 있는 영순이 진호를 원망하며 생활하는 것이다.[56] 진호는 봉순의 집을 찾아온 영숙의 오해를 풀지 못하고 부산으로 내려가게 되고, 진호는 봉순의 끈질긴 추적을 받게 된다. 그가 탄 열차에 동승한 봉순은 침대칸을 빌려서 신혼여행의 기분을 낸다. 부산에 도착한 진호는 봉순과 함께 호텔에 투숙한 뒤 몰래 빠져 나오지만, 봉순은 그의 하숙집을 찾아와 또 함께 술을 마신다. 봉순의 방해는 영숙에게 온 편지를 빼앗는 데서 절정에 이른다. 제3자의 방해는 혼사를 목표로 하는 서사에 서스펜스의 요소로 작용을 하지만, 그것이 추리기법이나 호기심을 자극하는 것

---

55) 미케 발, 앞의 책, 208-209면.
56) Watts, C., op. cit, pp.35-36.

이 아니라 단순한 방해공작에 그치면서 독자들의 긴장을 유발하는 데 실패하고 있다. 염상섭의 후기작들이 연구자들의 외면을 받는 것은 이런 동일한 모티프를 끊임없이 반복하기 때문이다.

『취우』의 경우에는 『화관』과 달리 혼사 장애의 요소들이 비교적 전쟁의 상황과 밀접하게 관련되어 있기 때문에 긴장감을 형성한다.[57] 묘지기의 집에서 의용군을 징발하는 내무서원이 돌아다닌다는 말을 듣고, 이번에는 영식이를 피신시키기 위해 순제는 자신의 친정 집을 찾아간다. 그곳에는 순제의 남동생 순철을 징병하려는 청년들이 찾아와 순철이 대신 영식을 데려가닌다고 한다. 순제는 "남편을 여기에서 뺏기면 자기 동네에서 남편을 빼돌렸다고 자신을 들볶을 터이니 안 될 말"이라고 설득하여 이들을 돌려보낸다. 묘지기의 집에 감자를 얻으러 갔다 돌아온 순철은 그간의 사정을 전해 듣고, "날더러 넘어가서 총뿌리를 이리 대라"는 것이냐고 분노한다. 순철의 말을 통해 이 전쟁이 결국 동족상잔의 비극임을 드러내고 있다. 영식은 첫 번째 징용의 위기는 벗어났으나 그동안 숨을 곳을 마련하고, 순제 모녀는 두 남자의 식량을 마련하기 분주하게 움직였다. 이처럼 공간의 이동은 한동안 일상적인 삶을 허락하지만, 시간의 흐름은 그런 일상성을 여지없이 깨뜨리고 주인공들을 위험에 빠뜨린다. 이삼일 후에 영식은 다시 징용을 나왔던 청년을 만나게 되고, 또 사오일 잠잠한 후에는 본가로 외출을 나가려던 영식은 그 청년과 반장의 방문을 받고 징병된다.

---

57) 신영덕, 『한국전쟁과 종군작가』, 국학자료원, 2002, 180면. 이 책에서는 전쟁기의 횡보의 행적과 함께 당시 발표된 작품들에 대한 연구가 이루어졌다.

「아니, 뭣하러 우리 뒤만 이렇게 쫓아다니는 거예요?」

순제는, 필운동 집에서부터 실랑이를 하던 이 쌀쌀스러운 청년에게 대들며 소리를 쳤으나, 이애는 거들떠보지도 않고 저희끼리 몇 마디 수군수군 일러만 놓고, 반장을 재촉하여 휙 나가버렸다.

누이는 마루 구멍에서 꺼내 주는 운동화를 천천히 신고, 지키고 섰던 젊은 애를 따라나서는 영식이는 흥분에 다만 얼굴이 벌걸 뿐이었다. 뒤따르는 모친과 순제도 상여 뒤를 따라가는 사람들처럼 머리를 숙이고 인제는 말이 없었다. 동구까지 나오니까 망을 보고 지키고 섰는 또 다른 젊은 애에게 영식이를 눈짓으로 넘기고 손에 쪽지를 든 젊은 애는 뒤돌아 골목으로 들어갔다.(『취우』, 179면.)

『취우』는 이렇듯 두 남녀의 애정관계와 외부의 위협을 번갈아가며 서술함으로써 애정관계가 서술될 경우에는 서술시간과 스토리 시간을 일치시켜[58] 서사를 이완시키다가 적대자들에게 발각되는 과정은 짧은 대화와 문장으로 처리하면서 긴박감을 살리고 있다. 징발을 하는 자와 징발을 당하는 자의 쫓고 쫓기는 대결은 영식이가 징병됨으로써 마무리가 된다. 그러나 서사는 완결되지 않은 상태이다. 영식은 학교 운동장에서 대기하였다가 의용군으로 끌려가고, 순제는 전남편 장진에게 부탁하여 영식을 빼낼 궁리를 한다. 영식이 징병된 이후로는 다시 일상적인 삶으로 돌아가서 순제는 단파방송을 들으면서 전황을 살피고, 영식의 모친과 함께 점쟁이를 찾아가기도 한다. 그런 중에 김학수가 납치되는 사건에 의해 다시 위험이 예고되고, 이는 갇혀 있는 인물들에게 또 한 번 공포감을 준다. 이어서 영식이의 엽서가 도착하면서 영식의 귀환이 예고되고, 순제와 영식의 모친은 순제의 친정집으로 피신하는데, 영식의 모친은 가족들을 부양하기 위해 애를 쓰는 순제의 모습에 마음을 연다.

---

58) 즈네뜨, 앞의 책, 92면.

9·28 수복이 있기 전의 서울 시민들의 표정에 대한 횡보의 묘사는 긴장과 두려움 속에서 지낸 삼 개월을 요약해 주고 있다.

　　감방 속에 들어앉았는 죄수는 온종일 바깥 소리와 눈치에 귀를 기울이는 것으로 마음을 붙이며 지루한 하루를 보내다가 어두컴컴하여지면 지친 신경에 마음이 폭 까부라지면서, 오늘도 이대로 넘어갔구나 하고 처량한 긴 한숨을 쉰다. 아무 예고도 없이 별안간 주위와 동포와 전세계와 뚝 떨어져서 죄 없는 감옥살이를 석 달 동안이나 하느라고 영양부족과 신경과민에 널치가 된 백 사오십만 서울 시민은, 더구나 요 며칠 새로 격렬한 폭격과 비행기 소리로만 바깥 동정을 살피기에 심신이 척 늘어지고 말았다. 더구나 인제는 풀려간다고 시시각각으로 잔뜩 기다리고 앉았느니만치 한층 더 마음은 조비비듯하였다. 그러나 오늘도 그대로 넘어가고 말았다.(『취우』, 215면.)

횡보는 적치하의 삼 개월을 "아무 예고도 없이 별안간 주위와 동포와 전 세계와 뚝 떨어져서 죄 없는 감옥생활"을 한 것으로 묘사하고 있는데, 이것은 그의 실제 경험에서 나온 것이다.[59] 적 치하에 고립되어 있던 서울 시민은 일상과 외부의 위협을 번갈아 경험하면서 육체적으로 정신적으로 고통을 받았던 것이다. 그것은 공간과 시간의 싸움이기도 했다. 공간적인 이동은 주인공들에 순간적인 일상성을 제공하지만, 시간의 흐름은 이들의 일상성을 파괴하여 생명의 위협에 처하도록 이끈 것이다. 전쟁은 서울 시민을 외부와 고립시키면서 긴장과 두려움에 빠뜨리고, 그것은 수복되기 전까지 지속되었던 것이다.

---

59) 김윤식, 앞의 책, 845면. 『취우』의 겉모양은 두 젊은 주인공을 내세워 소설다운 형식을 취하지만, 「모략」이나 「삼팔선」보다도 일층 개인적이고 체험적이라고 김윤식은 주장한다.

③ 전쟁의 지속과 피난의 반복

『효풍』과 『취우』에 나타나는 긴박감 또는 서스펜스는 민족의 장래를 위협하거나 생명을 위협하는 외적인 현실에서 온다. 『취우』의 경우 한강폭파로 인해 피난에 나섰던 사람들이 집으로 돌아가 적치하의 삼 개월을 보내는 과정은 연애와 일상사로 채워지고 있지만, 생명의 위협은 여기저기에서 도사리고 있다. 특히 약혼녀인 명신을 먼저 피난 보낸 후에 서울에 고립된 영식은 명신에 대한 죄책감을 느끼면서도, 순제의 적극적인 애정 표현에 '될 대로 되라'는 식의 태도로 일관한다. 그것은 고립된 공간으로 인해 가능했던 연애이다. 세 살 연상의 이혼녀와 약혼녀가 있는 노총각의 사랑은 서울이 수복될 때까지만 지속된다. 서울이 수복되자, 피난을 떠났던 한미무역 회장의 아들이자 전무였던 장달영이 미군통역관으로 개선하고, 그와 더불어 영식의 약혼녀인 정명신이 돌아온다. 그리고 영식이 탈영하여 기적적으로 돌아옴으로써 순제는 눈물을 흘리면서 그를 맞이한다.

> 순제는, 문전에 얼씬하였다가는 동냥아치로밖에 못 알아 볼 그 얼굴과 그 구지레한 꼴에 놀라기도 하였지마는, 눈물이 핑핑 앞을 가리어서 축대도 못 올라서고, 그대로 옆에 섰는 영희의 어깨를 짚고 엉엉 소리를 쥐어짜듯이 울었다. <어?> 하고 눈이 커대지다가 그만 얼굴이 뒤틀리며 가슴이 옥죄이는 듯 우는 그 표정과 울음소리에 영식이도 코끝이 알싸하여지며 멀거니 마주 보고만 섰다. 그러나 이 여자의 마음을 새삼스레 인제야 안 듯 싶은 만족과 감격을 느꼈다. 동넷손님들의 인사를 받으랴 아들의 이야기에 귀를 기울이랴 정신을 차리지 못하던 모친도, 순제와 딸이 맞붙들고 우는 데 끌려서 또다시 목이 메어오르며, 시급히 옷마련을 하러 방으로 들어간다.(『취우』, 230면.)

순제와 영식의 감격스런 만남에도 불구하고, 명신의 등장으로 인해 이들의 관계는 위기에 처한다. 그것은 그동안 억척스럽게 가족들을 부양하던 순제에게 호감을 품었던 영식의 모친이 명신을 보자마자 마음을 바꾸는 것에서 나타난다. 고립된 공간이 사랑을 가능하게 했지만, 시간의 변화는 이런 싹들을 제거하는 역할을 하고 있다. 또한 서울이 고립되었을 때는 공간의 이동이 일상성을 보장하고, 시간의 흐름이 생명을 위협했다면, 서울이 수복된 뒤로는 시간이 흐름이 또 다른 사랑의 가능성을 연다. 특히 『취우』에서는 시간의 변화가 인물들의 심리에 미치는 영향이 큰 편이라고 하겠다.60) 영식과 명신의 혼사를 방해하던 순제의 존재는 시간의 흐름에 의해 순식간에 작아지고, 명신은 영식의 약혼녀로서의 자신의 존재를 분명히 하려고 한다.

초점화자가 순제에서 명신으로 옮겨지면서 명신은 순제와 영식이의 관계를 추리한다. 독자들은 명신이 순제와 영식이의 관계를 발견하는 과정을 보면서 호기심을 갖게 된다. 명신은 순제로 인해 영식에게 다가갈 수 없다는 것을 느끼게 되고, 더러워진 영식의 옷을 아무렇지도 않게 만지는 순제를 보면서 이들의 관계가 심상치 않다는 것을 직감한다.

> 침착하고 참을성이 있는 명신이는 스물 둘이란 나이도 있지마는 분하다고 눈물이 핑 돌거나 마음로라도 허둥대는 성미는 아니었다. 그러나 부모와 은근히 대치하여 싸워왔고, 그만큼 공들여서 쌓아놓은 마음속의 탑이 불시에 무너진 것 같아서, 아깝고 분하고 낙심이 되어 혼자 섧지 않을 수 없다. 공동전선을 펴고 둘이 싸워야 할 이 어려운 고비에서, 헛애를 쓴 자기 꼴은 무에 됐으며, 이것을 어디 가서 하소연할 데조차 없는 것을 생각하면 차라리 순제보다도 영식이가 사람 같지 않다는 원망도 비로소 떠오른다.(『취우』, 238면.)

---

60) 김윤식, 앞의 책, 831면.

이를 가추법으로 설명한다면, 어떤 남자의 더러워진 옷을 아무렇지도 않게 만지는 여자는 그 남자와 가까운 사이이다.(규칙) 순제는 영식의 더러운 옷을 아무렇지도 않게 만진다.(결과) 그러므로 순제는 영식이와 가까운 사이이다.(사례)[61] 이런 추리과정을 통해 명신은 순제와 영식이의 관계가 심상치 않다는 것을 직감한다. 명신은 그동안 영식이를 반대하는 부모님을 설득하는 노력을 해 왔고, 이제는 영식과 함께 부모를 설득하는 작업을 하리라는 계획이 불시에 수포로 돌아간 것에 순제보다도 영식에게 더 큰 실망감을 느끼게 된다. 순제 역시 상황이 바뀌자 영식이의 말을 하나하나 곱씹으면서 영식이의 눈치를 살피게 된다.

영식은 순제와 결혼할 계획을 세우며, 한편으로는 명신과의 관계를 정리하려다가 명신과 자신의 관계에 어떤 변화도 없다는 생각에 이른다. 그의 우유부단한 성격과 부모의 반대로 인해 명신과 적극적인 연애를 시작하지 못했고, 그 틈을 순제가 비집고 들어온 것일 뿐이다. 삼각관계 안에서 방황하면서 어느 쪽도 선택하지 못하고 마는 열린 결말은 전쟁 앞에 무력한 횡보의 내면을 보여주고 있다. 『취우』의 열린 결말은 『화관』에 이르러서는 결혼에 성공하는 것으로 바뀌면서 두 작품 사이에 적지 않은 변화가 보인다.

2) 혼사 장애와 세대 모티프의 반복: 『젊은 世代』, 『代를 물려서』

염상섭이 『취우』 이후에 발표한 장편들은 미완으로 그치거나 긴

---

61) 카를로 긴즈버그, 「단서와 과학적 방법: 모렐리, 프로이트, 셜록 홈즈」, 『논리와 추리의 기호학』(김주환 외 역), 인간사랑, 1994, 218면.

장도가 떨어지는 경향이 강하다. 이 시기 횡보 문학에 대해서 가부장제의 문제를 포함한 일상성의 영역에 깊이 침잠하고 있다는 분석이 있지만,[62] 추리소설의 측면으로 보면, 이 시기 작품들이 혼사 장애의 플롯을 반복하고 있고, 세밀한 심리 탐구나 긴장을 유발하는 추리의 기법이 보이지 않는다. 이처럼 횡보 소설의 추리소설적 성격은 서사의 긴장감을 높이는 데 결정적인 역할을 했다는 것을 알 수 있다. 『효풍』과 『취우』의 경우에는 현실의 긴박감이 소설 자체에 긴장감을 불어넣는 역할을 하고 있으나, 이후의 소설들은 플롯 전개에 긴장을 제공할 만한 모티프들이 나타나지 않고 있다.

『젊은 世代』(1955)와 『代를 물려서』(1959)는 혼사 장애 모티프를 통해서 다음 세대에 대한 기대와 애정을 표현하고 있다. 두 소설이 두 세대에 걸친 애정 관계를 다루고 있고, 1세대에서 이루지 못한 사랑을 2세대에서 성취하게 된다는 것을 큰 줄거리로 삼고 있다. 미래에 대한 전망이나 기대를 회복하고 있다는 점에서 노작가의 풍모가 드러나고 있기는 하지만, 소설적 성취로 본다면, 전후의 일상적인 삶을 묘사하고 있는 수준에 그친 작품이라고 하겠다.

『젊은 세대』는 은행 과장인 동재가 부하직원인 택규에게 아내의 여고 동창생인 명희를 소개시켜주는 것으로 시작된다. 택규는 일 년 전에 아내를 잃었고, 슬하에 장성한 아들 정진을 둔 상태에서 재혼 상대를 고르던 중, 동재의 소개로 만난 명희에게 호감을 느끼지만, 명희는 홀어머니와 군대에 있는 남동생을 돌본다는 이유로 청혼을 거절한다.

---

62) 한수영, 「소설과 일상성 – 후기단편소설」, 『염상섭 문학의 재인식』(문학사상연구회), 깊은샘, 1998. 184면.

툭 터놓고 말하면 시집도 가고 싶고 돈도 벌고 싶다. 이왕 시집을 가량이면 외로운 친정어머니까지 받아들여 주고 큰 호강은 바랄 수 없어도 편히 앉혀 놓고 먹여줄 데가 소원이다. 택규가 잠깐 본 인상으로도 좋고 인물은 놓치기가 아깝다. 그러나 늙은 시어머니가 있다는 집안에 친정어머니를 껄고 들어갈 수가 있나? 편안히 앉혀 놓고 먹일 집안인가! …… 명희는 놓치기는 아까워도 단념이라는 것이다.(『젊은 세대』, 『염상섭 전집』 8권, 34면.)

횡보 소설은 인간 내면을 미화하지도 그렇다고 폄하하지도 않는데, 이런 장점들이 후기 장편소설에서도 여전히 빛을 발하고 있다. 명희는 택규의 청혼에도 불구하고 자신의 상황과 내적인 욕망으로 인해 선뜻 응하지 못하고 주저한다. 명희의 거절에도 불구하고 택규는 명희의 마음을 얻으려고 끈질기게 노력하는 가운데, 명희가 집을 얻는 데 반을 내겠다고 하지만, 명희는 "돈 이삼십만 환에 이 몸을 사자는 것"이라며 냉소한다. 그렇게 택규의 노력은 성과를 거두지 못하고 답보 상태에 머물던 중에 명희의 소개로 동재의 전처였던 홍선도를 만나게 된다.

화순은 딸이 친모인 홍선도를 몰래 만난다는 소식을 듣고 남편에게 딸을 말릴 것을 요청하지만, 동재는 큰 딸의 일에 자신이 간섭할 수 없다고 주장한다. 이처럼 부모와 자녀 사이에 명확한 경계선을 긋는 것은 중기 소설에서는 찾아볼 수 없는 변화이다. 그는 택규가 전처를 만나는 것에 대해서도 이와 같은 입장을 보인다. 그는 택규의 선택이 못마땅했지만, 그를 제지할 수는 없다고 생각한다. 딸과 택규에 대한 동재의 태도는 자율적이고 자립적인 개인을 인정하고 있어서 어떤 갈등도 불허한다. 횡보의 중기소설에서는 욕망의 모방적 성격에 의해 중개자의 욕망을 주체가 욕망하게 되면서 가족 간에 갈등이 벌어지고, 살인이 일어나는 극단적인 상황에 이르기도 하지만, 횡보의 후기 소설에는 그런 극단적인 갈등은 찾아볼 수가 없다. 긍정적인 아버지는 가족들을 아버지를 중심으로 결집시키고, 가족들은 안정감을 느낀다. 이는 아버지상이 긍정적으로 변화한 것인데, 이것이 과연 당대 가족들의 실제상인지 아니면 작가의 상상적 가족상인지는 면밀히 검토할 여지가 있다. 통계에 의하면 1950년대까지도 한국의 가족관계는 여전히 봉건적이고, 권위적인 가부장제와 남성중심주의를 벗어나지 못했다.[63] 그러므로 계모인 화순이 영재의 생모인 선도를 만나서 이야기를 나누는 장면은 실제의 현실보다는 작가의 이상이 투영된 현실에 가깝다.

> 두 여자(화순와 선도)는 그저 고개를 숙여 보이는 체만 하고는 서로 무슨 말을 꺼낼지 몰라서 맥맥히 앉아 있다가,
> "피차에 우스운 처지가 됐군요마는, 아이들을 생각해서라두 가깝게 지내십시다요"
> 하고 선도가 먼저 말을 부쳤다.
> "그러믄요! 우리야 이렇게 만나뵙게 된 것만두 적지 않은 인연인데요……"
> 화순이도 좋은 낯으로 대거리를 하였다.
> "형편이 그렇게 돼서 그랬지만, 그 어린 것을 길러 내시느라구 얼마나 수고하셨어요"(『젊은 세대』, 194면.)

생모인 선도와 계모인 화순이 마주 대하고 인사를 나누는 장면이다. 선도는 남편과 이혼하는 과정이 어쩔 수 없었으며, 그로 인해 영애의 양육을 포기할 수밖에 없었으므로, 화순에게 인사를 먼저 하

---

63) 조혜정, 앞의 책, 111면. 성역할이 고정되면서 1960년대 공업화 이후에도 공적 영역의 확대는 가부장적 지배의 확대를 가져왔다.

게 되었다. 화순은 겉으로는 선도에 대해 좋은 낯으로 대하지만, 영애가 선도를 만나는 것에 대해서는 감정적으로 허락을 할 수가 없었다. 그렇지만 이들은 잔치를 통해서는 서로의 처지와 감정을 보듬으며 이해하려 한다. 여자들 사이에는 이성적으로는 용납될 수 없는 상황에 대해서도 카니발적인 전도(顚倒)와 웃음으로 서로를 용납하고, 받아들이려 한다.[64]

이 소설에서 자주 등장하는 단어는 '전쟁미망인'이다. 전쟁 후에 많은 미망인들이 발생하여 이들이 재혼하고 연애하는 세태에 대해 이 소설은 초점을 맞추고 있다.[65] 이는 『화관』에서 나타난 '전쟁미망인' 모티프의 연장으로써, 전후의 상황을 남편을 잃은 여성들의 삶을 통해 작가의 현실인식이 드러난 작품이라 하겠다. 그렇지만, 『화관』과 『젊은 세대』가 모두 전쟁미망인을 초점화자로 내세우지 않고, 혼사 장애에 놓인 남성을 초점화자로 삼으면서 통속성이 강화되는 결과를 낳았고, 소설적인 긴장도도 떨어지고 있다.

이 소설에서는 택규가 호감을 가진 이혼녀가 아들과 사귀는 여자의 생모라는 사실이 택규에게 알려지지 않으면서 독자들의 호기심을 자극한다. 택규는 명희와의 결혼이 뜻대로 진행되지 않자, 아들이 선도의 딸 영애와 교제하는 것을 알지 못한 채, 선도에게 끌린다. 택규의 시점에서 전개되고 있는 서사는 그가 언제 어떤 과정을 통해 아들의 연애를 알게 될 것인가가 서사적 긴장을 유발한다. 독자들에게는 정보가 주어지고, 주인공에게는 아직 정보가 주어지지 않

---

64) 바흐찐, 앞의 책, 181면.
65) 김경수, 「혼란된 해방 정국과 정치의식의 소설화」, 『염상섭 장편소설 연구』, 일조각, 1999. 242면. 횡보의 후기소설에서 전쟁미망인의 모습은 전후 사회의 엄연한 현실로서 그려지는 것이다.

을 때 서스펜스가 발생되기 때문이다.[66]

> 「예절이거나 말거나 물어볼 만한 새니까 물어보지만, 그래 사람을 그렇게 놀리는 법이 어디 있단 말씀요?」
> 택규는 좀 토라져 보였다.
> 「놀리긴 뭘 놀려요. 모처럼 사귄 선생님을 놓칠까봐 걱정두 되구 아이들도 깜짝 놀랄까 봐서 물계나 보리라 한 거죠」
> 택규는 선도의 그 놓치까 봐 걱정이었다는 말에 귀가 번쩍하며, 좋아서 껄껄 웃었으나,
> 「하여간 우리집 아이두 놀려 오구 하는 모양인데, 난 이젠……」
> 하고 발을 끊겠다는 듯한 말눈치였다.(『젊은 세대』, 176면.)

그동안 자신을 속이고 만나온 선도에 대해 섭섭한 감정을 표현한 택규는 아들을 위해 선도에 대한 호감을 철회하는 모습을 보인다. 이것은 앞서 살핀 대로 권위적인 아버지의 모습과는 달라서 오히려 자연스럽지 못한 인상을 준다. 연애에 있어서 아버지의 양보는 다음 세대에 대한 기대와 전망을 담고 있다. 택규의 연애가 실패로 돌아가면서 정진과 영애의 세대들이 교제하는 것으로 서사가 이어지는 것은 이를 뒷받침하고 있다. 이처럼 『젊은 세대』의 스토리 라인은 아버지와 아들의 이중적 연애 관계를 큰 축으로 전개되고 있으며, 본질적으로는 혼사 장애 모티프의 변형이라고 하겠다.

『대를 물려서』는 젊은 시절 자신의 욕망을 실현하지 못하자, 딸을 통해 욕망을 실현하려는 중년 여인을 주인공으로 내세운다. 국회의원으로 활동하다가 납북된 안도를 연모했던 태동호텔의 주인 박옥주 여사는 그녀가 이루지 못한 사랑을 딸을 통해 이루고자 안도의 아들 익수를 사위로 삼고자 한다. 그녀는 익수를 호텔로 불러다가

---

66) 미케 발, 앞의 책, 261 – 262면.

딸 신성이의 독일어 과외를 시키고, 익수는 한동국의 딸 삼열이와 사귀는 중이었으나, 박옥주의 청을 거절하지 못한다. 부모 세대의 삼각관계는 박옥주-한동국-숙경이고, 자녀 세대에서는 박옥주의 딸 신성과 한동국의 딸 삼열이 숙경의 아들 안익수를 놓고 경쟁하게 된다. 익수는 삼열과 정혼한 상태지만, 익수는 신성이의 접근을 거절하지 못하고, 신성의 모친 박옥주의 계략에 이리저리 휩쓸리게 되면서 삼열의 신뢰를 잃게 된다. 『취우』, 『화관』의 남자 주인공이 결혼을 약속한 여자를 둔 상태에서 제3의 여성의 적극적인 애정공세에 흔들리는 모습이 여기서도 반복되고 있다.

『대를 물려서』의 기초 서사는 혼사 장애 모티프이지만, 삽입 서사로 전개되고 있는 한동국의 국회의원 당선과 입당을 둘러싼 갈등은 정치현실에 대한 작가의 태도를 보여준다. 이 두 사건에는 태동호텔의 주인인 박옥주 여사가 개입되면서 단순한 혼사 장애 이상의 상징적인 의미를 띠게 된다. 류보선은 『대를 물려서』를 "일상적인 가족의 삶을 풍속적인 차원에서 재구성하는 트리비얼리즘의 세계로 빠지고" 있어 "현격히 통속소설의 범주로 떨어졌다."고 평가한다.[67] 이것은 횡보의 중기소설을 염두에 둔 적절한 평가임에도 불구하고, 이 작품에 나타난 혼사 장애는 단순한 풍속의 차원에서 머물지 않는다.

익수는 삼열이와 신성이의 사이를 오가면서 우유부단한 모습을 보이는데, 이는 국회의원에 당선된 한동국의 이미지와 닮아 있다. 박옥주는 국회의원에 당선된 한동국에게 호텔에 사무실을 내주고,

---

67) 류보선, 「역사 감각의 상실과 풍속으로의 함몰-『대를 물려서』의 경우」, 『염상섭 전집』 8권, 민음사, 1987, 455면.

그의 정치활동을 지지하는 후원회를 결성한다. 그런 중에 한동국은 그녀의 호텔에 숙박하면서 아내의 의심을 사기도 한다. 박옥주를 비롯한 후원자들은 무소속 의원으로 활동하고 있는 동국에게 여당입당을 강권한다. 후원자들의 끈질긴 요청에도 불구하고, 동국은 여당의 비리와 비정통성을 문제 삼으면서 여당 입당을 거절한다. 여기서 50년대 말의 정치현실이 한동국의 정치적인 신념에 간접적으로 드러난다. 이승만은 민주정치의 실현보다는 정권 연장에 더 많은 관심을 기울이면서 정치현실은 부패하고 있었다. 1956년 5·15 정부통령 선거에서 여당인 이승만 정권은 야당 인사를 테러하고, 사실상 야당에게 참패했음에도 불구하고, 투표와 개표의 과정에서 부정을 저질러 당선된다. 조봉암의 말처럼 야당은 "투표에는 이기고 개표에는 지게" 되면서 5·15 선거는 "엄청난 부정선거"로 기록된다.[68] 태동호텔의 직원인 장수일은 질투심으로 한동국을 호텔에서 물러나도록 하고, 장수일과 육체적 관계를 가지던 박옥주는 그의 제안을 받아들임으로써 한동국의 정치적 신념에 대한 앙갚음을 한다.

> 사실, 박옥주 여사가, 여기에 착상(着想)하고 일을 벌려 놓은 것은, 한동국 의원을 여당(與黨)으로 끌어들일 수 있다는 전제하(前提下)에서였다. 그렇게만 되면 한동국 영감을 앞장세우고 돈도 끌어낼 수가 있으려니 하는 속다짐으로 기대가 컸던 것인데, 이제 와서는 이도 저도 다 틀렸으니, 여성 동지회를 만든 취지도 무의미하게 되었지마는, 대관절 돈맛이나 보아야 취지를 돌려서라도 운영을 하여 보지, 이 꼴이 될 줄은 몰랐다고 한탄을 하면서도 속으로는 또 다른 타개책을 모색(摸索)하는 것이었다.(『대를 물려서』, 『염상섭 전집』 8권, 382면.)

---

68) 서중석, 『조봉암과 1950년대』(상), 역사비평사, 2000, 146 - 166면.

박옥주의 계산은 한동국을 여당으로 끌어들여서 돈을 끌어내자는 것이었는데, 이제는 둘 다 계획대로 진행되지 않으니 한동국을 내보내는 수밖에 없다. 박옥주의 속물적 욕망은 한동국의 정치적 신념과 대조되고 있고, 자녀들의 연애에도 깊게 관여되면서 긴장감을 높이게 된다.

안익수는 당선을 축하하기 위해 한동국을 찾아가서 삼열과 사랑의 밀어를 나누고, 숙경의 집안과 한동국 집안 간에는 자녀들의 결혼을 시키자는 말이 오가게 된다. 박옥주는 이들의 결혼을 저지하기 위해 익수를 불러서 딸과 영화를 보러가게 되면서 삼열의 오해를 받게 된다.

> 영화는 아직 시작이 아니 되었다. 옥주 여사의 일행은 마침 중턱께쯤 빈 좌석을 찾아 들어가 자리를 잡으면서, 익수는 무슨 마음에 걸리는 것은 아니나, 그래도 혹시나 하는 생각으로 좌우를 한 번 휘둘러보았다. 눈에 띄우는 아는 얼굴은 없었다. 그러나 한 시간 반쯤 걸린 영화가 끝나고 복작대는 틈을 비집고 빠져 나와서 기다리게 하였던 차에 올라 타려다가 언뜻 보니까, 뒤에 마악 나오는 옥인동 마님(한동국의 처)의 모녀가 신성이의 눈에 띄우지 않는가!(『대를 물려서』, 340면.)

횡보 소설에서 연극공연장이나 박람회장(『광분』) 또는 영화관은 욕망이 집결되고, 욕망의 전염이 쉽게 일어나는 곳으로 묘사되면서 인간관계의 변화를 일으킨다.[69] 영화관을 포함한 연인들이 모이는 어떤 장소라도 그런 역할을 맡게 된다. 정혼한 여자를 두고 다른 여자와 영화를 보러 간 것만으로 남자의 마음이 돌아섰다고 속단할

---

69) 지라르, 『폭력과 성스러움』, 122면. 모방적 욕망은 쉽게 전염되어 희생의 위기를 불러온다. 『대를 물려서』에서는 옥주와 익수로 인해 삼열이가 희생양이 되고 있다.

수는 없으나, 익수는 삼열에게 신뢰를 잃게 되어, 약혼식이 연기된다. 익수와 삼열이 다시 화해하여, 약혼식을 준비하던 중, 옥주는 딸과 익수를 데리고 학생들을 인도하여 소풍을 떠난 삼열이 앞에 나타난다. 이 사건으로 인해 익수는 삼열에게 신뢰를 완전히 잃어버리고 만다.

익수와 삼열이가 멀어진 틈을 타서, 신성은 옥주의 주선으로 대천과 송도 해수욕장으로 해수욕을 다니고, 한강 뱃놀이를 하면서 더욱 가까워진다. 이 소설에서도 『취우』, 『화관』과 같이 혼사 장애인 제3자의 개입이 중심 서사가 된다. 신성은 익수와 삼열을 화해시키기 위해 삼열을 창경원으로 불러내지만, 삼열은 화해를 거부한다. 익수와 삼열을 화해시키려는 신성이의 노력은 박옥주의 욕망에 맞서 있다는 점에서, 그리고 자녀 세대의 긍정성을 그리고 있다는 점에서 다음 세대에 대한 작가의 기대를 담고 있다. 그것은 박옥주가 내준 차에서 익수가 한동국에게 곧 찾아뵙겠다는 말로 소설을 마무리하는 것에서도 나타난다. 박옥주의 속물적인 욕망은 익수에게서 삼열을 떨어져 나가게 만들고, 한동국의 정치적 신념마저 흔들어 놓았지만, 자녀 세대는 부모 세대의 욕망에 휘둘리지 않고, 자율적이고, 양심적인 태도로, 자신의 주관에 따라 사랑을 완성해 간다. 이처럼 『젊은 세대』와 『대를 물려서』는 서스펜스의 성격은 약화되면서 서사적인 긴장을 잃어버렸지만, 현실의 문제를 건드리려는 작가의 노력은 여전히 남아 있다.

V. 결 론

이 연구는 염상섭 소설에 나타나는 추리소설적 특성을 분석하고, 여기에 드러나는 작가의식을 추출하고자 시도하였다. 염상섭은 통속소설을 대중소설과 본격소설의 중간으로 다시 정의하면서 독특한 예술소설의 형식을 창안하였는데, 그의 예술소설은 독자들에게 흥미와 재미를 주면서 동시에 작가의식을 담을 수 있는 소설 양식이라고 할 수 있다. 기존의 연구에서 염상섭 소설의 통속성은 부정적인 것으로 평가되거나, 소설적 흥미를 동원하여 교훈을 전달하기 위한 장치로 평가되었으나, 염상섭의 예술소설론에 기대면, 그의 소설의 통속성은 그것 자체가 작가의식을 담고 있다는 가설이 가능하다.

이 연구에서는 뢰테르의 이론에 근거하여, 염상섭 소설을 미스터리소설, 범죄소설, 서스펜스소설의 서사구조로 분류하였다. 한국의 추리소설은 범죄자의 추리나 범행방법에 대한 관심보다는 범행이 일어나게 된 배경에 더 많은 관심을 기울이고 있다는 점에서 프랑스의 추리소설과 유사한 면이 많다. 미스터리소설은 선악이 선명하게 대조되면서 탐정에 의해 악이 처벌되기 때문에 현실을 옹호하는 보수적인 성격이 강한 반면에 범죄소설은 도덕의 경계가 모호해지면서 현실에 의심을 품도록 유도하는 성격이 강하다. 서스펜스소설은 희생자를 중심으로 소설을 전개함으로써 독자들이 희생자와 자신을 동일시하는 효과를 유발하게 된다.

　미스터리소설은 독자와 주인공에게 하나의 질문이 던져지고, 그것을 주인공이 풀어가는 구조이다. 살인 사건이 벌어진 뒤에 범죄를 조사하는 스토리가 전개되는 것처럼, 횡보의 초기소설에서는 수수께끼가 제시되고 그에 대한 답을 찾아간다는 점에서 미스터리소설과 유사한 플롯 구조를 보인다. 이는 결과가 먼저 제시되고 그 원인을 탐구한다는 점에서 독자들의 호기심을 유발하는 플롯이다. 이때 탐정이 찾아야 하는 해답은 소설의 후반부까지 지연되어야 하기 때문에 정보의 지연을 위한 다양한 장치가 마련된다. 이런 작품에는 신여성이 주인공으로 등장하는 「제야」, 『해바라기』, 『사랑과 죄』, 『이심』 등이 있다. 남자 주인공은 우연한 기회에 여성들의 과거와 관련된 단서들을 발견하게 되고, 이를 통해서 여자의 간통이나 연애의 경력, 출생의 비밀 등과 관련된 의문을 품게 되면서 그런 비밀을 탐색해 간다. 독자들은 소설의 말미까지 신여성의 비밀과 관련된 결정적인 정보가 지연되기 때문에 호기심을 품게 된다. 이것을 플롯의 일곱 단계인 사건의 발생, 1차 해결, 사건의 복잡화, 미궁, 단초의 발견, 해결, 설명의 단계로 분석하였다.

　미스터리소설은 선악의 구도가 명확하여 범죄자가 반드시 처벌되는 것으로 결론이 나면서 독자들에게 추리의 즐거움을 줄 뿐 아니라 현실을 잠시 잊도록 유도하지만, 염상섭의 소설은 이런 구도가 역전되어 있다. 신여성들이 자유연애로 인해 고통을 받다가 죽거나 자살을 하는 비극에 이르는 것은 사회가 이들을 처벌하는 것이 아니라 오히려 남성 중심적 사회를 고발하고 있다. 1920년대 신여성들은 자유연애를 통해 '자아의 각성'과 '개성의 발견'에 이르려고 시도하였으므로, 이들의 비밀은 곧 자유연애를 통한 자율적 개인이 되는 것이었다. 그런데 이들의 노력은 권위적인 남성들의 시선에 억눌려 비극적인 결말에 이르거나 비밀로서 감춰져야 하는 운명에 놓일 수밖에 없었다.

범죄소설은 사건이 일어나기 전에 독자들에게 많은 정보를 줌으로써 독자들이 범인을 추리하도록 유도하기 때문에 '도서형(倒敍型) 추리소설'이라고도 한다. 범죄소설에서는 미스터리소설처럼 누가 범인이고, 어떻게 범행을 저질렀는가와 같은 관심보다는 범죄를 저지르게 된 동기와 배경에 초점을 맞추게 되고, 결국은 독자들에게 소설을 통해 환멸적 현실을 환기하도록 이끌게 된다. 또한 범죄소설은 범죄자의 처벌보다는 범죄를 발생시키는 부르주아 사회에 의문을 제기하고, 사회 구성원들을 통합시키기보다는 분리시키는 기능을 한다. 『삼대』를 포함한 횡보의 소설 중 가장 높이 평가되는 중기 소설들이 이런 부류에 해당하는데, 『광분』, 『무화과』, 『백구』, 『모란꽃 필 때』, 『불연속선』 등이 이 유형에 속한다. 이 중에서 『광분』은 반 다인의 미스터리소설과 유사한 '실종 모티프'를 보여주고 있다.

이 시기 장편소설들은 주로 중산층 가정을 배경으로, 가족들 간에 연애의 삼각관계를 형성하거나 상속될 재산을 두고 경쟁하는 모습을 보여준다. 자본주의 사회는 화폐의 성격으로 인해 구성원들이 경쟁하는 체제이므로 중산층의 가족들이 경쟁하는 모습은 부르주아 사회의 경제체제를 상징한다. 『광분』은 모녀간에 한 남자를 차지하기 위해 경쟁하고, 『삼대』에서는 조부의 재산을 차지하기 위해 조상훈-조덕기 부자와 수원집 일당이 경쟁한다. 범죄소설에서 선과 악의 구분이 모호하지만, 횡보의 중기소설은 선인과 악인의 구분이 비교적 명확하게 드러난다. 그러나 아들은 아버지의 삶과 연애를 모방하고, 주인공들도 적대자들의 욕망을 모방하는 속물성을 보이면서 서로 경쟁하고, 그런 경쟁 관계는 범죄를 피할 수 없다는 인식을 드러내고 있다. 또한 중산층들은 더 많은 화폐를 확보하지 않으면 중산층의 지위를 유지할 수 없기 때문에 이들도 역시 경쟁 관계에서 벗어날 수 없다. 그런데 중산층 가족들의 타락한 삶은 사회주의자들에 의해 밝혀지면서 부르주아 사회를 대체할 대안을 모색하는 인상을 준다. 『광분』에서는 경성제대 의과에 다니는 이진태가 민병천 가문의 성적인 문란함을 고발하고, 『삼대』에서는 사회주의자 김병화가 조상훈의 과거와 현재의 타락한 삶을 수사한다. 사회주의는 당시로서는 검증되지 않은 사회체제이지만, 『삼대』에서 묘사된 장훈의 자살은 횡보가 자본주의 사회를 대체할 대안을 모색하고 있음을 보여준다.

『무화과』에는 적대자인 김홍근 일당의 속임수를 중재자인 여기자 박종엽이 밝혀내고, 이들을 응징한다. 그녀는 하드보일드형 탐정처럼, 안락의자에 앉아서 범인을 추리하는 것이 아니라, 범죄자와 직접 대결하면서 범죄자를 추리한다. 『백구』에서는 사회주의자들이 조직적인 활동을 통해 중산층의 재산을 강탈하는 범죄 이야기가 전개된다. 박영식은 은행과장 이형식과 정략결혼을 하는 원랑을 구원하지 못하고 이형식의 전첩과 사귀기도 하지만, 그것은 중산층의 속물성을 징벌하기에는 역부족이었다. 그는 사회주의자들을 도와 이형식의 재산을 강탈함으로써 중산층의 속물성을 징벌한다. 『모란꽃 필때』에는 범죄소설의 성격이 약해지는 특성을 보이고 있으나, 『불연속선』에 이르면, 적극적인 자유연애를 통해 기성세대들의 논리를 반박하는 여성이 등장하면서 '세대 모티프'가 나타난다.

마지막으로 서스펜스소설의 서사구조는 희생자와 범죄자, 탐정 중에서 희생자를 중심으로 전개된다. 주인공들은 자신에게 주어진 문제를 풀기 위해 외적인 위협에 굴하지 않고 맞서게 되는데, 이때 독자들은 희생자들과 동일시하면서 두려움의 감정을 경험한다. 또한 서스펜스소설에서는 시간과 공간의 성격이 매우 중요하다. 횡보의 후기소설들은 해방기와 전쟁기, 전후시대에 걸치면서 외부 현실의 긴박함이 서사구조에 서스펜스의 속성을 부여하고 있다. 해방 직후에 발표한 「혼란」, 「삼팔선」은 횡보의 개인적인 체험을 통해서 민족적인 분단이 낳게 되는 불행들을 예고하고 있다. 「이합」과 「재회」는 부부의 이별과 만남의 알레고리를 통해 분단은 자녀들의 미래를 망치는 길이라고 역설하고 있다.

또한 『효풍』은 가족 간의 갈등과 테러 사건을 통해 남한단독정부 수립이 전쟁으로 이어질 것을 예측하고, 이것을 피해가고자 하는 주인공의 노력을 형상화하고 있다. 이 소설은 민족주의자의 딸인 김혜란을 주요 초점화자로 삼으면서 긴박감을 높이고 있으며, 두 가족 간에 엇갈린 이념으로 인해 남자 주인공 박병직은 테러를 당할 위험에 처한다. 그는 테러를 당한 뒤에도 신념에 따라 월북을 기도하고, 혜란은 위험을 감수하면서 병직을 찾아감으로써 독자들에게 두려움을 유발한다.

6·25 전쟁 시기에 발표한 『취우』는 한강 폭파로 인해 서울에 고립된 사람들의 고통을 일상성과 외부의 위협을 번갈아 가며 서술함으로써 긴장감을 고조시키고 있다. 여기서는 공간적인 변화와 시간의 흐름이 두 남녀의 연애관계를 통어하고 변화시키는 것을 알 수 있었다. 『취우』를 비롯한 『화분』, 『젊은 세대』, 『대를 물려서』의 남자 주인공은 우유부단한 성격 탓에 결혼을 약속한 여자가 있음에도 불구하고, 그를 유혹하는 제3자에 의해 끌려 다니는 무기력한 모습을 보인다. 그의 무기력한 모습 자체가 혼사의 위기를 초래함으로써 긴장을 유발하지만, 그것은 현실에 무기력한 작가의 내면을 보여주는 듯하다.

이처럼 염상섭은 추리소설의 서사구조를 통해 신여성의 자유연애와 중산층의 몰락과정, 그리고 해방 후의 긴박한 현실을 보여주고 있는데, 이는 개인과 계층 그리고 민족의 미래에 대한 염상섭의 통찰을 드러내고 있다. 자유연애를 하는 신여성들은 근대적인 자율적 개인상을 상정하고 있고, 중산층의 몰락은 조선의 전근대적인 현실을 비판하고 이를 대체할 신세대를 대망하고 있다. 마지막으로 해방 후 가족들의 분열과 갈등을 묘사한 작품들은 민족의 분열은 곧 전쟁으로 이어진다는 역사인식을 보여주고 있다. 그러므로 염상섭의 추리소설 기법은 미래에 대한 통찰을 담고 있다고 하겠다.

|참고문헌|

1. 자료

<장 · 단편소설>

『염상섭 전집』 1~12집, 민음사, 1987.

『삼대』(1931년 『조선일보』판, 류보선 정리), 동아출판사, 1995.

『광분』(김경수 감수), 프레스21, 1996.

『불연속선』(김경수 감수), 프레스21, 1997.

『효풍』, 실천문학사, 1998.

<평론>

「文學少年時代의 回想」, 『民族文化讀本(上)』(양주동 편), 문연사, 1955.

「배울 것은 技巧」, 『동아일보』 1927. 6. 7~13.

「별을 그리던 시절」, 『지성』 1958년 가을.

「通俗 · 大衆 · 探偵」, 『매일신보』 1934. 8. 17~21.

2. 국내논저

강준만, 『한국현대사 산책』, 인물과사상사, 2006.

권영민, 『한국 계급문학 운동사』, 문예출판사, 1998.

_____, 『한국 현대소설에 나타난 가족』, 『한국 가족상의 변화』(하용
    출 편), 서울대출판부, 2001.

_____, 「염상섭의 민족문학론과 그 성격」, 『염상섭 문학연구』(권영민
    편), 민음사, 1987.

_____, 「염상섭의 중간파적 입장」, 『염상섭 전집』 10권, 민음사, 1987.

권택영, 『욕망이론』, 문예출판사, 1994.

김경수, 『염상섭 장편소설 연구』, 일조각, 1999.

김경은, 『염상섭 장편소설 연구』, 서울대 석사논문, 2007.

김내성, 「탐정소설수감」, 『박문』11, 1939, 9월.

_____, 「탐정소설의 본질적 요건」, 『추리문학』(1988. 겨울호)

김동환, 『삼대』와 낭만적 이로니(Ironie)」, 『염상섭소설연구』, 김종균 편, 국학자료원, 1999.

김미영, 『1920년대 여성담론 형성에 관한 연구』, 서울대 박사논문, 2003.

김미지, 『1920-30년대 염상섭 소설에 나타난 '연애'의 의미 연구』, 서울대 석사논문, 2001.

김복순, 「'지배와 해방'의 문학-김명순론」, 『패미니즘과 소설비평』, 한국여성소설연구회, 한길사, 1995.

김성연, 「염상섭 『무화과』 연구」, 『한민족문화연구』 16집, 2005.

김승종, 『염상섭 소설 연구-소설양식 분석을 중심으로』, 연세대 박사논문, 1993.

김승환, 『염상섭 소설에 나타난 가족 중심의 인간상 고』, 서울대 석사논문, 1983.

김원우, 「횡보의 눈과 길」, 『염상섭 문학의 재조명』, 문학사와 비평연구회, 새미, 1998.

김윤식, 『염상섭 연구』, 서울대출판부, 1989.

김윤식·정호웅, 『한국소설사』, 예하, 1993.

김재용, 「8·15 이후 염상섭의 활동과 『효풍』의 문학사적 의미」, 『효풍』, 실천문학사, 1998.

김정진, 「염상섭 장편 『무화과』 연구」, 『한국문예비평연구』, 1997.

_____, 「『효풍』의 인물 형상화와 그 기법」, 『염상섭 소설연구』, 김종균 편, 국학자료원, 1999.

김종균, 『염상섭 연구』, 고대출판부, 1974.

_____, 「『무화과』와 아이러니 세계인식」, 『염상섭 소설연구』, 국학자료원, 1999.

김종욱, 「염상섭의 『취우』에 나타난 일상성에 관한 연구」, 『관악어문연구』 제17집, (1999, 12. 31).

김주리, 『한국근대소설에 나타난 신체담론 연구』, 서울대박사논문, 2005.

김창식, 「1930년대 한국 신문소설의 존재방식」, 『신문소설이란 무엇인가』(대중문화연구회편), 국학자료원, 1996.

_____, 「추리소설 형성기의 실상과 김내성의 『마인』」, 『추리소설이란 무엇인가?』(대중문학연구회 편), 국학자료원, 1997.

김태현, 「관찰과 인식」, 『염상섭 전집』 4권, 민음사, 1987.

김학균, 「'가족살해 모티프'와 가족 공동체의 붕괴」, 『인문논총』 56집, 2006. 12.

_____, 「『사랑과 죄』에 나타난 연애의 성립 과정 고찰」, 『한국현대문학연구』 19집, 2006. 6.

_____, 「『삼대』연작에 나타난 욕망의 모방적 성격 연구」, 『한국현대문학연구』 22집, 2007. 6.

김현 · 김윤식, 『한국문학사』, 민음사, 1991.

김형효, 『데리다의 해체철학』, 민음사, 1994.

류보선, 「역사 감각의 상실과 풍속으로의 함몰 -『대를 물려서』의 경우」, 『염상섭 전집』 8권, 민음사, 1987.

_____, 「차디찬 시선과 교활한 현실」, 『무화과』, 두산동아, 1997.

박종홍, 「염상섭 초기소설, 개성의 자각과 생활의 발견」, 『염상섭 문학의 재조명』, 문학사와 비평연구회, 새미, 1998.

방민호, 『채만식 문학에 나타난 식민지적 현실 대응 양상』, 서울대 박사논문, 2000.

백대윤, 『한국 추리서사의 문화론적 연구』, 한남대 박사논문, 2006.

서동욱, 『차이와 타자』, 문학과지성사, 2000.

서영채, 『사랑의 문법』, 민음사, 2004.

서재길, 『한국 근대 방송문예연구』, 서울대박사논문, 2007.

서중석, 『조봉암과 1950년대』(상), 역사비평사, 2000.

송덕호, 「추리소설의 유형」, 『추리소설이란 무엇인가』, 대중문학연구회 편, 국학자료원, 1997.

송하춘, 「염상섭의 리얼리즘」, 『탐구로서의 소설독법』, 고려대출판부, 1996.

신영덕, 『1920 - 30년대 염상섭 소설 연구』, 서울대 석사논문, 1987.

_____, 『한국전쟁과 종군작가』, 국학자료원, 2002.

우한용, 「『삼대』의 담론체계와 그 의미」, 『염상섭 소설연구』(김종균 편), 국학자료원, 1999.

유문선, 「이상과 희망, 자유와 평화 그리고 현실대응」, 『염상섭 전집』 5권, 민음사, 1987.

유병석, 『염상섭 전반기 소설 연구』, 서울대 박사논문, 1985.

유종호, 「결혼의 사회경제적 기초」, 『염상섭 전집』 6권, 민음사, 1987.

유종호, 「염상섭에 있어서의 삶」, 『염상섭 문학연구』(권영민 편), 민음사, 1987.

이남호, 「염상섭 단편소설의 특징」, 『염상섭 문학연구』(권영민 편), 민음사, 1987.

이동화, 「8 · 15를 전후한 여운형의 정치 활동」, 『해방전후사의 인식』1, 한길사, 2005.

이보영, 『난세의 문학』, 예지각, 1991.

이상우, 『이상우의 추리소설 탐험』, 한길사, 1991.

이정옥, 「권위적 서술과 여성인물의 형상화」, 『현대소설 시점의 시학』(한국소설학회 편), 새문사, 1996.

_____, 『1930년대 한국 대중소설의 이해』, 국학자료원, 2000.

이종영, 『내면성의 형식들』, 새물결, 2002.

임성래, 「개화기의 추리소설 『쌍옥적』」, 『추리소설이란 무엇인가?』(대중문학연구회 편), 국학자료원, 1997.

임진수, 『환상의 정신분석』, 현대문학, 2005.

장사선, 「염상섭 절충론의 무절충성」, 『염상섭문학연구』(권영민 편), 민음사, 1987.

장소진, 『현대소설 플롯』, 보고사, 2000.

정호웅, 「식민지 중산층의 몰락과 새로운 방향성 -『삼대』·『무화과』

연작론」,『염상섭 문학 연구』, 권영민 편, 민음사, 1987.

정희모, 「추리기법의 서사화와 그 가능성 - 김성종의 『최후의 증인』에
　　　나타난 추리기법을 중심으로」,『현대소설연구』 10, 1999.

조남현, 「서술방법의 변모과정」,『염상섭소설연구』(김종균 편) 국학자
　　　료원, 1999.

_____, 「'알'처럼 숨겨진 횡보 문학」,『문학사상』 1997. 8.

_____, 「염상섭의 후기소설」,『문학정신』 89년 8월.

_____, 「『삼대』의 재해석」,『한국문학』(1987. 3.)

_____,『소설신론』, 서울대출판부, 2007.

_____,『한국현대소설유형론』, 집문당, 1999.

조성면,『대중문학과 정전에 대한 반역』, 소명, 2002.

_____,『한국 근대 탐정소설 연구 - 김내성을 중심으로』, 인하대 박사
　　　논문, 1999.

조현일, 「추리문학과 소설교육」,『국어교육학연구』 17권, 2003.

조혜정,『한국의 여성과 남성』, 문학과지성사, 1991.

진정석,『염상섭 문학에 나타난 서사적 정체성 연구』, 서울대박사논문,
　　　2006.

차원현, 「유명론적 세계 이해와 개체성의 윤리학」,『한국 근대소설의
　　　이념과 논리』, 소명, 2007.

천정환,『근대의 책읽기』, 푸른역사, 2004.

최시한, 「염상섭 소설의 전개」,『염상섭소설연구』(김종균 편) 국학자료
　　　원, 1999.

최애순,『이청준 소설의 추리소설적 구조 연구』, 고려대 석사논문,
　　　2001.

최현주,『신소설의 범죄 서사 연구』, 서강대학교 대학원 박사논문,
　　　2004.

최혜실, 「염상섭 장편소설에 나타난 통속성 연구」,『국어국문학』 108,
　　　1992.

통속생, 「신문소설 강좌」,『조선일보』, 1933. 9. 9.

한수영, 「소설과 일상성 – 후기단편소설」,『염상섭 문학의 재인식』(문학
　　사상연구회), 깊은샘, 1998.
한용환,『소설의 이론』, 문학아카데미, 1990.

3. 국외논저

들뢰즈, G(서동욱 외 역),『프루스트와 기호들』, 민음사, 2004.
로버트 캘로그 & 로버트 숄즈, (임병권 역),『서사의 본질』, 예림기획,
　　2001.
롤랑 바르트(김희영 역),『사랑의 단상』, 문학과지성사, 1991.
마씨모 본판티니 외, 「예측할 것인가, 말것인가」,『논리와 추리의 기호
　　학』, 인간사랑, 1994.
만델 E. (이동연 역),『즐거운 살인 – 범죄소설의 사회사』, 이후, 2001.
미셸 푸코(오생근 역),『감시와 처벌』, 나남, 1996.
미케 발,『서사란 무엇인가』, 한용환 역, 문예출판사, 1999.
바흐찐, M. (김근식 역),『도스또예프스끼 시학』, 정음사, 1989.
브룩스, P. (이봉지 역),『육체와 예술』, 문학과지성사, 2000.
브왈로 나르스작(김정곤 역), 「추리소설의 기원」,『추리소설이란 무엇
　　인가?』(대중문학연구회 편), 국학자료원.
아도르노, T. W. (최운규 역),『한줌의 도덕』, 솔, 1995.
아리스토텔레스(천병희 역),『시학』, 문예출판사, 1986.
에코, 움베르토(조형준 역), 『스누피에게도 철학은 있다』, 새물결,
　　1994.
움베르토 에코 외(김주환·한은경 역),『논리와 추리의 기호학』, 인간
　　사랑, 1994.
재크린 살스비(박찬길 역),『낭만적 사회와 사랑』, 민음사, 1985.
즈네뜨, G(권택영 역),『서사담론』, 교보문고, 1992.
지라르, R. (김치수·송의경 역),『낭만적 거짓과 소설적 진실』, 한길
　　사, 2005.

_____(김진식 외 역), 『폭력과 성스러움』, 민음사, 1992.

지젝, 슬라보예. (김소연·유재희 역), 『삐딱하게 보기』, 시각과 언어, 1995.

짐멜, G. (안준섭 외 역), 『돈의 철학』, 한길사. 1983.

카를로 긴즈버그, 「단서와 과학적 방법: 모렐리, 프로이트, 셜록 홈즈」, 『논리와 추리의 기호학』(김주환 외 역), 인간사랑, 1994.

토도로프, T. (신동욱 역), 『산문의 시학』, 문예출판사, 1995.

Cawelti, J., *Adventure, Mystery, and Romance: Formula Stories and Popular Culture*, University of Chicago Press, 1976.

Chodorow, Nancy, *The Reproduction of Mothering*, University of California Press, 1999.

Dennis Porter, *The Pursuit of Crime −Art and Ideology in Detective Fiction*, Yale University, 1981.

Dove, George N., *The Reader and the Detective Story*.(Ohio: Bowling Green University, 1997)

Engels, F., *The Origin of the Family, Private Property and the State*, Lawrence and Wishart, 1972.

Highsmith, Patricia., *Plotting and Writing Suspense Fiction*, USA: The Writer, 1966.

Watts, C., *The Deception Text: An Introduction to Covert Plots*, Sussex: The Harvester Press, 1984.

Yi−ling Ru, *The Family Novel: Toward a Generic Definition*, New York: Peter Lang, 1992.

Young Ae Kim, *Han: from brokenness to wholeness*, California: Claremont Graduate University, 1991.

김학균 ——————————————————

1970년 충북 보은 출생
서울대학교 인문대학 국문과 졸업
동 대학원 박사수료, 문학박사
현재 고려대 BK21 한국어문학교육연구단 연구교수로 재직

<김승옥 소설에 나타난 화자의 성격 연구>(1999)
<염상섭 소설의 추리소설적 성격 연구>(2008)
<'사랑과 죄'에 나타난 연애의 성립과정> 등 염상섭 소설에 대한 다수의 논문 발표

염상섭 소설 다시 읽기

초판인쇄 | 2009년 1월 12일
초판발행 | 2009년 1월 12일

지은이 | 김학균
펴낸이 | 채종준
펴낸곳 | 한국학술정보㈜
주 소 | 경기도 파주시 교하읍 문발리 513-5 파주출판문화정보산업단지
전 화 | 031) 908-3181(대표)
팩 스 | 031) 908-3189
홈페이지 | http://www.kstudy.com
E-mail | 출판사업부 publish@kstudy.com

등 록 |
가 격 | 27,000원

ISBN   978-89-534-6220-5 93810 (Paper Book)
       978-89-534-6221-2 98810 (e-Book)